光文社古典新訳文庫

現代の英雄

レールモントフ

高橋知之訳

kobunsha classics

光文社

Title : ГЕРОЙ НАШЕГО ВРЕМЕНИ
1840
Author : Михаил Юрьевич Лермонтов

『現代の英雄』＊目次

現代の英雄

前書き[1]

いかなる書物においても前書きは最初にして最後[2]のものである。それは、作品の目的の説明ともなれば、自己正当化や、批判への応答ともなる。とはいえ、道徳的な目的にしても誌上の論難にしても、世の一般読者のあずかり知らぬ事柄であり、えてして前書きが読まれることはない。しかし、これは由々しき事態というべきだ。とりわけ、わが国においてはなおさら。わが国の読者たちはまだ嘴《くちばし》が青くて一本気なので、結末に教訓が見当たらないとなると、寓話を解することもできない。みすみす冗談を

1　一八四一年に第二版が刊行された際に、新たに書き足されたもの。
2　「アルファにしてオメガ」と同じく、新約聖書の「ヨハネの黙示録」に由来する慣用表現であり、「すべて」を意味する。

見逃し、皮肉を感じとることもない。これはたんに育ちが悪いのである。まっとうな社会やまっとうな書物においてはあからさまな悪罵などありうるはずもないのだが、そのことがわからないときている。現代の教養は、さらに研ぎすまされた、ほとんど目には見えない、そのくせ致死的な威力のある武器を発明した。阿諛追従《あゆついしょう》をよそおいつつ、あらがいようのない確実な突きをくらわすのだ。われらが読者は田舎者に似ている。敵対する宮廷の外交官二人が話しているのを盗み聞いて、互いの友誼《ゆうぎ》を重んじるあまり二人が自分の陣営を裏切っていると思いこんでしまうのである。

この書物もつい先だってある憂き目にあった。読者ばかりか雑誌までもが言葉の額面通りの意味を信じてしまったのだ。ある者は本気で怒り心頭に発し、かくも不道徳な人間を「現代の英雄」として例示するとは何事かと息巻いている。またある者は、作者は自己および知人の肖像画を描いてみせたのだと賢《さか》しらに述べている……。毎度おなじみの憐れむべき与太話！　ロシアという国は万事が新しくなっていくようにできているが、愚にもつかないこの種のことは例外らしい。

摩訶不思議《まかふしぎ》なおとぎ話の最たるものでさえ、人身侮辱の意図ありとする非難からはほとんど逃れようもないのだ！

親愛なる読者諸君、現代の英雄はたしかに肖像画である。しかし、ある一人の人物の肖像画ではない。われらが世代のありとあらゆる悪徳をかき集め、究極まで拡大してみせた肖像画なのである。人間はここまで悪にはなれないと反論なさるのなら、こう言おう。悲劇的・ロマン主義的悪漢どもが跳梁跋扈《ちょうりょうばっこ》することを信じてきたのなら、われらが主人公ペチョーリンが現実に存在することをどうして信じようとしないのか？　はるかに醜悪奸邪《しゅうあくかんじゃ》な空想の産物を愛《め》でてきたのに、どうしてこの人物のことは、空想の産物としてさえ、許容しようとしないのか？　ペチョーリンのうちにじつは、諸君が望んでいるよりも多くの真実が見出されるからではないのか？……

　道徳の面でそこから得るものは何もないだって？　失礼ながら、甘いものは十分すぎるくらい与えられてきたではないか。そのせいで胃は消化不良を起こしている。必要なのは苦い薬、毒々しい真実なのである。とはいえ、こんなことを書いたからといって、「この本の作者は人間の悪徳を正してやろうという大それた野望の持ち主らしい」などとは思わないでほしい。そんな無知蒙昧《もうまい》はこちらから願い下げだ！　作者はひとえに、現代の人間（作者にも読者にも不幸なことに、この種の人間はざらにいる）を自分の理解したままに描くことが楽しいにすぎない。病を示すことができれば十分で、どう癒すか——それは神のみぞ知ることだ！

I　ベラ

私はチフリス[1]を発《た》って駅伝馬車で移動していた。荷台につんだ荷物はたいして大きくもない旅行鞄ひとつきりで、半分がたグルジアの旅行記で埋まっていた。旅の記録の大部分は、読者諸君にとって幸運なことに失われてしまったが、鞄の方は、私にとって幸運なことに、ほかのこまごまとしたものといっしょにそっくり残っている。

コイシャウル渓谷に乗り入れた頃には、早くも太陽は雪をかむった山脈のかげに隠れつつあった。オセット人の御者は、日が暮れる前にコイシャウル山を登りきろうと、疲れも知らぬげに馬を追いたて、のども裂けよとばかりに歌をがなりたてていた。この渓谷の見事さよ！　どこを見回しても、難攻不落の山々。緑色のツタを垂らし、ス

1　現在のトビリシ。

ズカケの木々をいただいた、赤みがかった断崖。水の流れに削られて縞模様をなす黄褐色の絶壁。頭上はるか高く、冠雪が黄金色の房飾りとなっている。下方では、アラグヴァ川が、霧の立ちこめる暗い谷間からほとばしる名無しの川とからみ合って、銀糸のごとくのび、蛇がうろこを光らせるように川面をきらめかせている。

コイシャウル山のふもとに着くと、宿《ドゥハン》のそばに馬車を止めた。宿には二十人ほどのグルジア人や山岳民が集い、がやがやしていた。近くにはラクダの隊商が一夜の宿りに野営していた。牛を何頭か借り入れなければならなかった。荷馬車を引いて、このいまいましい山道を登らなければならないからだ。季節はすでに秋、霜も降りる頃――ところが、山道はおよそ二ヴェルスター[2]もあるときている。

仕方がないので、六頭の牛を借り、数人のオセット人を雇った。そのうち一人は私の鞄を肩にかつぎ、ほかの者たちは掛け声ひとつをあやつって牛の助っ人についた。

私の荷馬車の後ろでは、四頭の牛が別の一台を引いていた。それが、荷物はうず高くつまれているというのに、じつに涼しげな様子。私はびっくり仰天した。荷馬車の後ろを持ち主が歩いていた。銀をあしらったカバルダ人のパイプをくゆらせ、軍人のフロックコートを着ていたが肩章はなく、チェルケス人の毛むくじゃらの帽子をかぶっている。年齢は五十くらい。浅黒い肌の色は、南カフカス地方の太陽に久しくなじんできたことを物語っていた。年の割に白髪が目立つあごひげとは裏腹に、足取りはたしかで、見た目も精力にあふれている。私は近寄って会釈をした。彼は黙って私の挨拶に応え、大きな煙の球をひとつ吐き出した。

「道中ごいっしょのようですね？」

彼は黙ったままもう一度会釈した。

「スタヴロポリに行かれるのでしょうね？」

「ええその通りです……官用の品々を運んでおりまして」

「ちょっとうかがいますが、重い荷馬車を牛四頭で軽々と運んでいるのはどういうわけでしょう？　こちらの荷馬車ときたら、荷台はすかすかなのに六頭がかりで、おまけにご覧の通りオセット人の助けを借りてようやく引っ張っているありさまですよ」

彼はにやりと笑みをもらすと意味ありげにこちらを見た。

「カフカスにいらしたのは最近のことでしょう？」

2　ヴェルスターは一〇六七メートル。

「一年ほどになります」私は答えた。

彼はまたもや笑みをこぼした。

「何か？」

「いやなに、こういうわけですよ！　アジア人というのは相当な悪党ぞろいでしてね！　ああして掛け声をかけて、牛を手助けしているとお思いでしょう？　ところが奴らが何を叫んでいるか、わかったもんじゃない。牛にはわかるんですよ。二十頭つないだところで、ああやって叫ぶにまかせておいたら、やっぱり牛は動かないでしょうね……。ずるがしこいったらありゃしない！　しかし奴らに期待したところでねえ……旅人から金をふんだくるのがいつものやり口ですから……。あのいかさま師どもは甘やかされてつけあがっていますな。いまにきっと、あなたから酒代をせしめようとするでしょうよ。私は奴らのやり口など先刻承知ですから、奴らもだませません」

「こちらに長くお勤めなんですね？」

「はい、アレクセイ・ペトローヴィチ[3]の頃からここで勤務しております」彼はいささか得意げに答えた。「将軍が前線に赴任した頃、私は少尉でした」彼は言い足した。

「将軍のもとで山岳民に対する軍功を買われて二階級昇進しましてね」

「で、現在は？……」

「いまは第三国境守備大隊におります。ところで、失礼ですが、あなたは？……」

私は自己紹介をした。

会話はそこで途切れ、私たちは黙りこくったまま並んで歩きつづけた。山の頂には雪がつもっていた。日は沈み、夜は間髪を容れず昼のあとを襲った。これは南方ではごく当たり前の現象だ。とはいえ、雪明かりのおかげで、容易に道を見分けることができた。道はなおも山奥へつづいていたが、もはやそれほど険しくはなかった。私は旅行鞄を荷馬車に置くよう命じ、牛を馬につけかえるよう命じておいてから、最後にもう一度谷底をのぞいてみた――だが、山峡《やまかい》から波のように押し寄せる深い霧にすっかり包まれて、あたりは物音ひとつしなかった。オセット人たちはがやがやと私を取

3　原注――エルモーロフのこと［訳注　アレクセイ・ペトローヴィチ・エルモーロフ将軍（一七七七―一八六一）。ロシア軍のカフカス侵攻を指揮した将軍で、兵士たちに慕われていた］。

り囲み、酒代をせびったが、二等大尉が雷を落としたので、たちまちちりぢりになってしまった。

「まったくここの連中ときたら」二等大尉は言った。「パンをロシア語で言うこともできないのに、『軍人さん、酒代おくれ！』は覚えてしまった。こうなるとタタール人[4]の方がまだましですよ。飲まないだけね……」

宿場まではまだ一ヴェルスターほどあった。あたりはしんと静まりかえっていた。あまりにも静かなので、羽音だけで蚊がどこを飛んでいるか、わかるほどだった。左手には、深い谷間が黒々と口を開け、その向こう、私たちの前方には、暗青色の山頂が、一面にひだを走らせ、雪の覆いをまといつつ、名残の光をとどめるほの暗い地平線に浮かび上がっていた。天穹《てんきゅう》の闇には星が瞬きはじめ、奇妙なことに、故郷の北の地で見るよりも、はるか高いところにあるような気がするのだった。道の両側には、むき出しの黒い岩がごつごつと突き出し、そこかしこに雪の下から灌木が枝をのぞかせていたが、枯れ葉はそよとも音を立てない。自然がむさぼる死の眠りのなかで、疲れた駅馬の鼻息や、ロシア式の鈴のふぞろいな音を聞いていると、なぜかしら心が浮き立ってくるのだった。

「明日は天候にめぐまれそうですね」私は言った。二等大尉は何も言わず、真向かいにそびえ立つ高い山を指さした。

「どうしました？」私はたずねた。

「グド山ですよ」

「といいますと？」

「ほれ、靄《もや》が出ているでしょうが」

たしかに、グド山には靄がかかっていた。山の両腹には薄くたなびく雲がのろのろと這いすすんでいたが、頂上には黒い雨雲がかかっており、その黒さたるや、暗い夜空に浮かぶしみかと思うほどだった。

その頃にはもう、駅舎や、そのまわりの小屋《サクリャ》[5]の屋根が見分けられるようになっていた。前方には、私たちを招くように灯りが瞬いている。ちょうどそのとき、湿った冷たい風が吹き寄せ、谷底がうなりをあげ、細かい雨がさっと降り出した。猛烈に吹雪

4　ここでは、カフカス地方に住み、チュルク語を話し、イスラム教を信仰する諸民族を指す。
5　カフカス地方の山岳民の小屋。

く前に、間一髪でブールカ[6]をひっかけることができた。私は感謝の念をこめて二等大尉を見つめた……。

「ここで一夜を過ごさなければなりませんな。こんな吹雪じゃ山は越えられませんもの」彼はいまいましげに言った。「おい、十字架山《クレストーヴァヤ》で雪崩《なだれ》は起きていないだろうな？」彼は御者にたずねた。

「雪崩はありません」オセット人の御者が答えた。「ただ、いまにも落っこちそうなのがどっさりつもっていますよ」

　旅人を泊める部屋は駅舎にないので、煙くさい小屋が宿舎としてあてがわれた。私は道連れをお茶に誘った。自分は旅のお供に鉄製の茶瓶を持ち歩いている——それがカフカス旅行の唯一の愉しみだったのだ。

　小屋は壁のひとつを崖に接して建っていた。ぬれてすべりやすい階段を三つ上がると、戸口があった。手探りでなかに入ったところ、ドンと牛にぶつかった（このあたりでは下男部屋が家畜小屋となっている）。どちらに進めばよいのかとんと見当もつかない。そこかしこで、羊が鳴いたり、犬がうなり声をあげたりしている。幸運にも、片隅にうっすらと灯りがともっていたので、扉がわりの穴を見つけることができた。

目の前にひらけたのは、なかなか好奇心をそそる光景だった。広い小屋、屋根を支える煤《すす》けた二本の柱、ぎゅうぎゅう詰めの人々。小屋の真ん中では、地面に焚火《たきび》がはぜていた。屋根にあいた穴から吹きこむ風に押し流された煙が、厚いとばりとなってあたりに充満しており、そのせいでしばらくは何も見分けがつかなかった。炎のそばに、老婆が二人、子どもたちが大勢、やせこけたグルジア人が一人、そろいもそろってぼろをまとって座っている。ほかにすることもないので、火のそばに体を休め、パイプをくゆらせた。そのうち茶瓶が気持ちの良い音をたてはじめた。

「みじめな人たちですね！」うすよごれた主人一家を指しながら、二等大尉に言った。彼らはぽかんとした様子で黙って私たちを見ていた。

「馬鹿丸出しの連中ですよ」二等大尉は答えた。「なんとまあ、何ひとつできやしないし、どんな教育も受けつけないときているんですから。少なくとも、われらがカバルダ人やチェチェン人は、まあ素寒貧《すかんぴん》の盗っ人ですけれども、大胆不敵な強者《つわもの》ぞろいなのに、この連中ときたら武具への愛着なんか何もありゃしない。まともな短刀《キンジャル》を

6　ヤギの毛で織ったカフカス地方のコート。袖がなく、体を包むようにはおる。

差している人間にもお目にかかったことがないくらいだ。これぞオセット人なんです!」

「チェチェンには長くお勤めだったのですか?」

「はい、十年間くらい中隊といっしょにあちらの要塞にいましたよ。カーメンヌイ・ブロードの近くですな。ご存じで?」

「聞いたことがあります」

「いやあ、こっちはもうあの悪党どもにはうんざりでしてね。ここのところ、ありがたいことに、だいぶ落ち着いてきましたけれど、あの頃ときたら、堡塁《ほうるい》[7]を離れて百歩も行くと、そこらで毛むくじゃらの悪魔が腰を据えて待ち伏せしているというありさま。ちょっとでも油断したら、たちまち投げ縄が首に飛んでくるか、頭の後ろに弾丸が飛んでくるんですから。まったくたいした奴らだ!……」

「それにしても、きっと珍しい経験がたくさんおありでしょう?」私は好奇心にかられて言った。

「もちろんですとも! いろいろありました……」

そこで二等大尉は左のひげをひねりはじめ、うつむいて何やら考えこんだ。何としてでも面白い話を聞き出してやりたくなった——旅の途にあって見聞を記録している者なら、誰しも覚えのある欲求だ。その間にお茶の用意ができたので、私は鞄から携帯用のコップを二つ引っ張り出してお茶を注ぎ、ひとつを二等大尉の前に置いた。彼はお茶をすすってから、自分に言い聞かせるように言った。「そう、いろいろ！」この嘆息からして、期待は大だった。カフカスの古参たちはおしゃべり好きだ。何しろおしゃべりの機会などめったにないのだから。五年ばかり中隊を率いて片田舎に駐屯して、その間ずっと「こんにちは」のひとつも言われないことさえある（曹長は「お加減はいかがでありますか」としか言わないから）。ところが、おしゃべりしたいことはわんさとある。まわりには好奇心をそそる荒くれ者の山岳民がいて、日々危険と隣り合わせで、日常離れしたできごとにも事欠かない。そのなかには、まともに記録されていないことを嘆きたくなるような珍事だってあるにちがいない。

「ラム酒を入れますか？」私は相手に言った。「チフリス産の白ラム酒があるんですよ。今晩は冷えますからね」

7　敵の侵入を防ぐために、土を盛るなどして築いたとりで。

「結構です、お気持ちはありがたいのですが、飲みませんので」

「それはまたどうして？」

「いやなに、誓いを立てたんです。まだ少尉だった時分に、一度、仲間うちでしこたま飲みましてね。ところが夜中に警報が鳴りまして、それで一杯機嫌で前線に参上したわけです。そしたらアレクセイ・ペトローヴィチに知られて、こっぴどくしかられましたよ。もう恐ろしいのなんのって！　あやうく軍法会議に引き出されるところでした。実際ここじゃ、まるまる一年誰にも会わずに暮らすなんてこともありますし、そこにウォッカが加わったら――あとはもうまっさかさまですな」

この言葉を聞いて、これは望み薄だなと思った。

「たとえばチェルケス人をご覧なさい」二等大尉はつづけた。「結婚式やら葬式やらでブザ[8]をしこたま飲んで、いきなり斬り合いをはじめる始末。一度なぞかろうじて難を逃れたくらいで、しかもお客に行ったのは友好的な首領のところだったんですから」

「どうしてそんなことになったんです？」

「いやなに（彼はパイプに煙草をつめて、煙を深く吸いこむと、話しはじめた）、詳しく申しますとね、その頃私はテレク川の近くの要塞に中隊を連れて駐屯していたのです——あれからそろそろ五年になりますかね。あるとき、秋のことでしたけれど、糧食の補給がやってきました。運んできたのは将校で、二十五歳くらいの若い男。私のところに正装で現れると、要塞に残るよう命じられてきた、と言うのです。華奢な、なまっちろい青年で、しかも軍服はぴかぴか。すぐにピンときましたよ。これはカフカスでは新参だな、とね。私はたずねました。

『ロシアからこちらに異動になったのでしょう？』

『その通りであります、二等大尉殿』彼は答えました。

私は手を握って言いました。『いやあ、これはうれしい。少々退屈なさるでしょうけれど、まあ気兼ねなしに仲良くやりましょう。そうだ、堅苦しいことは抜きにして、私のことはマクシム・マクシームイチと呼んでください。それに、そんな正装はご勘弁願いますよ。私に会うときは軍帽ひとつで結構ですから』

部屋があてがわれ、彼は要塞の住人となりました」

8　焼いたパン、もしくはキビやトウモロコシを煮つめた粥を発酵させて作る酒。

「男の名はなんというのです？」私はマクシム・マクシームイチにたずねた。

「彼の名は……グリゴーリイ・アレクサンドロヴィチ・ペチョーリンです。じつに好青年でした、まちがいなく。ただ、少々変わっていましたね。たとえば、雨の日や寒い日に一日中狩りに出て、みんな凍えてぐったりしているのに、ところがこの男だけはなんともない。そうかと思えば、部屋のなかにひきこもって、ちょっと風が吹いただけで、風邪を引いたなどと言い立てる。鎧《よろい》戸《ど》ががたがた言うと、ぶるぶるふるえ出して、血の気が引いてくるんです。ところが私がいっしょのときに一人でイノシシに立ち向かっていったこともありますよ。何時間も一言もしゃべってくれないこともあれば、お腹がよじれるくらい面白い話をはじめることもある。そうですねえ、おかしなところがずいぶんありましたな。お金があったのはたしかです。とにかく、高価ながらくたをわんさともっていましたから！……」

「要塞には長く滞在していたのですか？」私はさらにたずねた。

「一年くらいですね。しかし忘れがたい年になりましたよ。面倒をかけられ通しでしたから！　まあ、そのせいで忘れられないというのもなんですが。実際、あらゆる奇怪なできごとがふりかかるように、生まれもって定められている人間はいるもんです」

「奇怪なできごとですって？」私はお茶を注ぎ足しながら、好奇の色もあらわに叫んだ。

「それじゃひとつお話ししましょうか。要塞から六ヴェルスターほど離れたところに、友好的な首領が住んでいましてね。そのどら息子、十五歳くらいの小僧っこが、私たちのところによく出入りしていたんですな。なんやかやと毎日のようにやってきましてね。まあ実際、私とペチョーリンとで甘やかしましたから。しかしこれがたいしたやんちゃ坊主で、何かほしい、何かしたいとなるとじつにすばしっこい。全速力で帽子をかっさらっていったり、小銃をぶっぱなしたり。ひとつ困ったところがあって、とにかくお金に汚い。一度、ペチョーリンが冗談半分に、親父が飼っている家畜のなかで一番上等のヤギを盗んできたら、金貨をやろうと約束しましてね。さてどうなっ

9　ペチョーリンの名は、ウラル山脈に源を発するペチョラ川に由来する。この命名は、プーシキン（一七九九―一八三七）の作品『オネーギン』を意識したものである。プーシキンの主人公の名は、オネガ川からとられている。オネーギンとの関係を示唆するために、レールモントフは「ペチョーリン」を強調したものと考えられる。

たか？　翌日の夜に角をつかんで引きずってきましたよ。それに、このやんちゃ坊主をよくからかってやったものですけれど、そうすると目が血走って、たちまち短刀に手を出すんですね。私は言ってやりました。『おい、アザマト、そのうち首が飛ぶぞ。お前の頭にわるいこと《ヤマン》[10]が起こるぞ』

あるとき大将がみずからやってきて私たちを結婚式に招待しました。長女を嫁にやるということで。私たちはこの男と盟友《クナーク》の関係にありましたから、相手がタタール人とはいっても、断るわけにはいきません。それで出かけたわけです。村《アウル》[11]に着くと、たくさんの犬のお出迎えがあって、さんざん吠《ほ》えられました。女たちは、こちらを見ると隠れてしまって。顔を拝むことのできた女は、お世辞にも美人とは言えません。『チェルケス人の女たちはもっと美人ぞろいかと思っていましたよ』ペチョーリンが言います。『まあまあ』私はにやりとしながら答えました。腹に思うところがあったんです。

主人の屋敷にはすでにたくさんの人が集まっていました。アジア人には、ご存じ、とにかくだれでもかれでも結婚式に招くという風習があります。私たちは礼儀をつくして迎え入れられ、盟友のための席に案内されました。とはいえ、万一にそなえて、自分たちの馬がどこにつながれているか、頭に入れるのは怠りませんでしたけれどね」

「結婚式はどんなふうに祝うのですか？」私は二等大尉にたずねた。

「なに、いたってふつうですよ。まずムッラー[12]がコーランの一節をひとくさり読んで、それから新郎新婦や親戚一同に贈り物をして、食べて、ブザを飲む。そのあとで馬の曲乗りがはじまり、決まってどこぞの浮浪者が、脂汚れにテカテカしたなりで、足の悪いみすぼらしい子馬にまたがり現れて、ポーズをとったり、おどけたりして、興に入った一同を笑わせる。日が落ちると今度は、盟友たちの座で、ロシアの舞踏会にあたる催しがはじまります。しょぼくれた老人がへたくそにかき鳴らすのは、三本の弦の……なんと言うんだったたっけ……まあ、バラライカ[13]に似ている楽器です。娘たちや若者たちは二列に向かい合って、手をたたいて拍子を取りながら歌います。そこに一

10　チュルク語。
11　カフカス地方の村落。
12　イスラム教の宗教指導者を指す。
13　ロシアの民俗楽器で、三本の弦を指ではじいて演奏する。

組の男女が進み出て、思いつくままに詩をかわるがわる朗唱して、ほかの者たちもあとにつづいて唱和するんです。ペチョーリンと私は主賓の席に連なっていたのですが、ペチョーリンのところに主人の下の娘がやってきまして、年は十六くらい、ペチョーリンのために歌い出した……なんと言いますか……まあ、お愛想みたいなものですな」

「いったいどんな歌でしたか？　覚えておいででしたら」

「そうですな、こんな具合でしたね。『わたしたちの若いジギト[14]は美丈夫ぞろいで、カフタンには銀の飾りが縫いつけられている。ところが、ロシアの若い将校はいっそう美丈夫で、金のモールをつけている。ジギトのあいだに混じると、まるでポプラの木のよう。けれど、わたしたちの庭では育つことも花咲くこともできない』ペチョーリンは腰を上げると、手を額と胸に当てて歌い手に一礼し、それから彼女への言葉を伝えてくれるよう私に頼みました。私は彼らの言葉に通じていますから、通訳してやりました。

　彼女が行ってしまうと、私はペチョーリンにささやきました。

『さあ、どうです？』

『すばらしい！』ペチョーリンは答えます。『名前はなんというのです？』

『ベラです』私は答えました。

まあ実際、ベラはきれいでしたよ。すらりとして、細身で、瞳は山のカモシカみたいに黒くて、心の奥を透かし見られているような気がしました。ペチョーリンは何やら物思わしげな様子で、ベラから目を離そうとしませんでした。ベラの方も眉毛の下からちらちら彼を盗み見ています。ただ、かわいいお姫さまに見惚《みと》れていたのは、なにもペチョーリンだけではなかったんです。部屋の片隅から、ぎらぎら燃えるまなざしをジーッと送っている男が、もう一人いたんですな。誰かと思ってよく見ると、古い知り合いのカズビチでした。友好的というわけではないのですが、かといって敵対的というのでもない。この男に関する悪いうわさは山ほどありましたけれど、どんな悪事をはたらこうと尻尾《しっぽ》をつかませない。ちょくちょく私たちの要塞に羊を連れてやってきて、安い値で売っていくのですが、値段の掛け合いは一切しません。言い値が絶対で、切り殺されようが何されようが、頑としてゆずらない。カズビチについて

14　馬をたくみに乗りこなす勇敢な若者。

は、アブレク[15]どもを従えてクバン川の向こうを荒らしまわる常習犯といううわさがありまして、実際、面構えときたら山賊そのものでしたね。背はちっこいのですが、がたいはよくて、肩幅もひろい……。それにすばしっこいことといったら、まるで悪鬼のよう。ベシメト[16]はつぎはぎだらけのぼろでしたけれど、武器には銀があしらわれている。愛馬の名もカバルダじゅうにとどろいていました。まあたしかに、この馬に勝る馬など思いつきません。当然、馬に乗る者なら誰しもカズビチをうらやましがるわけで、略奪計画も一度ならずあったのですけれども、うまくいったためしはなかったのです。いまでも馬の姿が目に浮かぶようですな。毛は漆黒、足は張りつめた弦のよう、目だってベラに勝るとも劣らない。それにあの力ときたら！　五十ヴェルスターだって走れますよ。おまけによく調教されていて、犬みたいに主人のあとをついて走るし、主人の声まで聞き分けるんです！　カズビチは馬をつなぐようなまねはしませんでした。まったくとんだ山賊の馬もあったもんですよ！……

　結婚式の晩、カズビチはいつになくふさぎがちで、何かの拍子に目に入ったのですが、ベシメトの下に鎖帷子《くさりかたびら》を着こんでいるんです。私は思いました。『鎖帷子とは剣呑だな、何かたくらんでいるにちがいない』

屋敷のなかがむんむんしてきたので、新鮮な大気に触れたくて外に出ました。夜は早くも山まで這い寄ってきていて、霧が谷間に漂いはじめていました。

ふと、自分の馬がつながれた小屋の覆いをのぞいて、エサがちゃんとあるかたしかめてみようという気になりました。用心にこしたことはないですからね。自分の馬はそれは見事なものでしたし、カバルダ人たちも『すばらしい《ヤクシ・トヘ》、じつにすばらしい《チェク・ヤクシ》！』とつぶやいて色目をつかっていましたから。

垣根沿いに忍び足で歩いていると、いきなり声がしました。声の主の一人はすぐにわかりました。悪童アザマト、ここの主人の息子ですな。もう一人はぼそっと小声で話しています。『何を話しているんだろう？　まさか俺の馬のことじゃ？』私はそう思いましてね。垣根のそばに腰を下ろして盗み聞きしてやったんです。一言も聞きもらすまいと全身耳にして。ときどき、屋敷の方から響いてくる歌のざわめきや話し声のせいで、こっちは気になってしょうがないのに、会話がかき消されてしまうことも

15　アウトロー的な山岳民の集団で、ロシア側へのゲリラ攻撃も行った。
16　カフカス地方で着用された上着の一種で、膝まで達する長さがある。

ありました。

『あんたの馬はみごとだな！』アザマトが言いました。『おれが一家の主で、三百頭の馬を飼っていたら、あんたの駿馬《しゅんめ》と引き換えに半分やったっていいよ、カズビチ！』

『ははあ、カズビチか』私は合点して、鎖帷子を思い出しました。

『そうだな』しばらく沈黙がつづいたあと、カズビチが答えました。『カバルダじゅう探してもこんなのはおらんよ。前にな、これはテレク川の向こうのことだぞ、アブレクどもを連れてロシアの馬を略奪しに行ったのよ。あのときはついてなかったな、俺たちはちりぢりになっちまった。俺の後ろを四人のコサック[17]が追いかけてきやがった。邪教徒[18]どもの雄叫びが後ろに迫ってきて、ところが前方には暗い森。俺は鞍にぴったり身を寄せて、アッラーに身をゆだねて、生まれてはじめてこいつを鞭打って痛めつけた。枝のあいだを鳥みたいにびゅんびゅんと進んで。棘《とげ》のせいで着ているものはびりびりになって、瘤楡《こぶにれ》の節くれだった枯れ枝におでこをひっぱたかれて。俺の馬は切り株を飛びこえ、胸で茂みをかきわけた。森に入る手前で乗り捨てて、歩きで森に隠れた方がよかったんだろうけれど、こいつとおさらばするのがどうにも惜しくてな。そしたら預言者さまがご褒美をくれたのよ。弾《たま》が何発か頭の上をピューッとかすめていって、馬を下りたコサックたちが走って追いかけてくるのが聞こえた……。そこに突然、深い窪《くぼ》みが立ちふさがった。俺の馬はちょっと思案して――飛びこえちまった。後ろの蹄《ひづめ》は対岸の崖からずり落ちた、しかし前足でなんとか食らいつく。俺は手綱を放り投げて、谷底に飛びおりた。そのおかげで馬は助かって、無事に駆けあがったのよ。コサックたちはみんな見ていたけれど、俺を見つけ出そうとわざわざ窪みを下りてくる奴は一人もいなかった。深手を負って生きちゃいないと思ったんだろうさ。俺の馬を捕らえようと駆け出していくのが聞こえたよ。心臓にカーッと血がめぐった。密生した茂みをかきわけて谷を這いあがってみると、森はそこでおしまいで、コサックたちは馬にまたがり森を抜けて草地へ駆けているところ。そこに奴らめがけてまっすぐ俺のカラギョスが飛び出してくる。奴らは雄叫びをあげて追いすがる。こりずにしつこく追いまわし、一度や二度は投げ縄が首にかかりそうになったくらい。

17　十五世紀以降、タタール人や逃亡農民らが合流して形成された集団。軍務に従事していた。
18　イスラム教徒のカズビチから見れば、キリスト教徒のコサックは邪教徒。

俺はがたがたふるえ、うつむいて祈りはじめた。少しして顔を上げると――なんと、俺のカラギョスは尻尾をはためかせて飛ぶように走り、まるで風みたいに自由自在で、一方の邪教徒どもは草原のはるか後方を一列に伸びきって走っているんだ。馬もすっかりへたばっていたな。アッラーの名にかけて、嘘じゃない！　夜遅くなるまで俺は谷間に身をひそめていた。そこに突然――なあ、アザマト、どうなったと思う？――暗闇のなか崖のふちを馬が行ったり来たりしているのが聞こえるのよ。鼻息荒くいないて、蹄で地面を蹴りたてて。カラギョスの声だってすぐにわかった。カラギョスだった、俺の相棒だったのよ！……あれ以来、俺たちはいつもいっしょなのさ』

そこでカズビチが駿馬の首の柔肌を優しくたたいているのが聞こえましたよ。いろいろな呼び名でうっとりと声をかけながらね。

『もしおれが千頭の馬を飼っていたら』アザマトが言いました。『カラギョスと引き換えに全部くれてやるんだけどな』

『だめだ《ヨク》、そんな気はない』カズビチはすげなく答えました。

『なあ、カズビチ』アザマトはこびへつらうように言います。『あんたはいい奴だ、勇敢なジギトだ。あのな、親父はロシア人を怖がって、おれを山に行かせてくれないんだ。あんたの馬をおれにおくれよ、そしたらお望みのことはなんだってするよ、一番上等の銃だって刀だって親父から盗んできてやるよ——とにかくお望みならなんでもだ。親父の刀は本物のグルダ[19]なんだぞ。刃に手を当てただけで、自然と肉に食いこんじゃうんだ。あんたの鎖帷子だってかないっこないよ』

カズビチは黙っています。

『はじめてあんたの馬を見たとき』アザマトはつづけます。『あんたを乗せて、鼻をふくらませて、くるりと回ってぱっと跳ねて、蹄から火打石みたいに火花が飛び散って、そんなのを見てたら、おれの心のなかになんだかよくわからないものが生まれたんだ。それからは、なにもかもが嫌になっちゃった。親父の一番いい馬だって二目と見られないと思ったし、親父の馬を乗りまわしているときなんて穴があったら入りたいくらいだった。すっかりしょんぼりしちゃってね。しょんぼりしながら崖に一日中腰かけていると、ひっきりなしにあんたの黒い馬が頭に浮かんでくるんだ。しなやかな歩きっぷり、なめらかで、矢みたいにまっすぐな背中。はしっこい眼でおれを見つ

19 最上等の鉄製の剣。

めてくる。なにか伝えようとしているみたいに。おれは死にそうだ、カズビチ、馬を売ってくれなきゃ!』アザマトはふるえる声でそう言ったんです。

どうもアザマトは泣き出したようでしたね。断っておきますと、アザマトという奴はとにかく負けん気の強い坊主で、それはもう、一滴の涙をしぼり出すのも無理なくらいだったんです。年端もいかなかった時分からそうでしたから。アザマトの涙に答えて、鼻で笑っているような音が聞こえました。

『なあ、よお!』アザマトはテコでも動かぬという声で言いました。『おれはどんなことだってやるぞ。欲しけりゃ、姉貴を盗んできてやろうか。姉貴は踊りもうまい! 歌もうまい! 金の糸で刺繍するのだって、たまげるほどうまいんだ! あんな嫁さんはトルコのパシャのところにもいないよ……。どうだ? 明日の夜、あそこで、ほら、川が流れている谷間で待っていてくれよ。あそこを通って、姉貴を隣の村まで連れていくからよ——そしたら姉貴はあんたのものだぜ。ベラはあんたの馬ほど値打ちがないってか?』

カズビチはずーっと黙っていましたよ。ようやく、答えるかわりに昔の歌を小声で歌いはじめたんです。[20]

われらが村に美しき人数多《あまた》いて、
その眼《まなこ》の闇に星々がきらめく、
甘い愛、それはうらやむべきさだめ。
しかるに勇士の無頼はなお愉しい。
妻は四人で黄金《こがね》に等しく、
されど駿馬は金にも優《まさ》る。
荒野では竜巻にも後れを取らず、
あだな移り気からもなお遠い。

アザマトは悪あがきして、お願いだからとごねたり、泣いたり、すかしたり、誓ったり。とうとうカズビチはうるさくなってさえぎりました。

20 原注——言うまでもなく二等大尉はカズビチの歌の内容を散文で説明してくれた。詩のかたちに改めたのは筆者であることをお断りしておく。習い性となるとはこのことだ。

『失せろ、このわからずやの坊主め！　お前なんぞが俺の馬に乗れるもんか。三歩進む前に放り出されるわ、石にぶつけて頭を割るのがおちよ』

『なにい！』アザマトは怒り狂って叫びました。子ども用の短刀の刃が鎖帷子に当たってカキンと音が鳴りました。腕っぷしの強いカズビチはアザマトを突き飛ばし、突き飛ばされたアザマトは垣根にぶつかって、垣根をがさがさゆさぶりました。『えらいことになるぞ！』私はそう思いましてね。馬小屋に駆けつけると馬に手綱をつけて裏庭に引き出しました。二分もすると屋敷は上を下への大騒ぎ。まあこういうわけなんです。アザマトは、カズビチに襲われたと言い触らしながら、びりびりに破れたベシメト姿で屋敷に駆けこんだ。一同はすわと飛び起き、武器をつかみ——まあ見ものでしたな。阿鼻叫喚に鉄砲の音。ところがカズビチはとっとと馬にまたがり、軍刀をふりまわしながら、群衆をかきわけて悪鬼のように飛び去っていきました。

『他人のせいで馬鹿を見るのは勘弁』私はペチョーリンの腕をつかんで言いました。

『さっさと退散しましょう』

『まあまあ、どうなるか見てみましょうよ』

『どうせろくなことにはなりませんよ。アジア人どもはいつだってこうなんだ。ブザを飲み食らって斬り合いをおっぱじめるんです！』

われわれは馬に乗って一目散に帰りました」

「それじゃカズビチはどうなったんです？」私は我慢できなくなって二等大尉にたずねた。

「どうなるも何もあったもんじゃありませんよ！」お茶の残りを飲みながら、二等大尉は答えた。「もちろん、ずらかりましたよ」

「傷ひとつ負わずに？」私はたずねた。

「ふん、どうでしょうな！　しかし、何しろ不死身ですからね、ああいった手合いは！　奴らの戦いぶりを見たことがありますけれど、体中ズタズタにされて、それこそ篩《ふるい》みたいに穴だらけになりながら、それでも軍刀を振りまわしていた奴もいましたからね」二等大尉はしばし黙ったあとで、ドンと足を踏みならすと先をつづけた。「ひとつだけ、どうしても自分がゆるせないんですよ。悪魔にたぶらかされたのか、要塞に帰ってから、垣根にひそんで耳にしたことをペチョーリンにしゃべってしまったんです。ペチョーリンはにやっと笑いましてね――それがいかにも胸に一物ありそうで！――でもって何やら考えごとをはじめたんです」

「それでどうなったんです？　お聞かせください」

「まあしょうがないですな！　乗りかかった船、最後まで話さなきゃいけませんね。四日ほどしてアザマトが要塞にやってきました。いつものようにペチョーリンのところに立ち寄ります。ペチョーリンはアザマトが来るたびにお菓子をあげたりしていましたから。私も居合わせましてね。馬の話になって、そしたらペチョーリンがカズビチの馬をえらくほめ出したんです。見事な駿馬だの、カモシカみたいに美しいだの、まあとにかく、ペチョーリンによると、あんな馬はどこを探してもいないのだとか。

タタールの小僧っこのちっちゃな目がぎらぎら光り出しましたよ。ところがペチョーリンは気づいていない様子。私はほかの話題をふるのですが、ペチョーリンときたら、たちまちカズビチの馬の話にそれてしまう。こんなことが、アザマトが来るたびにつづいて。三週間もするとだんだん目についてくるんですな。アザマトの顔色が悪くなって、やつれてきて、ほら、小説なんぞにある恋煩いみたいなもんです。いやあ驚くでしょう？……

まあ、後になってからくりがわかりましたよ。ペチョーリンはアザマトをじりじりさせて、水にも飛びこみかねない状態にもっていったんです。あるときペチョーリンがこう言いました。『おい、アザマト、お前はおかしくなるほどあの馬に惚れているらしいな。しかし、あれにお目にかかる機会も二度とないだろうよ。頭の後ろを自分で見るみたいなものだ！　なあ、どうだい、あの馬をくれる人がいたら、お前はどんなお返しをする？』

『欲しいものならなんでも』アザマトは答えます。

『それなら俺が手に入れてやる、ただし条件がある……。必ず果たすと誓えるか？』

『誓うよ……あんたも約束だぞ』

『よし！　約束する、馬はお前のものだ。そのかわり姉さんのベラを俺によこせ。カラギョスはベラの結納品《カルイム》だ。この取引はお前にとっても儲けもんだと思うが』

アザマトは黙っています。

『いらないのか？　ふん、勝手にしろ！　お前は男だと思っていたが、まだ坊やだったか。馬を乗り回すには早いな……』

アザマトはかっとなりました。『けれど親父がいるぞ？』

『留守にすることだってあるだろう？』

『まあ……』

『いいな？……』

『うん』アザマトは死ぬほど青い顔でぼそっと答えました。『いつ？』

『次にカズビチがここに来たときだ。十頭の羊を連れてくると言っていたから。あとのことは、俺にまかせておけ。まあせいぜい気をつけるんだな、アザマト！』

こうして二人のあいだで話がつきました――まったくもって唾棄すべき取引です！ 私はあとでペチョーリンに釘をさしましたけれど、こんなことを言われましてね。野育ちのチェルケス女からしたら、自分みたいに優しい旦那をもてるのは幸せにちがいない、なぜって自分は彼らの考え方からしたらやっぱり旦那だからだ、一方カズビチときたら野蛮な山賊で、ここはひとつこらしめてやらなければならない、云々。まあどうです、こんなこと言われて言い返せますか？……けれど、そのときはまだ二人のたくらみについてなんにもわかっちゃいなかった。ある日のこと、カズビチが羊と蜂蜜はいらんかなとやってきましてね。私は翌日もってくるように言いつけました。『アザマト！』ペチョーリンが言います。『明日カラギョスが手に入るぞ。今夜のうちにベラがここに来なかったら、お前がカラギョスを見ることは金輪際ないからな……』

『よしきた！』アザマトはそう言うと、村にあわてて帰っていきました。夕暮れ時にペチョーリンは武具をまとって要塞を出ていきました。二人がどうやって片をつけたのか、それは知りません――ただ、夜になって二人して帰ってきましてね、哨兵が目撃したところでは、アザマトの鞍に女が横向きに寝かされていて、腕と足は縛られ、頭はチャドル[21]でくるまれていたとか」

「で、カズビチの馬は？」私は二等大尉に訊《き》いた。

「まあまあ、いま話しますから。明くる日の朝早く、カズビチが売り物の羊十頭を追いたててやってきまして。馬を垣根につなぐと、私の部屋に来ました。自分はお茶を出してもてなしました。山賊とはいっても、やはり仲間《クナーク》ですから。

私たちはとりとめのない会話を交わしていました。するといきなり、カズビチがびくっとして血相を変えて、窓に駆け寄ったんです。ところが、あいにく窓が面していたのは裏庭で。『どうしたんだ？』私はたずねました。

『俺の馬が！……馬が！』がくがくふるえながら言うのです。

21　イスラム圏の女性が着用する黒地の服で、全身が覆い隠せるようにマント状をしている。

　実際、蹄の音が聞こえました。『だれかコサックでも来たんだろう……』『ちがう！　ロシア人はきたない《ウルス・ヤマン》、きたない《ヤマン》！』カズビチは雄叫びをあげると、野生の雪豹のように表へ飛び出しました。二度の跳躍で早くも外に達し、要塞の門前で哨兵が行く手をさえぎったにもかかわらず、銃をひらりとかわして猛然と道を駆けていき……。と、遠くにほこりが舞っている——アザマトが俊足のカラギョスを飛ばしているんです。カズビチは走りながら銃を引き抜くと、ぶっ放しました。一分ほどじっと目を凝らしましたが、はずれ！　すると奇声を発して銃を石にたたきつけ、銃は木端みじん、自分は大の字に倒れて子どものようにおいおい泣き出す始末……。カズビチのまわりには人だかりができましたけれど、そんなのおかまいなし。ひとしきり立ち話をしたあとで、みなは要塞に引き返していきました。私は彼の横に羊の代金を置くように言いつけましたけれど——カズビチは一向に手をつけもしないで、死んだようにうつぶせになったまま。まさかとお思いでしょうが、カズビチは夜が更けてもそのままで、とうとう一夜を明かしてしまったんです……。ただ、翌朝要塞にやってきて、盗っ人の名前を教えろとせがむんですな。一部始終を目撃していた哨兵は、伏せておく必要もあるまいと、アザマトが馬の手綱をほどいて駆け去っていったと話しました。アザマトの名を耳にすると、カズビチの目がぎらりと光りました。カズビチはアザマトの親父が住む村へと出かけていったんです」

「それではアザマトの父親は？」

「そこがミソでしてね、見つからなかったのですな。アザマトの親父は六日間ばかり留守にしていたんです。そうでもなければ、アザマトにベラは連れ出せませんものね。で、親父が帰宅してみれば、娘もいないし息子もいないというわけで。アザマトも知恵の回る奴でしたからね。見つかったらただではすまないとわかっていたんでしょう。あれっきり雲隠れしてしまいましたよ。大方アブレクどもの一団に身を寄せて、テレク川やクバン川の向こうで暴れまわって命を落としたんでしょう。まあ当然の報いですな！……

私も厄介事をしょいこむはめになりましてね。チェルケス女がペチョーリンの部屋にいると知って、すぐに肩章をつけて帯剣してそちらに赴いたのですよ。

ペチョーリンは手前の部屋で寝ころがっていました。片方の腕を枕にして、空いた手で火の消えたパイプを握りしめて。向こうの部屋に通じる扉は錠がおりていて、鍵穴に鍵はありません。私はこれだけのことをすぐに見て取りました。咳払いをしたり、かかとで敷居をたたいたりしたのですけれど――ペチョーリンは聞こえないふりをする。

『少尉補！』私はできるだけ厳めしく呼びかけました。『私がいるのがわかりませんか？』

『ああ、これはどうも、マクシム・マクシームイチ！　パイプはいかがです？』彼は寝そべったまま答えます。

『少尉補、私はマクシム・マクシームイチではない、二等大尉です』

『同じじゃありませんか。お茶はいかがです？　いやあもう気苦労が絶えなくて大変なんですよ！』

『事情は全部わかっています』私はベッドに近づくと答えました。

『そりゃ好都合です。いまはとても話すような気分じゃないので』

『少尉補、君は禁を犯しました、そのせいで私も責任を問われるかもしれない……』

『結構じゃありませんか！　何か困ることでも？　僕らは前々から全部分かち合ってきたでしょう』

『冗談を言ってる場合じゃない。剣をよこしなさい[22]』

『ミーチカ、剣をもってこい！』

ミーチカが剣をもってきました。自分の義務を果たしたあとで、私はベッドの彼のそばに腰を下ろし、言いました。『なあ、ペチョーリンくん、白状なさい、悪いことをしたって』

『悪いこと？』

『ベラをかどわかしたじゃないですか……アザマトの奴め、ちくしょう！……さあ、白状なさい』私は言いました。

『僕が彼女に惚れているんだとしたら？』

まったくなんと答えられたでしょう？ 返答に窮しました。けれど、しばらく黙ってから、こう言い返したんです。父親が返せと要求してきたら、引き渡さなければなるまい、と。

『その必要はありませんよ』

『しかし、ここにいることはいずれ知られるでしょう？』

22 将校は帯剣せずに外出することは認められていなかったので、事実上の謹慎処分といえる。

ペチョーリンは起き上がると言いました。『ねえ、マクシム・マクシームイチ！』ペチョーリンは起き上がると言いました。『あなたは優しい方なんですから、わかるでしょう。娘をあんな野蛮人のもとに返したら、八つ裂きにされるか売り飛ばされかがおちです。起きたことは起きたこと、これ以上状況が悪くならないようにしましょう。ベラはここに置いてやってください、僕の剣はあずかってください……』

『せめてベラに会わせてくれてもいいでしょう』私は言いました。

『そこの扉の向こうにいますよ。けれど、僕だってさっき彼女に会おうとして無駄足踏んだんです。隅っこに座ったきり、ヴェールをかぶったまま話そうともしないし、こちらを見ようともしない。野生のカモシカみたいに臆病なんですから。酒場のおかみを雇ったんですがね。おかみさんはタタール の言葉も知っているし、ベラの世話もしてやれるし、いまやもう僕のものになったんだという考えになじませてやることもできるでしょう。実際、あの娘はもう僕よりほかに嫁ぎ先などないんですから』ペチョーリンはこぶしで机をたたくとそう言い添えました。私はここでも彼の言い分を呑んでしまいました。何ができたというんです？　どういうわけか言われるがままにうんと言ってしまう、そういう人間がいるものなんです」

「で、どうなりました？」私はマクシーム・マクシームイチに訊いた。「本当にベラを手なずけてしまったのか、それともベラは囚われの暮らしのなか、ふるさと恋しさに衰弱してしまったのか？」

「おやおや、なんでまたふるさと恋しさなぞ？　村で眺めていた山々が要塞からも見えるんですよ、奴ら野蛮人にはそれだけでもう十分なんです。おまけに、ペチョーリンは毎日何かしら贈り物をやっていました。最初の頃はベラも無言で毅然と贈り物を突っぱねていたんです。だから、酒場のおかみさんがまんまとせしめて、それですっかり意気揚々でしたけれどね。はあ、贈り物ねえ！　色染めの布切れごときのために、女たちはなんだってしますからね！……まあ、それはともかく。ペチョーリンは長いこと手を焼いていましたけれども、その間にもタタール語を覚え、ベラの方でもロシア語がわかるようになりました。ベラはペチョーリンの顔を見るのにもだんだん慣れて。最初は上目遣いに、ちらりと見る程度でしたけれど。それでもやっぱり悲しみは晴れず、故郷の歌を小声で口ずさんでいることもありましたね。そんなわけで、隣から聞こえてくる歌を聴いていると、こっちまでやるせない気持ちになったもんです。

忘れられないできごとがあります。私がそばを通りがてら窓をのぞいてみると、ベラがうつむきながら暖炉の上に腰かけていて、そばにペチョーリンが立っているんです。彼が言いました。

『ねえ、僕のペリ、[23]わかるだろう、遅かれ早かれきみは僕のものになる。どうしてそんなに僕を苦しめるんだ？　誰か故郷に好きな人でもあるのかい？　それなら、いますぐ家に帰してあげるよ』

ベラはかすかにびくっとし、首を横にふりました。ペチョーリンはつづけます。

『それとも、僕はすっかり嫌われてしまったというわけかい？』

ベラはため息をつきます。

『それとも、信仰ゆえに愛はゆるされないというのかい？』

ベラは青ざめて、一言も話しません。

『いいかい、アッラーはあらゆる種族にとって同じ神さまなんだ。アッラーは僕がきみを愛することをゆるしたんだよ。それならきみが同じ愛を返してくれることを禁じるわけがあるかい？』

ベラは、この新しい考えに打ちのめされたかのようにペチョーリンをじっと見つめました。その両目にはいぶかる心と信じたいという切なる願いがあらわれていて。なんというまなざし！　まるで燠火《おきび》のように光っていましたよ。『ねえ、かわいい、やさしいベラ』ペチョーリンはつづけます。『わかるだろう、僕がどれだけきみを愛しているか。きみを元気づけてあげられるのなら、なんだってくれてやる。きみに幸せになってほしいんだ。今度めそめそしたら、僕は死んでしまうよ。ねえ、元気を出してくれるかい？』

ベラは、ペチョーリンから黒い瞳をそらすことなく、しばし物思いに沈んでいました。それから優しく微笑《ほほえ》むと、同意のしるしにうなずいたんです。ペチョーリンはベラの手をとって、キスしておくれと口説き落としにかかりました。ベラはおずおずと身をかばいながら、こうくり返すばかりでした。『お願いです、お願いです、よくないです、よくないです』ペチョーリンは頑としてゆずりません。ベラはふるえ出し、

23　ペルシア神話に登場する両翼の美しい妖精。詩人ジュコフスキー（一七八三―一八五二）がトマス・ムーア（一七七九―一八五二）の詩「楽園とペリ」をロシア語に翻訳した詩「ペリと天使」（一八二一）が、当時よく知られていた。

涙があふれました。『わたし、あなたにつかまりました』ベラが言います。『あなたの奴隷です。もちろんあなたは好きにできます』そしてふたたび涙です。

ペチョーリンは自分の額をげんこつでたたくと、隣の部屋へ飛び出していきました。部屋に立ち寄ると、ペチョーリンは腕を組んで辛気くさい様子で部屋のなかをうろうろしている。『やあ、どうしたんです？』私は言いました。『あれは悪魔だ、女じゃない』ペチョーリンは答えます。『けれど、必ず僕のものになりますよ……』私は首を横にふりました。『それじゃ賭けましょうか！　一週間で落としてみせます！』『いいでしょう！』話はまとまり、私たちは別れました。

翌日、ペチョーリンはさっそく使いをキズリャル[24]にやり、さまざまな買い物をさせました。ペルシア産の目もあやな織物が数えきれないほどどっさり運びこまれます。『どうです、マクシム・マクシームイチ！』彼は贈り物を見せながら言います。『アジアの美人はこんな砲台相手にもちこたえられるでしょうかね？』『君はチェルケス女を知らんのですよ』私も言い返しました。『チェルケス女というのは、グルジア女とも南カフカスのタタール女ともまったくちがう——別物なんです。チェルケス女には自分たちのやり方がありましてね。よそとは育ちがちがいますから』

ペチョーリンはにやっとして、行進曲を口笛で吹きはじめました。

ところが軍配があがったのは私の方でした。贈り物は期待した成果を半分もあげなかったんです。ベラは優しくなって、聞き分けもよくなりましたけれど――それだけのこと。というわけで、ペチョーリンはいよいよ最後の手段に打って出ました。ある朝、馬に鞍をおくよう命じておいてから、チェルケス風の恰好をして、武具をとってベラのもとに赴きました。

『ベラ！　僕がどれほど愛しているか、わかるね。思いきってきみを連れ出したのは、僕のことを知ったら、きっと好きになってくれると思ったからだ。けれど、まちがいだった。さようなら！　僕のものは全部好きに使ってくれてかまわない。戻りたければ、お父さんのところに戻るがいい――きみは自由だ。僕が悪かったんだ。自分を罰してやらなきゃいけないね。さようなら、僕は行くよ――どこへって？　わかるものか！　ここらじゃ鉄砲に撃たれるのも、刀で斬られるのも、たやすいことさ。そのと

24　テレク川沿いの街で、物流の中心地。

きは僕を思い出してゆるしておくれ』

　ペチョーリンは顔をそむけると、別れの挨拶に手を差し出しました。ベラは手を取ろうとはせず、黙ったままでした。私は扉ごしに立っていましてね、割れ目から様子をうかがうことができました。かわいそうに――かわいいお顔がいまにも死にそうなくらい青くなっていましたよ！　返事も聞かず、ペチョーリンは扉の方へ何歩か踏み出しました。彼はふるえていましたね――なんと言いましょうか、半ば冗談で言い出したこととはいえ、本気でやってやろうという気になっていたんでしょうな。そういう人間でしたから。まったくふるっていますよ！　ところが扉に手が触れるか触れないかというところで、ベラが飛び出して、わっと泣きながら首っ玉にかじりついた。信じられますか？　私は扉ごしにもらい泣きしてしまいましたよ、いや泣いたというほどのことでもないのですけれど、まあ――お恥ずかしいことで！……」

二等大尉は黙ってしまった。

「そうですねえ、正直なところ」しばらくして、二等大尉はひげを引っ張りながら口を開いた。「彼がいまいましかったんですよ、自分は女性からあんなに愛されたことはありませんもの」

「では二人の幸せはつづいたんですね？」私はたずねた。

「そうですな。ベラは告白しましたよ、ペチョーリンにはじめて会った日から、彼がたびたび夢に現れたとか、男の人の面影がこんなに強く刻まれたことはないとか。まあ、幸せでしたな！」

「なんだ、つまらない！」私は思わず叫んだ。実際、悲劇的な結末を期待していたのに、私の願いはまったく思いがけずいきなり裏切られたのだ！……私はつづけた。

「ベラの父親は、娘の居所は要塞かもしれないとは思わなかったんでしょうか？」

「実際には怪しいと思っていたんでしょうね。ところが何日か経《た》って、ご老体が殺されたという知らせが飛びこんできたんです。それはこういったわけだったので……」

私の好奇心はふたたび目覚めた。

「断っておきますと、カズビチは、アザマトが親父の同意のもとに馬を盗んだと思っていたんです。まあ少なくとも私はそんなところだったとにらんでおります。それで、ある日のこと、カズビチは道端で待ち伏せしたわけです。村からは三ヴェルスターほど離れたところ。ご老体は今度も不首尾に終わった娘捜しからの帰り道で。家来たちは遅れていました。夕暮れ時で、ご老体は物思いにふけりながら馬を並歩で走らせていた。そこにいきなりカズビチが猫みたいに茂みのかげからぬっと現れて、背後から馬に飛びつくと、短刀の一撃で地面にたたき落とし、手綱をとってたちまち行方をくらました。家来の何人かは一部始終を小高い場所から目撃していて、あわてて追跡にかかったんですが、追いつくことはできませんでした」

「カズビチは馬の代償を払わせて、復讐したわけですね」私は話し手の意見を引き出そうと口をはさんだ。

「もちろん、彼らの考え方によるなら、カズビチは文句なしに正当ですな」

私はロシア人特有の能力に思わずはっとさせられた。郷に入って暮らすことになった民族のしきたりに、ロシア人はすっかりなじんでしまうのだ。こうした気質が非難に値するのか称賛に値するのかはわからない。いずれにせよ、並々ならぬ柔軟な精神と曇りなき健全な分別とを証明するものではある。悪が必要悪である場合や、悪を一掃するのが困難である場合には、どうであれ悪を許容してしまうのだ。

そのうちにお茶を飲みつくしてしまった。雪のなかに長時間つながれている馬は寒さにふるえていた。月は西の空で青ざめ、遠く山の頂にたなびく、引き裂かれたカーテンの切れ端のような黒雲のあいだに、はや没しつつあった。私たちは外に出てみた。

旅の友が口にした先の予言に反して、空は晴れ、穏やかな朝を約束していた。星々の輪舞は、はるか地平線の彼方で驚くべき模様を織りなしている。東の空がほのかに明るんで、その青白い光が暗い薄紫色の天穹に広がるにつれ、けがれない雪に覆われた山脈の険しい斜面もだんだんと明るんでいき、それとともに星の光もひとつまたひとつと薄らいでいく。右にも左にも暗い神秘的な奈落が黒々と口を開き、霧が、蛇のごとく渦を巻いたりのたくったりしながら、まるで迫りくる日の光を感知して恐懼《きょうく》するように、手近な断崖の亀裂を通って底へと這いおりていく。

天地はあまねく静寂に満ちていた。朝の祈りを捧げる人の心のように。ただ、ときおり冷たい東風が吹き寄せて、霜に覆われた馬のたてがみを逆巻かせる。――私たちは出発した。五頭のやせ馬が難儀しながら荷馬車を引っ張り、グド山へとうねる道を進んでいく。私たちはその後ろを歩き、馬がへたばったときには、輪止めがわりの石ころを車輪の下にあてがってやる。道は空に通じているかと思われた。いくら目を凝らしたところで、道はどこまでも登り道で、その果てで雲にまぎれてしまうからだ。雲は昨晩から、獲物を待つ鳶《とび》のように、グド山の頂上に休らっていた。雪は私たちの足元でくだけちった。空気はますます薄まって、呼吸するのも痛いほど。血は絶えず頭のなかで脈打ち、それでいて、何か喜ばしい感覚が血管中に満ちみちて、世界のこんな高みにいることに心が浮き立ってくるのだった。子どもじみた感情？　たしかに。けれども、世のしがらみから離れ、自然に近づくほどに、人は知らず知らず子どもに返っていくのだ。身にまとったものがすべて魂からこぼれ落ちていき、魂はふたたび、かつてそうあった、そしていつかまたそうなるであろう姿になるのだ。私と同じく、荒涼たる山々をさまよい歩き、そのすばらしい威容をひねもす眺めつづけ、山峡に広がる生気に満ちた大気をむさぼり呑む機会に恵まれた者ならば、陶酔境へといざなうこの景色を、伝えたい、語りたい、描きたいという願望を理解してくれるはずだ。さて、ようやく私たちはグド山を登りおおせ、山頂にたたずんであたりを眺めた。灰色の雲がかかり、その冷涼たる気配は、威嚇するように嵐が近いことを告げていた。しかし、東の方は金色に晴れわたっていたので、私たち――つまり私も二等大尉も、雲のことなど忘却の彼方に追いやってしまった……。そう、二等大尉さえも。素朴な心は、自然の美と威容に百倍も強くみずみずしく感じ入るのだ。ペンと口を動かして悦に入っているわれわれ作家などよりも。

「こうした雄大な景観にはもう慣れっこでしょうね」私は二等大尉に言った。

「まったくですな。弾丸のうなり声にだって慣れる、いやつまり、心臓が勝手にどきどきするのを隠すことにも慣れてしまうんですから」

「それどころか、古参の軍人にとっては弾丸の音楽は心地よいくらいだとか」

「もちろん、お望みなら心地よいと言ってもいい。けれど、それも心臓がドクンとするからというだけのことですよ。おっとほら、なんという眺めだろう!」東の方を指さしながら、二等大尉はそう言い足した。

実際、こんなパノラマをどこかでふたたび目にすることなどあるだろうか。眼下にはコイシャウル渓谷が広がり、アラグヴァ川ともうひとつの川が二本の銀糸のように横切っている。青みを帯びた霧が、朝の暖かい光を避けて手近な亀裂に逃れながら、渓谷をすべるように進んでいく。右にも左にも、雪や灌木をかむった山々の稜線が、高さを競いあうように互いに交差しつつ、果てしなくつづいている。はるか彼方も山また山、しかもひとつとして同じ断崖はない。なべての雪はあかあかと燃え上がり、楽しげにきらめいていて、ここでならいつまでも生きていけるような気がする。太陽がわずかに顔をのぞかせているのは、暗青色の山の端《は》。その山は熟練した目でなければ雷雲と見まちがえるにちがいない。もっとも、太陽の上空には血色の帯が広がっており、わが二等大尉はとりわけそこに注意を向けるのだった。彼は叫んだ。「今日は天気がくずれますよ。急がなければ。十字架山で足止めされてしまうかもしれない。前進だ！」二等大尉は御者に向かって叫んだ。

車が転がらないよう、輪止めがわりに鎖を車輪にあてがい、馬のくつわを取って、下山をはじめた。右には絶壁、左には奈落。奈落の底に住まうオセット人の集落がツバメの巣のように見える。急使たちは年に十度ほども、荷馬車がすれちがうだけの幅もないこの道を、寂寥《せきりょう》たる夜更けに、激しく揺れる馬車から降りもせず行き来しているのだ。そう思うと背筋がぞくっとした。われわれの御者のうち、一人はヤロスラーヴリ出身のロシア人農夫で、もう一人はオセット人だった。オセット人の方は、両脇の馬から前もって馬具を外し、真ん中の馬の手綱を用心しいしい引いていたのだが、のんきなわれらがロシア人は御者台を離れようともしない！「せめて鞄くらい気をつけて見ていてくれよ、鞄ごときのために奈落の底へ下りるなどまっぴらごめんだから」と注意したところが、こんな答えが返ってきた。「へっ、だんな！　大丈夫ですよ、わたしらだってうまくやります。これがはじめてじゃあるまいし」結局、この男は正しかった。無事にたどり着けるとはとても思えなかったのだが、それでもともかくたどり着いたのである。ということは、われわれが腰を据えてじっくり見直してみたら、人生はそんなに心配するほどのこともないと得心がいくのかもしれない。もっとも、読者諸君が知りたいのは、ベラの話の顚末だろう。――しかし、私が書いているのは物語ではなく旅行記なのだ。したがって、実際に語りはじめるより前に二等大尉の口を開かせるわけにはいかない。少々お待ち願いたい。なんなら数ページ分読み飛ばしていただいてもかまわないが、私としてはおすすめしない。というのも、十字架山越え（学者のガンバは勘違いして聖クリストフ山と呼んでいるが[25]）は、食指が動くこと請け合いだからだ。さて、こうして私たちはグド山からチェルトヴァ渓谷へと下りていった……。じつにロマンティックな名前！　読者諸君は難攻不落の断崖絶壁にかかる悪霊の巣窟を思い浮かべるのではないか――ところがどっこい。チェルトヴァ渓谷という名称は「悪魔《チョールト》」ではなく、「境《チェルター》」に由来する。ここはかつてグルジアとの国境であったからだ。渓谷にはいたるところ雪の吹きだまりができていた。そ

25　ジャック・フランソワ・ガンバ（一七六三―一八三三）は、フランスの探検家で、一八一七年、一八一九年と二度にわたってカフカス地方を旅し、旅行記を著した。

のため、サラトフやらタンボフやら、祖国のなつかしき場所がいきいきと思い出されるのだった。[26]

「あれが十字架山ですよ！」チェルトヴァ渓谷に降り立ったとき、二等大尉が雪の敷布に包まれた小高い山を指さして言った。頂上には石の十字架が黒々と立ち、傍らにはかろうじてそれとわかる道がのびていて、山を迂回する道が雪でふさがったときのみ利用されるのだった。御者たちによれば、いまのところ雪崩は起こっていないとのことで、彼らは馬を労《いた》わりつつわれわれを迂回路に導いた。曲がり角で五人ほどのオセット人に出会った。彼らは助力を申し出て、車輪をがっしりつかむと、掛け声も高らかに荷馬車を引いたり支えたりしはじめた。実際、危険な道だった。右手には頭ごしに雪のかたまりが垂れ下がり、突風の一吹きでいまにも谷底へ落ちていきそうに見える。狭い道はところどころ雪に覆われて、雪は足元でくずれ落ちるかと思えば、昼の日差しと夜の凍ての加減で氷に変わっているところもある。私たちも足を運ぶのがせいいっぱいだった。馬にいたっては転倒することもしばしば。左手には深い亀裂が口をあけ、そこに早瀬が渦を巻き、氷の皮膜に隠れたり、黒々とした岩にせかれてしぶきをあげたりしている。二時間もかかって、ようやく十字架山を迂回した——二ヴェルスターに二時間！　その間にも雨雲が下がってきて、雹《ひょう》や雪がわんさと降り注いだ。風は谷間に吹きこみ、「大泥棒ナイチンゲール」[27]のようにゴーとかヒューとか音を立てる。じきに石の十字架は霧に隠れ、霧はうねるごとにいっそう濃く密に、東から押し寄せてくる……。ちなみに、この十字架については、奇妙な、とはいえ広く知られた言い伝えがあって、なんとピョートル一世がカフカスを通過した際に建立したというのである。もっとも、ピョートルはダゲスタンまでしか足を運んでいないうえに、十字架には「エルモーロフ将軍の命で一八二四年に建立す」と太い文字で刻まれている。ところが、銘文があるにもかかわらず、言い伝えはすっかり根を下ろしているので、どちらを信じたらいいのか、もはやわからないというのが本音だ。ましてや、銘文をうのみにするなど、われわれの性分ではないのだから。

私たちは、コビの宿場を目指し、氷の張った断崖やぬかるんだ雪を越えてさらに五

26　当時、サラトフもタンボフも片田舎を連想させる典型的な地名だった。
27　ロシアの英雄叙事詩ブィリーナに登場する。口笛を鳴らして敵を倒すという能力をもつが、英雄イリヤー・ムーロメツに倒される。

ヴェルスターほども下りなければならなかった。馬はくたくたになり、私たちも凍えてがくがくしていた。吹雪はますます激しくうなりをあげ、われらが母なる北の大地を思わせた。もっとも、こちらの吹雪の野性的な節回しは、いっそう悲しげで、気が滅入ってくるのだった。私は思った。『吹雪よ、お前も追われた身の上で、故郷の広大無辺な原野を思って嘆いているのだな！　あちらでは冷たい翼を広げられたというのに、ここは狭くて息苦しい。鉄の檻に閉じこめられた鷲が甲高く鳴きながら格子に体当たりする、そういう気分なんだろう』

「困ったな！」二等大尉が言った。「ほら、何も見えやしない、霧と雪だけだ――いつ亀裂に転げ落ちてもおかしくないし、難所に足どめされないとも限らない。少し下ったあそこでも、きっとバイダラ川が荒れ狂って渡るどころじゃないでしょう。これがアジアなんですよ！　人間にしろ川にしろまったく当てにならない」御者たちが叫んだり罵ったりしながら馬を鞭打った。しかし鞭がいくらうなったところで、馬たちは鼻息も荒く、足に根が生えたように頑として動こうとしない。一人が根負けして言った。「二等大尉どの、今日中にコビまで行くのは無理ですわ。いまのうちに左に曲がっときましょう。ほら、あそこの斜面のところ、何やら黒っぽいのは、あれはきっと小屋ですよ。天気が悪いときは、旅行者はいつもあそこで休むんです。酒代をはずめば、案内すると奴らも言っていますし」彼はオセット人を指しながらそう言い足した。

「わかってるよ、そんなことは言われなくてもわかってる」二等大尉は言った。「この畜生め！　酒代をだまし取ろうと、隙あらば飛びついてきやがる」

「そうは言っても、やっぱり彼らなしではさらにひどい目にあっていたでしょう」私は言った。

「まあそうですな」彼はもごもご言った。「しかしこいつら案内人ときたら！　小銭にありつく機会をちゃんとかぎつけるんですから。まるで奴らがいないと道も見つけられないみたいじゃないか」

　私たちは左に方向を転じて、さんざん難儀したあげく、ともかくも貧相な休息所へたどり着いた。二軒の小屋からなり、いずれも平石と丸石を組んだつくりで、似たような壁で四方を囲まれていた。ぼろをまとった主人とおかみが親切に迎え入れてくれた。あとで知ったところでは、嵐に襲われた旅行者をもてなすという条件で、国の金銭的援助を受けて食べさせてもらっているとのことだった。

「かえって好都合ですよ」炎のそばに腰を下ろすと私は言った。「さて、ベラのお話を最後まで聞かせてください。あれで終わりのわけはないですからね」

「どうしてそう断言できるんです?」二等大尉は下心ありげに笑ってウィンクしてみせた。

「だって、あれじゃ物の道理に反していますからね。事の起こりが普通でないなら、事の終わりもそうでなくちゃなりませんよ」

「ご明察です……」

「それはうれしい限りです」

「喜んでくださるのは結構ですけれど、こちらにとっては本当のところ思い出すと胸が痛むんですよ。気立てのよい娘《こ》でしたから、ベラは! いつしか自分の娘みたいにすっかりなじんでしまってね。ベラの方も私を慕ってくれました。じつは私には家族がおりませんので。親父もお袋もかれこれ十二年ばかり音信がありませんし、妻をめとろうなどという気を起こしたこともありませんでした。いまじゃもう結婚なんて柄でもありませんし。そんなわけで、情をかける相手ができてうれしかったんですな。ベラは歌を歌ったりレズギンカ[28]を踊ったりしてくれましたよ……。その踊りときたら！　田舎町のご令嬢方の踊りなら私だって見たこともありますし、二十年くらい前に一度モスクワで社交界の集まりに出たこともありますがね。そんなのとは比べ物になりませんよ。まったく別物です！……ペチョーリンはベラを人形みたいに着飾らせて、世話を焼いたり甘やかしたり。ベラも要塞にいるあいだに見ちがえるほど美しくなりました。顔も腕も日焼けのあとが薄れて、頰には紅《あか》みがさして――あんなに明るくて、お茶目で、私のことはしじゅうからかってばかりいて……。ああ、神さま、あの娘をおゆるしください！」

「ベラに父親が亡くなったことを伝えたときはどうでした？」

「ベラが新しい生活に慣れないうちは、ずっと隠していたんです。伝えたときは、二日間ばかり泣き暮らしていましたけれど、あとはケロリとしていましたよ。

四か月くらいは万事これ以上ないくらいうまくいっていました。ペチョーリンは、すでにお話ししたかもしれませんけれど、三度の飯より狩りが好きでして。ときどき無性に森を駆けまわってイノシシやヤギを追いかけたくなるんですな。しかし、この

28　カフカス地方のレズギン族の踊り。

間ずっと要塞の堡塁の外にすら出たことがない。ところが、気づけば、ペチョーリンはいつかのようにふさぎがちで、両手を後ろに組んで部屋中うろうろするようになった。あるとき、誰にも言わずに狩りに出かけていったんです。朝のあいだずっと姿が見えません。一度が二度となり、さらに足繁くなり……。これはよくないぞ、私は思いました。二人のあいだを黒猫が走り抜けたんだ[29]!

ある朝、二人の部屋に立ち寄ると――いまもありありと目に浮かびますけれど――ベラが黒い絹のベシメトに身を包んでベッドに腰を下ろしている。血の気は引いて、しょんぼりしていて、私も思わずぎょっとしました。

『ペチョーリンはどこ?』私はたずねました。

『狩り』

『今日出かけたのかい?』ベラは黙っています。本当のことを話すのがつらいようで。

『ちがう、昨日から』重いため息をつきながら、とうとうベラは言いました。

『何かあったんじゃないのか?』

『昨日ずーっと考えて、考えて』ベラは涙に声をつまらせながら答えます。『いろんな悪いことが頭に浮かんできて。暴れん坊のイノシシに怪我させられたんじゃないかとか、チェチェン人に山に連れていかれたんじゃないかとか……。けれど今朝は、あの人がもうわたしを愛していないという気がしたの』

『やめなさい、そんな悪いことがあるわけないだろう』

彼女は泣き出しましたが、じきにきっと顔をあげて、涙をぬぐうとさらに言いました。

『わたしを愛していないなら、わたしを実家に戻したところでだれが困るっていうの？　泣きつくようなまねはしません。こんなことがつづくんだったら、自分で出ていきます。わたしはあの人の奴隷じゃありません——領主の娘なんですから！……』

私はベラをなだめました。『ねえベラ、彼を四六時中ここに座らせておくわけにもいかないだろう、お前のスカートに結わえつけられているみたいに。ペチョーリンは若いんだから、けものを追いまわしたくもなるさ。ちょっと出かけただけで、また戻ってくるよ。お前が悲しそうにしていたら、ペチョーリンだってじきに退屈してしまうぞ』

29　「不和になる」を意味する慣用表現。

『そうね、そうね』ベラは答えました。『元気にしていなくちゃ』そう言うと、朗らかに笑いながらタンバリンを手に取り、歌って踊って、私のまわりをぴょんぴょん飛び跳ねて。とはいえ、それも長続きせず、またもやベッドにくずおれて、両手で顔を覆うんです。

いったいどうしたらよかったのか？　私は女性の扱いがまったく不得手なもんですから。慰める方法はないものかと頭をしぼりましたけれど、なんにも思いつきません。しばらく二人とも黙りこくっていました。いたたまれない気分でしたよ！

私はようやくベラに言いました。『ねえ、堡塁まで散歩してみようよ、すばらしい天気じゃないか！』

九月のことでした。実際、嘘みたいに晴れていて、過ごしやすい陽気で。山々は手に取るように見えました。私たちは外に出て、要塞の堡塁沿いを黙って行ったり来たりしました。やがてベラは草地に腰を下ろして、私もそばに座りました。いやあ、思い出すと笑っちゃいますね。まるで乳母かなんぞのように、ベラに付き添っていたんですから。

私たちの要塞は高台にありましてね、堡塁からの眺めは見事なものでした。一方には広大な草原が広がって、ところどころ窪地に削られながら、向こうの森までつづいている。森は山が連なるところまでえんえんと広がっている。草原のそこかしこに村の煙が立ち上っていて、馬の群れが歩いています。もう一方には小さな川が流れていて、川辺に灌木が生い茂って岩だらけのごつごつした丘を覆いつくし、丘はやがてカフカス山脈へと合流していく。私たちは稜堡の一角に腰を下ろしていました。だから両方の景色がくまなく見えるんです。眺めていると、ふいに森から何者かが灰色の馬に乗って飛び出してきた。みるみる近づいてきて、ついにこちらから百サージェン[30]ほど離れた川向こうに立ち止まる。そして、癇癪玉《かんしゃくだま》を破裂させたみたいに、馬もろともぐるぐるしはじめたんです。まったく訳がわからない！……『ほらあそこ、ベラ、お前は目がいいだろう。あのジギト、ありゃなんだ？　誰に向かって芸をしているんだ？……』

そちらを見てベラは叫びました。『カズビチだわ！……』

『えっ、あの盗っ人が！　からかいに来たんだろうか？』目をこらすと、たしかにカ

30　長さの単位。一サージェンは二・一三四メートル。

ズビチです。浅黒い肌、いつものように泥まみれのすり切れた恰好。『お父さまの馬だ』ベラが私の腕をつかんで言いました。ベラは葉っぱのようにふるえ、両目はらんらんと輝いています。私は思いました。『ははあ！　お前さんも荒くれ者の血が黙っちゃいないようだね』

『ちょっと来たまえ』私は哨兵を呼びました。『銃を点検するんだ。私にかわってあの男を撃ち落としたら、銀貨で一ルーブルやるぞ』

『承知しました、二等大尉どの。しかし、奴はじっとしてくれません……』

『直談判してみろ！』私は笑いながら言いました……。

『おーい』哨兵はカズビチに手をふりながら叫びました。『ちょっと待ってくれ、なんでコマみたいに回っているんだ？』

カズビチは本当に馬を止めて、耳を傾けはじめました。私たちが取引をはじめたとでも思ったんでしょう――取引どころか！　わが狙撃兵は照準を定め……ズドン！……はずれ。火薬が銃の火皿[31]で発火したとたん、カズビチは馬を小突き、馬は横に一っ跳び。カズビチは鐙《あぶみ》に足をかけて体を起こすと、なにやら土地の言葉で叫んで、おどすように鞭を一振りし、たちまち見えなくなりました。

『なんという体たらくだ！』私は哨兵に言いました。

『二等大尉殿！　あの男は死ぬ気で逃げたんです』彼は答えました。『ああいう輩《やから》は、そう簡単には仕留められません』

十五分ほどしてペチョーリンが狩りから帰りました。ベラは首っ玉にかじりついて、帰りが遅れたことに不平も不満ももらしませんでした……。この私だって、ペチョーリンのふるまいは腹に据えかねましてね。『あのねえ、ついさっき川向こうのあそこにカズビチがいたんですよ。一発撃ってやりましたけどね。そのうち鉢合わせしないとも限らないでしょう。ああいう山岳民どもは執念深いんです。アザマトに手を貸したことも、もう見破られてしまったかもしれない。それに、まちがいなくベラに気づいたはずだ。いいですか、一年前、あの男はベラに気があったんです――自分から打ち明けたんですから。結納品をそろえる当てがあったら、求婚していたにちがいないんだ……』そう言ってやると、ペチョーリンは考えこみました。『おっしゃる通りです』ペチョーリンは答えました。『慎重にならなければなりませんね……。ベラ、も

31　銃の部品で、火薬をつめるところ。

うこれからは堡塁まで散歩に行ってはいけないよ』

その日の晩、私はペチョーリンと腰を据えて話し合いました。ベラがかわいそうで、彼の心変わりがゆるせなかったのです。それだけでなく、半日も猟に出てほっつき歩いていたことも、冷淡になって、ベラの相手をろくにしなくなったことも、ベラが目に見えてやつれてきて、ちっちゃな顔が面長になり、大きな目がくもってしまったことも、腹に据えかねていたんです。ベラに何かと声をかけたもんです。『なんでため息なんかついているんだい？　悲しいことでもあったかい？』『ううん』『何かほしいものでもあるのかい？』『ううん』『家族が恋しいのかい？』『家族はいないわ』来る日も来る日も、『うん』と『ううん』のほか何も聞き出せない、なんてこともありました。

そうしたことを、ペチョーリンにこんこんと言って聞かせたわけです。

『あのですね、マクシム・マクシームイチ』ペチョーリンは答えました。『自分は不幸な性格の持ち主なんですよ。教育のせいでそうなったのか、神さまが私をそういうふうにおつくりになったのか、それはわかりません。わかっているのはただひとつ、自分が他人の不幸のきっかけになったとしても、自分だって彼らに負けず劣らず不幸だということです。もちろん、こんなことを言ったところで、彼らにとってはたいした慰めにもならないでしょうが――事実そうなんだからしかたない。ごく若いうちは、自立して以来、金で手に入るあらゆる享楽を狂ったようにむさぼったものですが、当然ながら、そんな享楽など嫌気がさしました。ついで上流社会に乗り出したものの、社交界にもやっぱりうんざりでした。社交界の美女たちに惚れこんで、惚れられて――ところが女たちの愛など、空想と自尊心を刺激するだけで、心はむなしいまま……。奮起して読書にいそしみ、勉学に打ちこみましたけれど――学問もやっぱりだめ。名誉も幸福も、学問とはこれっぽっちも関係がないのです。なぜって、この世で誰よりも幸せなのは無学な人間で、名誉なんてものは時の運にすぎず、栄誉を手にするには、たんに悪知恵がはたらけばいいからです。

そのとき私は退屈を覚えました……。まもなくカフカスに異動となりました。わが生涯最良のときです。チェチェン人の弾丸が飛び交うなかにいれば、退屈など風前の灯だと期待したわけです――あだな望みでした。ひと月もすると、弾丸のうなりにも、死と隣り合わせでいることにも慣れっこになってしまった。本当の話、多少とも気になるのは、ずばり蚊でしたね。以前にもまして退屈になりました、ほとんど最後の希望も失ってしまったんですから。自分の部屋でベラを目にし、はじめて膝の上に抱いて、あの黒い巻き毛にキスをしたとき、自分の苦しみを思いやる運命がつかわした天使なのだと、愚かにも思ってしまった……。またしても勘違い。未開人の愛は貴族のご令嬢の愛よりいくらかましなだけですよ。一方の無知も純朴も、他方の媚態と同じく、飽き飽きしてくるのです。お望みなら、まだ彼女を愛していると言ってもいいですよ。そこそこ甘美な数分間を与えてくれたことに感謝していますし、命を差し出したってかまいません。しかし、やっぱり彼女にも退屈してしまったんです……。私は愚か者なのか悪人なのか。けれど、私だって同情に値するはずだ、あるいは彼女よりも。自分の魂は世間に毒され、空想は落ち着くことを知らず、心は飽くことを知らない。何もかもが不満。悲しみにもたちまち慣れてしまう、享楽とおんなじだ。人生は日に日に空しくなる。私に残された手段はただひとつ、旅をすること。機会があったら、躊躇なく出発します。ただし、ヨーロッパではありません、冗談じゃない！　行くべきところはアメリカ、アラビア、インドです——ひょっとしたら旅の途中で死ぬかもしれない！　それでも、少なくとも、この最後の慰めはすぐには底をつかないはずだ。嵐もあるだろうし、道なき道を行くこともあるでしょうから』

そんなことを長いことしゃべっていましたよ。彼の言葉は私の記憶に刻みつけられているんです。なぜって、二十五歳の若者からあんなことを聞くのははじめてでしたからね。願わくは最後にしてほしいものですな……。不思議なもんだ！　それにしても、どうなんです」二等大尉は私に向かって言った。「あなたは首都にいたこともおありでしょう、それも最近。あそこの若者はみんなこんな具合なのですか？」

私は答えた。似たようなことをしゃべる若者はたくさんいるし、そのなかには偽らざる告白もあるかもしれない。とはいえ、「幻滅」は、あらゆる流行と同じく、社会の上層からはじまって下層へと降りていき、そこで着古されつつある。だからいまでは、誰よりも退屈を感じ、そして実際に退屈している連中は、この不幸を悪習かなんぞのようにひた隠しにしようとするのだ。――二等大尉はこのような機微を解さないので、頭をふるとにやりと笑った。

「退屈という流行をもちこんだのは、これはみんなフランス人なんでしょう？」

「いえ、イギリス人です[32]」

「ははあ、そうでしたか！……」二等大尉は答えた。「イギリス人というのは名うての飲んだくれらしいですな？」

とあるモスクワのご婦人のことを、ふと思い出した。このご婦人は、バイロンは何はともあれ酔っ払いだという自説を頑としてまげなかった。もっとも、二等大尉の発言も無理はない。断酒の誓いを守るために、この世のあらゆる不幸の元凶は酒なのだと、自分に言い聞かせていたのだ。

じきに二等大尉は話のつづきを語り出した。「カズビチは二度と現れませんでした。しかし、なぜかはわかりませんが、奴は腹に一物あって来たので、何か災いをもたらすにちがいない、という考えがどうしても頭から離れなかったのです。ちょうどその頃、イノシシ狩りに行こうとペチョーリンにしつこく誘われましてね。いやだと断りつづけましたよ。イノシシなんて珍しくもないですから！　しかし、とうとう無理やり連れ出されました。私たちはお供の兵士を五人引き連れて朝早く出かけました。十時になるまで、葦のあいだや森のなかを探しまわりましたけれど、ネズミ一匹いやしない。『いやあ、もう帰りませんか』私は言いました。『強情張るのもいい加減にして。どう見たって今日は外れの日ですよ』ところがペチョーリンは、暑さも疲れもどこ吹く風と、どうしても獲物なしには帰らない。そういう人間なんですよ。一度こうと思ったら、てこでも動かない。子どもの時分、お母さんに甘やかされたんでしょう。お昼になってようやく、にっくきイノシシめを見つけました。パン！　パン！　手応えなし。葦のあいだに隠れてしまった……とことんついてない日だったんです！　それで、一息入れたあと、すごすご家路についたわけです。

並んで帰る道すがら、黙りこくって、手綱はだらりとさせていました。もう間もなく着くという頃、灌木に隠れて要塞はまだ見えません、するとそこにいきなり銃声が……。思わず顔を見合わせました。同じ懸念が胸を貫いたんです。押っ取り刀で駆けつけました。するとなんと、堡塁に兵士たちが群がって草原を指さしており、指さす方には男が矢のように馬を飛ばしている。鞍の上にはなにやら白いものが。ペチョーリンはチェチェン人にも負けない雄叫びを発しました。銃を取り出すと追跡にかかり、私もあとにつづきました。

幸い、猟が芳しくなかったせいで、かえって馬には余力が残っていました。私たちを乗せて馬は猛然と突き進み、刻一刻と距離をつめていきます……。ついに誰だかわ

32　イギリスの詩人ジョージ・バイロン（一七八八―一八二四）を指す。バイロンの詩はヨーロッパで広く流行し、彼の波瀾に富んだ人生は若者たちの憧れの的だった。

かった、なんとカズビチです。ただし、抱えているものは見分けがつかない。自分はペチョーリンと並走しながら叫びました。『カズビチだ！』……ペチョーリンはちらっとこちらを見てうなずくと、馬に鞭をくれました。

ついに射程圏内まで追いつめました。カズビチの馬がへたばっていたのか、こちらの馬が優っていたのか、いずれにせよ、カズビチの奮闘もむなしく、彼の馬はたいして進まない。思うに、あの瞬間こそ愛しのカラギョスを思い出したでしょうね……。

そのときでした。ペチョーリンが猛然と走りながら銃を構えたんです。『撃っちゃいかん！』私は叫びました。『弾を無駄にするな。もう追いつくんだから』しかし、若いもんときたら！　いつだって悪いときにかっとなるんですよ……。銃声がとどろき、弾は馬の後ろ足に命中しました。馬は勢いあまってさらに十歩ほど跳ねましたけれど、よろけて膝をつきました。カズビチはさっと飛び降りた。そのとき気づいたんです。腕に抱えていたのは、チャドルにくるまれた女……。ベラ……ベラだったんです！　カズビチはなにやら土地の言葉で叫ぶと、ベラに短刀をふりあげました。一刻の猶予もありません。今度は私が運にまかせて撃ちました。弾はカズビチの肩に当たったようです、急に腕がだらんとしましたから。——煙が晴れたとき、地面に横たわっていたのは傷ついた馬、その傍らにベラ。カズビチは武器を捨て、茂みをぬって猫のように崖をよじのぼっていきます。撃ち落としてやろうと思ったのですけれど、弾はもう残っていない！　私たちは馬を降りてベラに駆け寄りました。かわいそうに、ベラはぴくりともせず横たわっていて、傷口からは血がどくどくと……。あの野郎め。せめて胸を狙っていたならば、まあともかくも一突きで万事すんだのに、背中を狙うとは……いかにも卑劣なやり口ですよ！　ベラは意識不明でした。チャドルを引き裂いて、傷口をぎゅっとしばります。ペチョーリンは冷たくなった唇にキスしていましたけれど、そのかいもなく――ベラの意識は戻らなかったんです。

ペチョーリンは馬にまたがり、私は彼女を抱えてなんとか鞍に据えました。ペチョーリンはベラを片腕で抱きかかえ、私たちは要塞に引き返しました。しばらくお互い黙っていましたが、ペチョーリンが口を開きました。『マクシム・マクシームイチ、このままじゃ帰るまでベラはもたないでしょう』『たしかに！』私は答えました。それで、二人して馬を全速力で飛ばしました。要塞の門のところに人だかりができていましたよ。怪我人を慎重にペチョーリンの部屋に運び、医者を呼びにやらせます。医者はだいぶ聞こし召していましたけれど、やってきまして、傷を診るなり、あと一日の命と断言しました。しかし、それはまちがっていたのですが……」

「回復したんですね？」私は二等大尉の手を握ってたずねた。思いがけず嬉しくなったのだ。

「いや」彼は答えた。「医者がまちがっていたというのは、ベラはさらに二日間生きたからですよ」

「しかし、どうやってカズビチは彼女をかどわかしたんです？」

「いやなに、ペチョーリンが禁じたにもかかわらず、ベラは要塞を出て川まで行ったんですよ。まあなんせ暑い日でしたからね。岩に腰かけて、流れに足をひたしていたんです。そこにカズビチが忍び寄って、さっととびかかると、口を押さえて茂みに引きずりこんだ。あとは馬に飛びのって、一目散！　ベラはそれでもなんとか悲鳴をあげました。哨兵たちはすわ一大事と発砲しましたが、ことごとく撃ち損じ、そこに私たちが現れたというわけです」

「どうしてまたベラを連れ去ろうとしたんでしょう？」

「決まってるじゃありませんか、チェルケス人というのは音に聞こえた盗っ人族なんです。何か転がっていたら、取らずにはいられないんですよ。要らないものだろうがいなんだろうが、手がのびてしまう……まあこの点については大目に見てやってほしいですな！　それにカズビチはベラのことがずっと好きでしたからね」

「で、ベラは死んだんですね？」

「はい。しかし、最後まで悶え苦しみましてね、私たちも看病疲れでくたくたでした。夜の十時頃、意識が戻りましてね。私たちはベッドのそばにいました。ベラは目をあけると、すぐにペチョーリンを呼びました。『ここだよ、そばにいるよ、ジャネチカ（愛する人への呼びかけの言葉です）』ペチョーリンは、ベラの手を握りしめて答えました。『わたし、死ぬわ』ベラは言います。二人して励ましました。必ずよくなるから、医者がそう約束したんだから、と言い聞かせたんです――けれどベラは首をふって壁の方を向いてしまいました。死にたくなかったんですな！……

　夜中にうわごとを言いはじめました。額は焼けるように熱く、ときおり、高熱によるふるえが体中を貫きます。ベラは、父親のこととか、弟のこととか、脈絡もなく口走っていました。山に帰りたかった、家に帰りたかったんですな……。それからペチョーリンのこともしゃべっていましたね。愛情のこもったあだ名でさまざまに呼びかけたり、あるいは『どうしてあなたのジャネチカを嫌いになったの？』と責めたてたり。

頭を抱えながら、ペチョーリンは黙って聞いていました。けれども、まつげに涙ひとつ光るでもない。実際涙を知らない男なのか、それとも自分を律していたのか、どうなんでしょうね。自分はどうだったかといえば、まあこんなに痛ましい場面は見たことがないですなあ。

朝になると、うわごとは治まりました。一時間ほど身じろぎもしません。すっかり血の気が引いて、力なく横たわっているんです。呼吸をしているのが、かろうじてわかるくらいでした。それから少し元気になって、話ができるようになりましたけれど、その中身ときたら……あんな考えが浮かぶのは、臨終間近の人間だけでしょうね！　ベラが切々とうったえるには、自分はキリスト教徒じゃないから、あの世に行ってもペチョーリンの魂とめぐりあうことができない、ほかの女が天国でペチョーリンの恋人になってしまう、とのことで。死ぬ前に洗礼を受けさせてやろうと思い立ちましてね。すすめてみると、決心がつかない様子でこちらを見つめ、そのままうんともすんとも言わないのです。ようやく答えがありまして、生まれたときからの信仰のままで死にたい、と。そうして一日が過ぎました。一日でなんという変わりようか！……青ざめた頬は落ちくぼみ、目はますます大きくなって、唇は焼けるような熱さ。ベラは体のなかが火照《ほて》ってならないらしく、熱した鉄が胸にのっかっているみたいな様子でした。

ふたたび夜がやってきました。私たちは床にはつかず、ベラのそばを片時も離れませんでした。ベラは苦痛のあまり、うなったりうめいたりしていましたが、痛みが少しでもやわらぐと、『よくなったから、少し寝てきて』とペチョーリンにいちいち言い聞かせるのです。かと思うと、彼の手に唇をあてて、自分の手から離そうとはしない。朝が近づくにつれ、迫りくる死に不安を抱き、しきりに寝返りをうって包帯をぐちゃぐちゃにしてしまい、またしても血があふれ出しました。傷口に包帯をまきなおすと、そのときだけは穏やかになって、ペチョーリンにキスをねだったりしました。ペチョーリンはベッドのそばに跪《ひざまず》いて、ベラの頭を枕から起こすと、冷たくなった唇に自分の唇を押し当てました。ベラはふるえる腕でペチョーリンの頭をかき抱いて、まるでこの口づけに自分の魂をたくそうとしているかのようでした……。ああ、あの娘は死んでよかったのですよ。ペチョーリンに捨てられていたら、どうなっていたことか？　遅かれ早かれ、そうなっていたでしょうから……。翌日はお昼頃までは穏やかにしていましてね。医者が湿布やら水薬やらでどんなに煩わせようとも、おとなしく言うことを聞いていたんです。私は医者に言ってやりました。『かわいそうに、自分でもこの娘は助からないって言ってたじゃないか。なんだってこんなに薬がいるんだ？』『ないよりはましでしょう、マクシム・マクシームイチ』医者は答えます。『良心が痛まずにすみますからね』まったくたいした良心ですよ！

お昼を過ぎるとのどの渇きに苦しみはじめました。窓を開けましたが、外は部屋のなかよりもかえって暑いくらいで。氷をベッドのそばに置きましたけれど、なんの気休めにもならない。これは末期の渇きなんです。『危篤ですね』そうペチョーリンに言いました。『お水、お水！……』ベラはベッドから体を起こしてかすれた声で言います。

ペチョーリンはすっかり青くなってコップをつかむと、水でいっぱいにして口元に近づけました。私は両手で目を覆ってお祈りを唱えましたけれど、さてどんなお祈りだったのか……。そうですなあ、病院や戦場で人が死んでいくのをたくさん見てきましたけれど、これだけは別でした、そうこれだけは！　それに、白状すると、もうひとつ悲しいことがありましてね。ベラは死の間際に一度も私のことを思い出してくれなかったんです。こっちは父親のような気持ちでかわいがったというのに……まあ神さまがあの娘をゆるしてくださるでしょう！　実際、臨終の床で思い出してもらえるような柄でもありませんしね……。

　水に口をつけると、ベラは気分がよくなりましたが、それから三分ほどして息を引き取りました。鏡を口元に近づけましたが――くもらない！……ペチョーリンを部屋から連れ出して、要塞の堡塁まで歩きました。長い時間、いっしょに行ったり来たりしました。一言も話しません。両手は後ろに組んで。ペチョーリンの顔にはとくにこれといった表情もない。腹が立ってきましてね。逆の立場だったら、自分は悲しみのあまり死んでいたでしょうよ。とうとうペチョーリンは日の当たらないところに座りこんで、砂の上に枝っきれでなにやら描きはじめました。型どおりに慰めの言葉をかけてやろうと思ったんですが、けれども、話しかけたまさにその瞬間、ペチョーリンが顔をあげて笑い出したんです……。あの笑いにはまったくぞっとしました……。私は棺桶を注文しに出かけました。

　正直なところ、葬式の準備に精を出したのは、多少は気をまぎらわせるためでもありましたね。テルマラマ[33]の布を所有していたので、棺を布張りして、さらにチェルケスの銀モールで飾りたててやりました。この銀モールは、あのときペチョーリンがベラのために買ったものだったんです。

翌日の朝早く、ベラを埋葬しました。要塞の外の川べりに。あの娘が最後に腰かけていたあたりですね。墓石のまわりには、いまじゃ白アカシアやら、接骨木《にわとこ》やらが生い茂っています。本当は十字架を立てたかったんですけれども、まあちょっと、それもどうかと思って。ベラはやっぱりキリスト教徒じゃありませんから……」

「ペチョーリンはどうなりました?」私はたずねた。

「ペチョーリンは、かわいそうに、その後ずっと病気がちで、すっかりやせてしまいました。けれど、あれ以来ベラの話をしたことは一度もありません。まあ彼にとってはありがたい話でもありませんしね。わざわざ触れるほどのこともない。三か月ほどしてペチョーリンはE連隊に配属となり、グルジアに旅立っていきました。それ以来会っていませんな。そういえば、最近、ペチョーリンがロシアに帰ったといううわさを耳にしたことがあります。しかし、軍令には該当するものはありませんでしたね。もっとも、ここは情報が遅れて届きますから」

そこでマクシム・マクシームイチは、一年遅れで情報を知ることがいかに不便なものか、とうとうと語りはじめた。それはきっと、悲しい思い出をまぎらわせるためだったのだろう。私は口をはさむこともせず、聞き流していた。

一時間後、出発のめどが立った。吹雪はやみ、空は晴れわたって、私たちは出立した。道すがら、ついついベラとペチョーリンの話を蒸し返してしまった。

「カズビチがどうなったか、何か聞いていませんか？」

「カズビチ？　いやまったく知りません……。なんでも、戦線右翼のシャプスグ人[34]たちのなかにカズビチという名の猛者《もさ》がいる、とか。赤いベシメトを身にまとって、わが軍の弾丸が雨あられと降り注ぐなか、悠然と並歩で馬を乗りまわし、弾丸がかすめると、深々とお辞儀をしてのける。しかしまあ別人でしょうな！……」

コビ宿場でマクシム・マクシームイチと別れた。私は駅伝馬車で旅をつづけることにしたが、二等大尉の方は、重い荷物を抱えているせいもあって、遅れざるをえなかったのだ。もう二度と会うことはあるまいと思っていた。ところが再会したのであ

33　絹を主とする織物で、家具の覆いなどに用いられた。
34　黒海沿岸に住むチェルケス系の民族。

る。お望みなら、その顚末もお話しするとしよう。それもまた一篇の物語……。それにしても、マクシム・マクシームイチはじつに尊敬に値する人物ではないだろうか?……読者諸君がそう認めてくださるのなら、長々とお話ししたかいが十分にあったというものだ。

Ⅱ　マクシム・マクシームイチ

　マクシム・マクシームイチと別れてから、私はテレク渓谷、ダリヤル渓谷を軽快に飛ばし、カズベクで朝食をとり、ラルスでお茶を飲み、夕食の時間までにウラジカフカス[1]に到着した。山々の景観を描写して読者諸君を煩わせるのはやめにしよう。驚嘆の声ばかりでは何ひとつ表現できないし、情景を描いたところで、とりわけ未見の人には何も伝わらない。それに、統計的な注釈を入れたところで誰も読もうとしないだろう。

　旅行者がそろって利用する宿《ドゥハン》に泊まった。とはいえ、キジ肉を焼いてくれだとか、キャベツスープを煮てくれだとか、注文する相手はいない。宿を切り盛りする三人の

1　テレク川沿いに位置する街。軍事・通商の要所だった。

傷痍《しょうい》軍人は、飲んだくれの馬鹿者ぞろいときていて、要領をえないこと甚だしいからだ。

そこで告げられたのは、あと三日間も逗留しなければならないということ。エカテリノグラードからの「幸運の女神」がまだ来ていないので、ここを発《た》つ便などあるはずもないというのだ。何が「幸運の女神」だ！……つまらない言葉遊びなどわれわれロシア人にはなんの慰めにもならない。退屈しのぎにマクシム・マクシームイチが話してくれたベラの物語を書き記しておくことにした。そのときは夢にも思わなかった。それは第一の環《わ》にすぎず、そこから物語が長い鎖をなしていくことになるとは。ささいな偶然がときにどれほど残酷な結末をもたらすことか！……ところで、ひょっとすると、読者のみなさんは「幸運の女神」をご存じないかもしれない。これは歩兵の半中隊と火砲一門からなる護衛隊のことで、ウラジカフカスからカバルダ経由でエカテリノグラードへ行く輸送車に付き添うのである。

一日目は退屈きわまりなかった。二日目の早朝、庭に馬車が乗り入れた……。なんと！　マクシム・マクシームイチではないか！　私たちは昔馴染みのように再会した。自分の部屋を使ってほしいと私は申し出た。二等大尉は遠慮するふうもなく、私の肩をたたいたりして、微笑するように口をゆがめてみせた。なかなかふるっている！　マクシム・マクシームイチの料理の腕前はかなりのものだった。キジ肉の焼き加減は絶妙で、キュウリの漬け汁をソースにするとはこれまた妙案だった。正直、彼がいなかったら、貧相な食事に甘んじるはめになっていただろう。カヘチア産ワインの瓶は、皿数たった一枚のつましい食事に花を添えてくれた。一服したあと、ゆっくり腰を落ち着けた。私は窓のそばに、二等大尉は火のともされた暖炉のそばに陣取った。じめじめした寒い日だった。二人とも口数は少なかった。どんな話題があったというのだろう？……二等大尉は自身にまつわる逸話をすっかり話してしまっていたし、私の方もとりたてて話すことなどなかった。窓の外に目をやった。テレク川はますます川幅を広げ、岸辺に点在する無数のあばら家が木の間から見え隠れしている。遠くには山並みがのこぎり状に青々と浮かび上がっており、その背後から顔をのぞかせているのは、白い僧正帽をいただいたカズベク山。私は心のなかで山々に別れを告げた。なんだか離れがたいような思いを抱きはじめていた……。

そのまま長いこと腰を下ろしていた。太陽は寒々とした山頂のかげに隠れ、白っぽい霧が谷間を覆いはじめた。すると馬の鈴が鳴って、御者のどら声が聞こえてきた。

荷馬車が何台か、うすよごれたアルメニア人たちを乗せて庭に乗り入れ、そのあとから空の旅行馬車が入ってきた。軽快な走りっぷりといい、居心地のよさそうな仕立てといい、しゃれた外観といい、どこか舶来の品を思わせるところがある。馬車の後ろを歩いているのは豊かなひげをたくわえた男で、ハンガリー風の上衣を身にまとい、従僕にしてはかなり上等ないでたちだった。パイプの灰を落とす手つき、御者をときおり怒鳴りつける口ぶり、その居丈高な態度からして、この男の身分は一目瞭然だった。ものぐさな主人に仕える甘やかされた従僕と見てまちがいない。さしずめロシアのフィガロ[2]といったところだ。

「おーい、君」私は窓ごしに叫んだ。「どうしたんだ、『女神』が来たのかい？」

男はやけに横柄な態度でこちらを見ると、ネクタイを直して、そっぽを向いてしまった。そばを歩くアルメニア人たちがにやにやしながらからかわりに答えてくれた。まさしく「女神」が到着し、明日の朝には復路便が出るのだという。

「そいつはありがたい！」このときマクシム・マクシームイチが窓に寄って言った。「ずいぶん立派な馬車だな！　審問があってチフリスに行く役人にちがいない。ここの土地には不案内とみえるね！　おい、冗談じゃすまないよ、お若いの。ここの山をなめちゃいけない。英国製の馬車だってばらばらになってしまうんだから！」

「それにしても誰でしょうね。行ってたしかめてみましょうよ……」私たちは廊下に出た。廊下の突き当たり、横手の部屋に通じる扉が開けっ放しになっていて、従僕と御者が鞄を運び入れている。

「なあ、お若いの」二等大尉が男に訊《き》いた。「あの立派な馬車はどなたのかな？　なあ……見事なもんじゃないか！」従僕はこちらをふりかえりもせず、荷ほどきしながら何やらもごもごつぶやいていた。マクシム・マクシームイチは腹を立てた。礼儀知らずの男の肩に手をやって言った。「訊いているんだぞ、こら……」

「誰の馬車って……そりゃご主人さまのですよ……」

「じゃあ主人は誰なんだ？」

「ペチョーリン……」

「なに、なんと言った？　ペチョーリン？　なんてこった！……それはカフカスに勤

2　フランスの劇作家ボーマルシェ（一七三二―九九）の喜劇『フィガロの結婚』の主人公。伯爵の従僕を務める。

めていたペチョーリンかい？」マクシム・マクシームイチは私の袖をつかんで叫んだ。両目は喜びに輝いていた。

「そうです、たぶん。私はまだ雇われたばかりなので、なんとも」

「じゃあそうだ！　まちがいない！……グリゴーリイ・アレクサンドロヴィチ？　そういう名前だね？　君の主人とは友だちなんだよ」二等大尉はそう言って従僕の肩を親しげにたたいたものだから、彼はよろめいた……。

「ちょっと、すいません。仕事中なものですから」男は顔をしかめて言った。

「つまらないこと言うな！　わかるかい？　君の主人とは仲良しだったんだ、いっしょに暮らしていたことだってある……。ところで彼は一体どこにいるんだ？」

従僕によれば、ペチョーリンはN大佐のところで夕食をとり、そのまま泊まるとのことだった……。

「それじゃ今晩はここに寄らないのか？」マクシム・マクシームイチは言った。「それとも君が彼のところに何か用事で行ったりはしないのかい？……もし行くなら、ここにマクシム・マクシームイチがいると伝えてほしい。そう言ってくれればいいんだ……すぐにわかるから……酒代に八十コペイカ銀貨をはずむぞ……」

雀の涙ほどの報酬に、従僕は馬鹿にしたような表情を浮かべた。けれども、そう伝えますと、たしかにマクシム・マクシームイチに請け合った。

「いまに飛んできますよ！……」マクシム・マクシームイチは勝ち誇った様子で言った。「門の外で待っていようかな……。ちくしょう！　N大佐と知り合いでないのが残念だ……」

マクシム・マクシームイチは門の外のベンチに腰を据え、私は自分の部屋に下がった。白状すると、私にもペチョーリンの出現をいまかいまかと待ちうける気持ちがないわけではなかった。二等大尉の話から想像した私のペチョーリン像は、芳しいものではなかったとはいえ、それでも彼の性格にはいくつか目を引く特徴があるように思われたのだ。一時間ほどして、傷痍軍人が沸騰したサモワール[3]と茶瓶をもってきた。

「マクシム・マクシームイチ、お茶はいかがです？」私は窓ごしに大声で呼んだ。

「ありがとう、けれど、なんだかあまりほしくないんです」

「飲んだほうがいいですよ！　ほら、もう遅い時間ですし、寒いので」

3　ロシア特有の湯沸し器。お茶を淹れる時に使う。

「平気ですよ、ありがとう……」

「それじゃお好きなように」私は独りでお茶を飲みはじめた。十分ほどしてマクシム・マクシームイチが戻ってきた。「あなたの言った通りですね。やっぱりお茶を飲んだほうがよさそうだ。ずっと待っていたんですけれどね……。従僕が出かけてからだいぶ経《た》ちますが、どうも引きとめられているようですな」

マクシム・マクシームイチはじきにお茶を飲み終え、二杯目は断ると、落ち着かない様子でまたしても門のところまで出ていった。ペチョーリンのつれなさに胸を痛めているのはまちがいない。ましてや、ペチョーリンとの交友を私に語り聞かせてから日も浅く、しかも、つい一時間ほど前に、自分の名前を聞いたら飛んでくるにちがいないと請け合ったばかりなのだから。

すでに時刻は遅く、あたりは暗かった。もう一度窓を開けて、マクシム・マクシームイチにそろそろ寝る時間だと声をかけたところ、何やらぼそぼそつぶやいていた。私はくり返し呼びかけたものの、返答はなかった。

私は外套にくるまって、ろうそくを暖炉の台に置くと、長椅子に横たわった。じきにまぶたが落ち、深い眠りに入るはずだったのだが、夜も更けて、部屋に戻ったマクシム・マクシームイチに邪魔されるはめになった。マクシム・マクシームイチは、パイプを机に放り投げ、部屋を歩きまわり、暖炉をかきまわし、ようやく横になったと思いきや、えんえんと咳《せ》きこんだり、痰を吐いたり、寝返りをうったり……。

「南京虫にやられましたか？」私はたずねた。

「そう、南京虫……」深いため息をついて、彼は答えた。

翌朝、私は早くに目が覚めた。ところがマクシム・マクシームイチはさらに早かった。どこに行ったのかと思えば、門の外のベンチにまた腰かけている。彼は言った。

「司令部に行かなければなりませんので、ペチョーリンが見えたら、使いをよこしてください……」

私は約束した。マクシム・マクシームイチは、四肢に若い力としなやかさを取りもどしたかのように、颯爽と出かけていった。

朝は涼しかったが、よく晴れていた。金色の雲が重畳と山々にかかり、まるで蒸気の山がさらに連なっているかのようだった。門前には大きな空き地が広がっていた。その向こうに市が立って人でごった返している。日曜日だった。オセット人の子どもたちが、素足のまま、蜂蜜入りの袋を肩にかついだ恰好でうるさくまとわりついてきた。私は追い払った。それどころではなかったのだ。心優しい二等大尉の心中を察して、私も穏やかではいられなかったのである。

十分も経たずして、広場の向こう端に、待ちに待った人影が現れた。N大佐と連れ立って歩いてくる……。大佐は彼を宿まで送り届けると別れの挨拶を交わして要塞へ引き返していった。私はただちに傷痍軍人の一人に言いつけてマクシム・マクシームイチを呼びにやらせた。

主人を出迎えに飛び出してきた従僕が、馬車の用意はいつでも大丈夫だと報告した。煙草の箱を主人に手渡して、何やら指示を受けると、舞いもどってあくせくしはじめた。主人の方は煙草をくゆらすと二度ばかりあくびをして、門の向かい側のベンチに腰を下ろした。さて、この男の肖像画を描いてみるとしよう。

背は中背。すらりとした細身の体軀と広い肩幅は、頑健な肉体の証だ。あてどない暮らしや気候の変化にともなう、どんな苦難にも耐えられる。都会暮らしの堕落にも精神生活の嵐にも打ち負かされたりはしない。ほこりまみれのビロードのフロックコートは、下の二つのボタンを留めているきりで、襟のあいだからまぶしいほどに清潔な下着がのぞいていた。これは上流紳士のたしなみを物語っている。うすよごれた手袋は、貴族的な華奢な指にぴったり合うよう織らせた特注品らしい。彼が片方の手袋を脱いだとき、青白い指先の細さに私は一驚した。歩きぶりはなげやりでものうげだが、よく見ると、歩くときに腕をふらない。これは容易に胸襟を開かない性格であることを示している。とはいえ、あくまでも私自身の観察にもとづく個人的な見解であって、読者諸君に頭から信じさせようなどというつもりはみじんもない。ペチョーリンがベンチに腰を下ろすと、まっすぐな体がぐにゃりとたわんだ。まるで背中に一本も骨がないかのよう。全身から神経的なかよわさがにじみ出ている。バルザックの小説で、三十路の浮かれ女が踊り疲れた体を羽毛のソファに沈めるような、ちょうどそんな具合だった。はじめて顔を見たときは二十三にもならないと踏んだのだが、あとになって三十くらいかもしれないと思い直した。その笑顔にはどこか子どもじみたところがあった。肌は女性のようなきめこまかさ。金髪の巻き毛は自然なままにうねり、人品卑しからぬ青白い額をいきいきと際立たせている。額には、つぶさに観察しなければわからないのだが、しわのあとが走っている。怒りにかられているときや、心中穏やかでないときには、はっきりと目立ってくるにちがいない。髪の明るい色とは裏腹に、ひげも眉毛も黒々としていた。これは人間における血統のしるしで、白馬のたてがみが黒かったり、しっぽが黒かったりするのと同じだ。肖像画の仕上げに書き加えると、鼻はやや上向いていて、歯はまぶしいほど白く、瞳は褐色である。この目については、さらに二、三のことを付け足さなければならない。

第一に、本人が笑っているときも目だけは笑わないのである！　読者諸君は、誰かのまなざしにこうした奇怪な特徴を見出したことはないだろうか？……これは邪悪な性格の証なのか、さもなくば根深い憂鬱がいつまでも晴れないのか。下がり気味のまつげのかげから、まるで燐光を発しているかのようにきらめくのである——適当な表現かどうかはわからないのだが。心のうちに燃え立つ情熱の反映でもなければ、自由奔放な空想の反映でもない。なめらかな金属の光沢にも似た、まばゆく冷たいきらめきなのだ。まなざしは落ちつかないが、相手の心を見通すような重苦しさがあり、無遠慮に問いかけてくるような不快な印象を与える。これほど泰然自若とした様子がなかったら、不遜に見えるにちがいない。こうした感想が頭に浮かぶのも、ひょっとしたら、彼の人生の数幕をくわしく知っているせいであって、異なる目にはまったく異なる印象を与えるのかもしれない。とはいえ、読者諸君がペチョーリンについて聞き知るのは、ほかならぬ私を経由してのことなのだから、以上の肖像画で満足していただくよりしかたがない。最後に一言。彼は総じてなかなかの美男子で、とりわけ社交界の女性に好まれそうな、独特の風貌を有していた。

　馬車の用意はすでにできていた。馬鈴がときおり頸木《くびき》の下で鳴っている。準備がとのった旨、従僕は二度もペチョーリンに報告していた。それなのに、マクシム・マクシームイチはまだ現れない。幸い、ペチョーリンはカフカスの青い山脈を眺めながら物思いにふけっていて、出発を急ぐ様子は一向になかった。私はペチョーリンに近寄った。「もう少しお待ちになったら、古い仲間と旧交を温められますよ」「ああ、そうでしたね！」ペチョーリンは早口に言った。「昨夜、言伝がありました。しかし、どこにいるんです？」広場の方を見やると、マクシム・マクシームイチの姿が目に入った。一生懸命に走ってくる……。数分後には合流していた。肩で激しく息をして、汗が滝のように顔を伝い、ぐっしょりとした白髪が帽子の下からはみ出して額にはりついている。膝はがくがくとふるえていた……。マクシム・マクシームイチはペチョーリンの首っ玉にかじりつきたくてならなかったのだが、ペチョーリンの方は冷ややかな態度をくずさなかった。親しげな笑みを浮かべてはいたものの、手を差し出したきりだった。二等大尉は一瞬棒立ちになったが、ペチョーリンの手を熱っぽく両手で握りしめた。口をきける状態ではなかった。

「これはうれしい限りです、マクシム・マクシームイチ。その後いかがお過ごしでしたか？」ペチョーリンは言った。

「えっと……ペチョーリンくん……あっいや、ペチョーリンさんはいかがで？……」

二等大尉は目に涙を浮かべてもごもご言った。「お久しぶり……しばらくですね……しかしこれからどちらへ？」

「ペルシアに——それからさらに遠く……」

「まさかこれから？……いや、ちょっと、それは！　これっきりってことはないでしょう？　久しぶりの再会なんですから……」

「もう時間なんです、マクシム・マクシームイチ」それが答えだった。

「ちょっと、ちょっと待った！　どうしてそんなに急ぐんだ？　お話ししたいことはたくさんあるんですよ……聞きたいことだって……。どうしてるんです？　退役したんですか？　えっ？……その後どうしていたんです？」

「退屈していたんですよ！」ペチョーリンは軽く笑いながら答えた。

「要塞での暮らしを覚えていますか？……狩りにはもってこいの場所でしたな！　何

しろ猟には目がなかったですものね……。ベラのことは？……」

ペチョーリンはわずかに青ざめ、そっぽを向いた……。

「ええ、覚えていますよ！」ペチョーリンは言った。そしてほとんど同時に、とってつけたようにあくびをしたのだった……。

マクシム・マクシームイチは、もうしばらく出発を遅らせるよう懸命にかき口説いた。「ぱあっと食事でもしましょうよ」彼は言った。「いいキジ肉もあるんです。カヘチア産の上等なワインだって……そりゃあグルジア産には負けますよ。けれど、これがなかなかいけるんです。ちょっくらお話ししましょうよ……ペテルブルクの暮らしはどうだったんです……えっ？」

「実際話せるほどのこともないんですよ、マクシム・マクシームイチ……。失礼ですが、行かなければなりません……急ぎなので……。忘れずにいてくださってありがとうございます」ペチョーリンは相手の手を握ってそう言った。

老二等大尉は眉をひそめた……。顔に出すまいとはしていたが、悲しみと怒りは隠せなかった。二等大尉はぶつくさ言った。「忘れるだって！　私はなんにも忘れちゃいませんよ……。それじゃ、神さまのご加護がありますように！　まさかこんな再会になろうとは思いませんでしたよ……」

「まあまあ！」ペチョーリンは親しく相手を抱きしめて言った。「そんなに私が変わりましたか？　しかたないでしょう？　誰しもそれぞれの道があるんです……ふたたびお目にかかれるかどうか──神のみぞ知るですね！……」そう話すペチョーリンはすでに車中の人となっており、御者は手綱を引き締めた。

「待った、待った！」ふいにマクシム・マクシームイチが馬車の扉にすがりついて叫んだ。「うっかりしていた……ほら、紙束をあずかっていたじゃありませんか、ペチョーリンくん……いつも携行しているんですよ……グルジアで会えるんじゃないかと思っていたんですが、まさかこんなところでお目にかかるとはね……。どうしましょう？」

「おまかせしますよ！」ペチョーリンは答えた。「それでは……」

「それじゃ本当にペルシアへ？……いつ戻るんです？……」マクシム・マクシームイチは馬車の背に向かって叫んだ……。

馬車はすでに遠のいていた。しかしペチョーリンは手をふって合図をよこした。それは次のような意味にとれた。さあね、どうでもいい……。

鈴の音も、砂利道を行く車輪のガタゴトいう音も、とっくに聞こえなくなっていた。それでも、老二等大尉はその場を離れようとはせず、ふさぎこんで立ちつくしていた。「そうですなあ」二等大尉はとうとう口を開いた。なんでもないふうをよそおっていたとはいえ、くやし涙がときおりまつげに光るのだった。「もちろん、われわれは友人同士でしたけれど、まあいまどきの友人というのはね！……あの男にとっちゃ私なぞどうでもいいんだ。金もない、地位もない、年齢も釣り合わない……。ふん、ペテルブルクに帰っていたあいだに、えらくめかしこんだもんだ……。なんだ、あの馬車は！　あんなに荷物をつんで……従僕はえらそうで！」これらの文句を口にしたとき、二等大尉はいじわるな笑みを浮かべていた。彼は私の方を向いてさらにつづけた。「いや、どう思われます？　いったいどんな悪魔にそそのかされてペルシアくんだりまで出かけるんでしょうな？……ちゃんちゃらおかしいわい！　まあ、頼りにならない軽薄な男だということは、とうから承知していたんですがね。そうは言っても、ろくな死に方はしないかと思うと、あわれですな……それ以外に考えられませんもの！いつも言っているんですがね、古い友だちを忘れる奴にろくなことはありませんよ！……」そこで二等大尉はくるりと背を向けた。心の動揺を気取られまいとしてのことだった。それから、まるで車輪の点検でもするように馬車のまわりをうろちょろしていたのだが、両目にはひっきりなしに涙があふれてくるのだった。

「マクシム・マクシームイチ」私はそばに寄って声をかけた。「ペチョーリンからあずかった紙束ってなんのことです？」

「わけのわからん代物ですよ！　日記みたいな……」

「どうするつもりです？」

「どうって、薬包がわりに使わせますよ」

「それなら私にゆずってください」

マクシム・マクシームイチは驚きの目を瞠った。ひとしきり何やらつぶやくと、旅行鞄のなかをがさがさと漁りはじめた。一冊の手帳を引っ張り出すと、さげすむように地面に放り投げた。二冊目、三冊目も同じ憂き目にあい、それが十度もくり返された。二等大尉は腹の虫がおさまらず、なんだか子どもっぽく見えた。それが笑いとあわれみを誘うのだった……。

「これで全部です」二等大尉は言った。「めっけ物ですな……」

「私の好きにしてかまいませんね？」

「新聞に公表したってかまいませんよ！　知ったこっちゃない……。こっちは友人でもなければ……親戚でもないんですから。まあたしかに、ひとつ屋根の下でしばらくいっしょに暮らしはしましたがね。同居人なんぞほかにもいますからね……」

私は手帳を拾い集めると、二等大尉の気が変わったら大変とばかりに、いそいで持ち去った。そのうち知らせが入って、一時間後に「女神」が出発するとのこと。私は馬車の用意を言いつけた。帽子の支度も終えた頃になって、二等大尉が部屋に入ってきた。荷造りには手をつけてもいないらしい。とってつけたような、よそよそしい態度だった。

「マクシム・マクシームイチ、まさか出立しないんですか？」

「しません」

「どうしてです？」

「まだ司令官に会っていませんし、官品をいくつか渡す用事もありますので……」

「さっき訪ねたんじゃないんですか？」

「行きましたよ、そりゃ」二等大尉はどぎまぎした様子で言った……。「留守だったもので……待たずに帰ってきたんです」

私は事情を察した。かわいそうに、老二等大尉は、おそらくは生まれてはじめて、公用をすっぽかしたのである。お役所式に言うならば、一、身、上、の、都合で。しかもその報いたるや！

「残念です」私は言った。「残念ですよ、マクシム・マクシームイチ、予定よりも早くお別れしなければならないなんて」

「私らみたいな無学の老いぼれが、あなた方を追いまわしてもしかたないでしょう！……相手が社交界の誇り高い若者ときてはね。チェルケス人の弾丸が飛び交うこっちにいるときは、まあ我慢もできるんでしょうけれど……あとになって再会したところで、私らには手を差し出すのも恥ずかしいくらいなんでしょう」

「そんなおとがめを受けるいわれはありませんよ、マクシム・マクシームイチ」

「いやなに、ざれ言です。いずれにしても、ご多幸をお祈りしています、どうか道中ご無事で」

私たちの別れは素っ気なかった。心優しいマクシム・マクシームイチは、いまや偏屈で仏頂面の二等大尉になりかわってしまった！　その理由というのは？　ついうっかりしてのことなのか、それとも何か理由があってのことなのか、いずれにしてもペチョーリンが握手だけですましてしまったからなのである。相手は首っ玉にかじりつきたい一心だったというのに！　若者が美しい夢や希望を失うさまは見るに忍びない。薔薇色の薄衣《うすぎぬ》が目の前で引きちぎられて、人間のふるまいや感情がもろにむき出しになってしまうのだ。しかし、それでも希望は残されている。若者は過去の錯誤にかえて、負けず劣らず短命な、けれど甘美さでは優《まさ》るとも劣らない新しい錯誤に迷いこんでいくのだから……。ところが、マクシム・マクシームイチくらいの歳ともなると、過去の迷妄を何に見かえればよいのだろうか？　心がこりかたまって、魂が閉じこもりがちになったとしても、不思議はない……。

私は単身出発した。

ペチョーリンの手記

前置き

先日、ペチョーリンがペルシアからの帰途に死んだと聞いた。この報せに私は小躍りした。これで、彼の手記を公にする権利が手に入ったのだ。私は他人の書いたものに自分の名を冠する機会を取り逃がさなかった。これしきの他意のない目くらましをとがめて、読者諸兄が私を罰したりしなければよいのだが!

さて、知りもしない人間の心の秘密を公表するに先立ち、どうしてまたそんなことをする気になったのか、多少とも弁解しておかねばなるまい。私が彼の親友であるなら、話は別だ。真実の友が裏では恥知らずな鉄面皮――これは誰しも覚えのあることだから。ところが私が彼に会ったのは人生でたった一度きり、それも街道で見かけたにすぎない。だから、言葉にならない憎悪の念を抱くなど、まちがってもありえないことだ。非難やら忠告やら嘲笑やら憐憫やらが相手の頭上に雨あられと降ってくるよう、友情の仮面に身を隠しながら、もっぱら愛する友の死か不幸をこいねがうなど。

彼の手記を読み返してみて確信した。自らの弱点や欠陥をここまで仮借なくさらけ出せる人間は、誠実である。人間の魂の来歴は、たとえどんなに卑小な魂であっても、民族全体の歴史よりも興味深く有益でさえあるのではないか。ましてや、成熟した知性が自分自身を観察した結果であり、しかも、同情されたいとか、あっと言わせたいとか、そういった虚栄心の欲求なしに書かれているとくればなおさらだ。ルソーの告白[1]は、友人たちに読み聞かせたという点で、この種の欠陥を免れてはいない。

というわけで、ひとえに公利に資することを願う心から、たまたま手に入ったこの手記の抜粋を公表しようというのである。個人名はすべて変えてあるが、とはいえ、

1　フランスの思想家ジャン゠ジャック・ルソー（一七一二―七八）の自伝『告白』を指す。後代の文学に大きな影響を与えた。

日記で言及されている人物が読めば、きっと自分のことだとわかるにちがいない。それに、ひょっとすると、今となってはこの世となんの接点もない人物の、これまで非難の的となってきたふるまいについて、汚名をすすぐような記述が見つかるかもしれない。私たちは、理解できることはたいがいゆるせるものなのだから。

私がこの本に掲載したのは、ペチョーリンのカフカス滞在に関する記述に限られている。手元には、さらに分厚いノートが残されており、ペチョーリンはそこで自分の生涯を逐一物語っている。そちらについても、いつの日か世の判断を仰ぐときが来ることだろう。けれども、さしあたりは、看過できない様々な理由により、その責を果たすことを遠慮したい。

おそらく、なかには、ペチョーリンの性格について私がどう思うのか、知りたがる読者もいるのではないか。私の答え――この本の題名をご覧あれ。「しかし、これは意地の悪い皮肉じゃないか！」そう言われるかもしれない。さてどうだか。

I　タマーニ

タマーニ——ロシアの海に臨む町々のなかでも図抜けていまいましいところ。私はそこであやうく飢え死にしかけたうえに、おまけに溺死させられそうになった。駅伝馬車で到着したのは夜も更けた頃だった。御者はぐったりした三頭の馬を、入口近くにある、町でひとつしかない石造りの家の門前にとめた。黒海コサック軍の哨兵は、ベルの音を耳にすると、夢うつつにどら声を張り上げて誰何《すいか》した。「誰だ？」コサックの下士官と組頭が出てくる。私は彼らに、自分が将校であること、官用で前線の部隊へ行く途中であることを伝え、公用の部屋を用意するよう言いつけた。組頭に案内されて町を回った。どこの百姓家もいっぱいだった。くそ寒いうえに、三日三晩寝ていないものだから、くたびれ果てて、しまいには怒りがこみ上げてきた。「どこでもいいから案内しろ、こん畜生め！　悪魔のところだっていいんだ、泊まれさえすれば！」私はどなった。「もう一軒あるにはありますが」頭の後ろをかきながら、組頭が言った。「お気に召さないかと。けがれておりますので」しまいの一言がいったい何を意味しているのかは不明だったが、ともかくそこへ案内するよう命じた。両側に朽ち果てた垣根ばかりが目に入る、ぬかるんだ路地を長いことさまよい、ようやく海岸のとっぱなに面したちっぽけな小屋に行きついた。

満月が、私の新しい住処《すみか》の葦葺き屋根と白い壁とを照らしていた。丸石を組んだ塀で囲われた庭には、さらに小さくて古ぼけたあばら家が、斜めに傾《かし》いで建っていた。岸は、このあばら家のすぐ後ろから断崖となって海へとくだり、下方では暗く碧《あお》い波が絶え間ない潮鳴りを響かせていた。月は、不安げな、しかし従順な自然を静かに見下ろし、その薄ら明かりのなか、岸から離れて、二艘の舟が、黒い索具を蜘蛛の糸のようにからませながら、ぼんやりした水平線を背景にじっと泊まっているのが望まれた。『舟が波止場にある』私は思った。『明日ゲレンジクに発《た》てるだろう』

かたわらでは、国境守備隊のコサックが従卒役を肩代わりしてくれていた。鞄を馬車から取り出して御者を帰すように命じてから、私は家の主人を呼んだ。――返事はない。扉をたたく。――やはり返事はない……。どうなっているんだ？　やっとのことで、十四歳くらいの少年が物陰からのっそり出てきた。

「主《あるじ》はどこだ？」「イナイ」「なに？　そもそもいないということか？」「ソウ」「それじゃおかみさんは？」「チョット出カケタ」「じゃあ開けてくれる人はいないのか？」私はそう言うと、扉をドンと一発蹴飛ばした。扉はひとりでに開き、小屋のなかからむわっとする空気が漂ってきた。硫黄マッチをすり、少年の鼻先に近づける。マッチの火が白い目を照らし出した。少年は盲人、生まれついての盲人だった。少年は突っ立ったまま動かず、私はその顔立ちをつぶさに眺めはじめた。打ち明けると、めくらや片目やつんぼやおしや片輪やせむしに対し、私は根深い先入見をもっている。私の見るところ、人の外見と魂のあいだにはつねに何かしら奇妙な関係がある――肉体の一部を失うと、魂もいずれかの感覚を失うというような。

そういうわけで、私は盲人の顔をつぶさに眺めはじめた。だが、目のない顔に何が読み取れるというのだろう？　何とはなしにあわれをさそわれて長いこと見つめていると、ふいに、かろうじてわかるほどの笑みが少年の薄い唇をさっとよぎり、それがなぜともなくぞっとするほど不快な印象を与えた。脳裏に疑念がきざした。この少年は外見とは裏腹にじつは目が見えているのかもしれない。私は自分にむなしく言い聞かせた。『盲人のにごった眼球までまねすることはできないぞ、それにそんなことしてなんになる?』だが、どうしようもない。私は自らの思いこみにはまっていく癖があるのだ……。

「きみはここの子どもなのか?」私はとうとうたずねた。「チガウ」「じゃあなんだ?」「ミナシゴ、ビンボウ」「ここの子どもはいるのかい?」「イナイ、娘イタ、タタール人ト海ノムコウニ逃ゲタ」「どんなタタール人?」「ソンナノ知ラナイ! クリミアノタタール人、ケルチ[2]ノ船頭」

私は小屋に上がりこんだ。二つの腰掛、机、暖炉のそばの大きな長持、それが家具のすべてだった。壁には聖像画《イコン》のひとつもない——悪い徴《しるし》だ。割れた窓ガラスから海風が漏れ入ってくる。鞄からろうそくの燃えさしを引っ張り出し、火をつけると、荷物をひとつひとつ並べていった。部屋の隅には軍刀と銃を置き、ピストルは机の上、ブールカは片方の腰掛にひっかけた。もう一方の腰掛にはコサックが自分のブールカをかけた。十分もすると彼はいびきをかきはじめたが、私は寝つけなかった。目の前の暗闇に白い目の少年がちらついて離れない。

そのまま一時間ほどが経《た》った。月は窓越しに輝き、光が土間にたわむれている。そのときふいに、床を横切る明るい光の帯のなかを、さっと影が走った。私は半身を起こして窓をのぞいた。何者かがふたたび窓のそばを走り抜け、いずこかに見えなくなった。まさか崖の斜面を駆け下りたとは思えないが、かといって、ほかに隠れるところなどない。私は起き上がり、ベシメトをひっかけると、短刀《キンジャル》を差したベルトをしめ、そっと忍び足で外に出た。と、あわや少年に鉢合わせするところだった。私は垣根に身をひそめた。少年は、しっかりした足取りで、とはいえ慎重に歩を進めつつ、そばを通り過ぎた。わきの下に何やら包みらしきものを抱えており、波止場の方に向きを転ずると、狭く険しい細道を下りはじめた。「その日聾者《みみしい》はこの書《ふみ》のことばをきき盲者《めしい》の目はくらきより闇よりみることを得べし」[3]見失わないだけの距離をおいて後を追いながら、私はふとこの一節を思い出した。

そのうち月は黒雲に覆われはじめ、海上には霧がたちこめた。霧を透かして、手近

2　クリミア半島東端に位置する都市。
3　「イザヤ書」第二十九章十八節より（『文語訳　旧約聖書Ⅳ　預言』岩波文庫、二〇一五年、五六頁）。なお引用に際してはルビの旧仮名遣いを新仮名遣いに改めた。

な舟の艫《とも》の灯りがようやくそれとわかるほどに光っている。岩石は沈めてやると言わんばかりに舟を絶えず威嚇し、岩に砕ける波の泡が汀《みぎわ》に明滅する。苦労して下りながら急な斜面をようやく抜け出すと、盲目の少年がいったん立ち止まってから崖のふもとを右に折れるのが目に入った。少年が波打ち際のぎりぎりのところを歩いていくものだから、いまにも波にとらわれ、さらわれるのではないかとはらはらしたが、石から石へ渡り、窪《くぼ》みをよける足取りのたしかさから察するに、ここを通るのははじめてではないようだった。やがて少年は足を止め、何かに耳をすますように地面にしゃがみこむと、脇に包みを置いた。私は、岸辺の突き出た岩のかげに身を隠し、少年の動きをつぶさに見守った。数分後、反対側から仄白《ほのじろ》い人影が現れた。影は少年に歩み寄ると、傍らに腰を下ろした。風がときおり二人の会話を運んでくる。「どうしてよ」女の声が言った。「ひどいしけじゃない。ヤンコは来ないわ」「ヤンコはしけなんかこわくない」少年が答えた。「霧も濃いし」女の声が切なげにもう一度反論した。「監視船を出し抜くには霧の方がいい」少年の答え。「もし沈んじゃったら?」「だったらなんだよ? 新しいリボンをつけないで日曜日に教会に行くだけのことだろ」

沈黙があとにつづいた。だが、ある事実に私は驚かされていた。少年は、私と話したときは小ロシアなまりだった。[4]ところが今度はまぎれもないロシア語をしゃべっている。

「ほら、おれの言った通りだ」盲目の少年が手をたたくとふたたび口を開いた。「ヤンコは海も風も霧もこわくない、陸の番人だってこわくない。よく聞いてごらん。あれは波の音じゃない、おれにはわかる、あれはヤンコの長い櫂《かい》だよ」

女はさっと立ち上がると落ち着かなげに遠くを凝視しはじめた。

「なに寝ぼけたこと言ってるの」女は言った。「わたしにはなんにも見えない」

打ち明けると、舟らしきものを遠くに見分けようといくら目をこらしたところで、私にもやはり何も見えなかった。そうしているうちに十分ほど経ったが、すると、波が山をなしてうねるその只中に黒い点が現れた。大きくなったり、小さくなったりする。連なる波の背をゆっくり上がってはさっと落下するのをくり返しつつ、舟は岸へと近づいてきた。こんな夜夜中《よるよなか》に二十ヴェルスターは離れた海峡に思い切って舟を出

4　ウクライナの旧称。

すとは、怖れを知らない漕ぎ手だ。男を駆りたてるよっぽどの理由があるにちがいない！　そんなことを考えながら、貧相な舟が進むさまをはらはらと見守っていたが、小舟は、鴨《かも》のように水中に潜っては今度は翼のごとく櫂をさっとはためかせ、泡立つ波しぶきの狭間にひらく深淵をかわして身を翻すのだった。そしてあわや岸壁に激しく衝突して粉々に砕け散るかと思われたそのとき、巧妙に身をかしげて舳《へさき》を転じると、無事に小さな入り江の陸に跳ね上がった。そこから出てきたのは中背の男で、タタールの羊毛の帽子をかぶっていた。男が腕をふって合図すると、三人で舟から何かを引っ張り出しはじめた。積荷はかなり大きく、どうして舟が沈まなかったのか、いまだに不思議に思われるほどだ。めいめいがひとつずつ包みを肩に背負うと、三人は岸伝いに歩き出し、まもなく私は行方を見失ってしまった。いい加減戻らなければならなかった。だが、打ち明けると、こうした奇怪なできごとの数々に心を乱されて、私はやっとの思いで朝が来るのを待ち明かしたのだった。

従卒役のコサックは、起き抜けに、私がすっかり身仕舞いしているのを見て目を丸くした。しかし、私は理由を明かさなかった。窓ごしにちぎれ雲をまいた蒼天が、さらには遠くクリミアの岸辺が見える。岸辺は薄紫色の帯となって広がり、やがて断崖にさえぎられる。断崖の頂には灯台の塔が白く浮かび上がっている。ひとしきり眺めた後で、要塞司令官にゲレンジクへの出発時間を照会すべく、ファナゴリヤの要塞に向かった。

ところが驚いたことに、司令官は何ひとつたしかな情報を提供できないのだった。波止場に停泊している船はいずれも監視船か商船で、商船にいたってはまだ荷積みすらはじめていなかった。「たぶん、三日か四日したら、郵便船が到着するんじゃないか。またそのときにでも」司令官は言った。私はすっかり不機嫌になり、むすっとしながら家に帰った。扉のところで私を迎えたコサックは、おびえている様子だった。

「まずいことになりました、上官殿」彼は言った。

「まったくだ、いつここを発てるのか、誰もわからないんだからな」するとコサックはいっそう度を失い、私の方に身を寄せるとささやき声で言った。

「ここはけがれております！　先ほど黒海コサック軍の下士官に会ったんですが、顔見知りでして、去年部隊にいた男でありました。自分らがここに泊まっていることを話すと、『おい、あそこはけがれているぞ、あれは悪い人間どもだ！……』と言うんです。それに、実際あの小僧はなんでしょう！　どこでも一人でほっつき回り、パンを買いに市場にも行けば、水汲みにも行きました……ここらではもう慣れっこのようですが」

「それがどうした？　それにしても主の女は出てきたか？」

「先ほど上官殿が出かけているときに婆さんが娘といっしょにやってきました」

「娘だって？　ここの娘はいないはずだぞ」

「娘でないとすると、いったい誰なんでしょう。あっそうだ、婆さんはいまあちらの小屋におります」

私はあばら家に上がった。暖炉は赤々と暖められ、貧乏人にしてはかなり豪勢な昼食がぐつぐつと煮えていた。いくら問いかけても、老婆は、耳が悪いので聞こえないの一点張り。とりつくしまもない。私は、暖炉の前に座って薪をくべている盲目の少年の方に向き直った。「おい、悪坊主」私は少年の耳をつまみあげて言った。「言ってみろ、昨日の夜、包みをもってどこをほっつき歩いてきたんだ、えっ？」突然、少年はわっと泣き出し、わめいたりうなったりしはじめた。「どこに行ったかって……どこにも行ってない……包み？　どんな包み？」老婆は今度ばかりは声が聞こえたようで、ぶつぶつ言いはじめた。「なんてことを言い出すんだい、こんな貧乏人に！　この子がどうしたっていうんだい？　だんなになにをしたっていうんだい？」これにはほとほとうんざりしたので、何としてでもこの謎をとく鍵を見つけ出してやると心に決め、外に出た。

私はブールカに身を包み、垣根のたもとの石に腰を下ろして遠くを見やった。眼前には昨夜の嵐の名残で波立つ海が広がっていた。その単調なうなりは、眠りに落ちこんでいく街のざわめきのようで、過去の記憶をよみがえらせ、私の思いを北へ、冷涼たる首都へと運んでいった。思い出に胸をかき乱され、私は時の経つのも忘れていた……。そうして一時間ばかりが過ぎた、あるいはもっと長い時間……。突然、何か歌声のようなものが耳を打った。まちがいない、歌だった、女のさわやかな声――しかし、どこから？……耳をすます……聞きなれない節回しで、ときにはゆっくりと悲しげで、ときには軽快ではしっこい。ぐるりと見回しても――誰もいない。もう一度耳をすます――響きは空から降ってくるようだ。見上げてみた。と、私が泊まっている小屋の屋根に若い女が立っている。縞模様の服を身にまとい、お下げに編んだ髪を奔放にひるがえし、これは正真正銘の人魚《ルサールカ》だった。人魚は手をかざして日光から目を守りつつ、彼方をじっと見つめたまま、微笑《ほほえ》んだり、ひとりごとをつぶやいたり、かと思えばふたたび歌いはじめたりするのだった。

私はその歌を一言一句覚えている。

心のままに
碧い海を
群れなしすすむ舟
白い帆をなびかせて。
あそこにいるの
わたしの舟は
そなえはないけれど
二本の櫂ですすむ舟。
波風が荒れ狂う――
年季の入った舟たちは
小さな翼をもちあげる。
嵐の海にちりぢりになる。

わたしは首をたれて
海にお願いするの。
「荒ぶる海、もう触れないで、
わたしの舟に。
わたしの舟が運ぶのは
とても大事なものだから、
闇夜に櫂をこぐのは
命知らずの荒くれ者だから」

ふと、昨夜も同じ声を聞いたような気がした。一瞬考えこんで、ふたたび屋根を眺めたときには、もう女はいなかった。と、いきなり当の女がそばを走り抜けていった。さっきのとは別のメロディーを歌い、指を鳴らしながら、老婆のところに駆けこんでいく。すると二人して喧嘩をおっぱじめた。老婆はかんかんになっているが、女の方

5　スラヴ地域の民間伝承に登場する水の精で、長い髪を垂らし、魚の尾をもつ。

はけらけらと笑っている。と思いきや、水の精《ウンディーナ》はまたしても跳ねるようにこちらに駆け寄ってきた。私の横に来ると立ち止まり、私がいることに驚いたかのように、目をじっとのぞきこんでくる。そしてぞんざいな態度でさっと向きを変えると、しずかに波止場の方へ歩き去っていった。これで終わりとはいかなかった。女は始終私の部屋のまわりをうろちょろしていた。歌ったり、跳ねたり、片時も休むことはない。まったく妙な女だ！　その表情には狂気の徴は一切認められなかった。それどころか、こちらの心を見通すような冴えわたったまなざしで見つめてくるうえに、その目ときたら、催眠的な磁力にでも恵まれているのか、もの問われるのをつねに待っているかのような具合なのだ。ところが、私が何か口にしようものなら、抜け目ない笑みを浮かべて、さっと離れていってしまうのだった。

まちがいなく、こんな女にお目にかかったことは一度もない。決して美人ではないのだが、美についても私はやはりある先入見をもっている。美には多くの血統がある……血統は、女にあっては、馬の場合と同じく一大問題なのだ。この発見は「若きフランス」[6]による。それは——それというのはつまり、「若きフランス」ではなく、血統のことだが——歩きぶりやら手足の恰好やらにあらわれる。とりわけ、鼻のもつ意味は大きい。筋の通った鼻はロシアでは小さな足よりなおめずらしいのだ。わが歌い女は、おそらく十八にもなっていない。まれにみる体のしなやかさ、この女にしか見られない独特の首のかしげ方、亜麻色の長い髪、軽く日に焼けた首や肩の金色にも似た肌の照り、何より筋の通った鼻——これらの特徴はどれもこれも私を魅惑してやまなかった。彼女の流し目にはなげやりで胡散くさい表情が見て取れたし、その笑みにも何やらはっきりしないところがあったのだが、それでも先入見の力は恐るべしで、筋の通った鼻に私は狂ってしまったのである。私は思った。ゲーテのミニヨン[7]を発見したのだろうか、作家のドイツ的想像力が生んだ、あの驚くべき形象を？　実際、両者のあいだには多くの共通点があった。異常に落ち着きがないかと思えば、急にぴくりともしなくなってしまうこと、謎めいた話しぶり、飛んだり跳ねたりすること、聞きなれない歌……。

6　ユーゴーやゴーチエやネルヴァルなど、フランスのロマン主義運動を牽引した青年芸術家たちを指す呼称。
7　ゲーテの小説『ヴィルヘルム・マイスターの修業時代』（一七九五—九六）に登場する少女。

暮れ方、彼女を扉のところで引きとめて、次のような会話を交わした。「ちょっといいかい、さっき屋根の上で何をしていたんだ?」私はたずねた。「風がどこから吹くか、確認していたの」「なんでまたきみが?」「風がくるところから、しあわせもくるから」「すると、歌でもってしあわせを呼んでいたというわけか?」「歌を歌うところにしあわせもあるのよ」「でも、かえって悲しくなるかもしれない」「だったらなに? よくならないなら、わるくなる。でも、わるいところからよくなるのも、やっぱりすぐよ」「誰に教えてもらった歌なんだ?」「教えてもらったんじゃない。思いつくままに歌っているだけ。聞こえる人には聞こえるし、聞いちゃダメな人にはわかりっこない」「ところできみの名前は?」「洗礼をしてくれた人が知ってるでしょ」「じゃあ誰が洗礼をしてくれたんだ?」「そんなの知らない」「ずいぶん秘密主義なんだな! けれど、こっちだって少しは知っていることもあるんだぜ」(彼女は表情ひとつ変えなかったし、唇をぴくりとも動かさなかった。自分には関係がないという様子だった)「昨日の夜、浜辺を散歩していただろう」私はそこで、さも勿体らしく目撃したことを逐一話してやった。狼狽させてやろうと思って。——ところが! 彼女はのどもさけよとばかりに高笑いしはじめた。「ずいぶん見ていたようだけれど、たいしてわかってないわね。でも、わかっていることについては、口に鍵をかけておいた方がいいわよ」「じゃあ、もし司令官に告げ口しようという気を起こしたら？」私はそう言いながら、とりつくしまもないくらい威厳たっぷりの顔をしてみせた。するとやにわに、茂みから追い立てられた小鳥のように、彼女はぴょんと跳びあがると歌いはじめ、そのままいなくなってしまった。最後の問いかけは宙に浮いたままだった。自分の発した言葉の重大さにそのときはまったく思いいたらなかったのだが、あとになって後悔するはめになった。

日が落ちるとすぐ、野営用のやかんを温めるようコサックに命じ、旅行用パイプをふかしながら、ろうそくを灯し、机にむかった。二杯目の茶をそろそろ飲み終えようとするとき、ふいに扉がきしみ、軽い衣擦れの音とかすかな足音が背後から聞こえた。私はびくりとしてふり返った。彼女だった。わが水の精だった。彼女は物も言わずそっと真向かいに腰を下ろし、視線をじっとこちらに向けた。なぜだか、そのまなざしがえも言わず優しく見えた。遠い昔に私の生活をほしいままに弄んだまなざしを思い出させた。彼女はこちらが何か問いかけるのを待っているらしかったが、私は故知らぬ動揺にとらわれて、黙りこくっていた。彼女の顔は青白くくすんでいて、内心の不安を明かしていた。片方の手が目的もなく机の上をさまよい、しかもかすかなふるえが認められるのだった。胸は激しく上下し、かつ息を殺している瞬間もあった。こうした喜劇にもいい加減うんざりしてきたので、ごく平凡なやり方でこの沈黙を壊してやろう、つまり、お茶でも出してやれと思った矢先、彼女がさっと身を起こし、私の首に両腕をからめてきた。熱く濡れたキスの音が私の唇の上で響く。私は視界が暗くなり、頭がくらくらし、若い情熱のありったけの力で彼女をきつく抱きしめたが、相手は蛇のようにするりと私の腕を逃れると、耳元でささやいた。「今夜、みんなが寝静まったら、浜辺に来て」そう言うと、矢のごとく部屋を飛び出し、入口のところで床にじかに置かれていたやかんやろうそくをひっくり返していった。「なんちゅう悪魔だ！」コサックが叫んだ。藁《わら》のうえに陣取って、茶の残りで体を温めようと楽しみにしていたところだったのだ。ようやくそこで、私はわれに返った。

二時間ほどして、波止場が静まり返った頃、私はコサックを起こした。「もし俺がピストルを撃ったら、浜に駆けつけるんだぞ」彼に言った。彼は目を瞠って、機械的に答えた。「承知しました、上官殿」私はベルトにピストルを差し、外に出た。彼女は崖のへりのところで待っていた。薄着というもおろかで、小さなスカーフがしなやかな体躯を覆っているだけだった。

「ついてきて」彼女はそう言うと私の腕をとり、私たちは二人して斜面を下りていった。どうして首の骨を折らずにすんだのか、いまもってわからない。崖を下りると右に折れ、前夜に盲目の少年を尾行したのと同じ道を進んだ。月はまだ昇っていなかった。ただ星が二つ、灯台の光のように、蒼《あお》く暗い天穹《てんきゅう》にきらめいているばかりだった。波が重々しく同じ平板なリズムで打ち寄せ、岸辺に舫《もや》った一艘の舟をわずかに持ち上げていた。「舟に乗るのよ」連れ合いが言った。私はためらった。センチメンタルな舟遊びなど、自分の趣味ではない。だが、引き返すにはまだ早かった。彼女は舟に飛びうつり、私もあとにつづいた。一息入れる間もなく、気がつけばもう海に出ていた。「なんのまねだ？」私は腹を立てて言った。「これはね」私を腰掛に座らせ、私の体を両腕でからめとると、彼女は答えた。「つまり、あなたが好きってこと」……頬が頬に寄せられ、顔に燃えるような息吹を感じた。突然、ぽちゃんと何かが水に落ちた。ベルトに手をやる――ピストルがない。おお、そのとき恐るべき疑惑が胸にきざし、血は脳天に逆流した。あたりを見回す――岸辺からおよそ五十サージェンは離れている、ところが自分は泳げないのだ！　なんとか身をもぎはなそうとするが、彼女は猫のように服にかじりついている。しかもいきなり強い突きを食らわせたものだから、あやうく海に投げ出されるところだった。舟はぐらぐら揺れたが、私はなんとかしがみつき、彼女とのあいだで捨て身の格闘がもちあがった。火事場の馬鹿力を見せはしたものの、すぐに悟った。すばしこさで相手の後手に回っている……。「どういうつもりだ？」彼女の小さな手をぎゅっとつかんで、私は叫んだ。指の骨がぽきぽきと音を立てたが、彼女は叫び声ひとつたてない。蛇のような本領を発揮して、こうした責め苦にも耐えてしまうのだ。

「おまえは見た」彼女は答えた。「きっと告げ口する」そう言うと、超自然的な力を発揮して私をへりに押し倒した。彼女も私も腰のあたりで舟からぶら下がっている状態で、彼女の髪は水面に触れている。絶体絶命の瞬間だった。私は舟の底部に膝をひっかけて、片手で彼女の髪をひっつかむと、もう一方の手でのどを押さえた。彼女の手が私の服から離れた一瞬をとらえて、さっと海に投げ入れた。

あたりはかなり暗かった。泡立つ波の合間に二度ほど彼女の頭がちらりと浮かんだが、あとはもう影も形もなかった。

舟の底に半分に折れた古い櫂を見つけ、涙ぐましい努力の末に、ようやく波止場に乗りつけた。岸辺伝いに小屋の方へ難儀しいしい歩いていると、昨晩、盲目の少年が真夜中の船乗りを待っていたあたりが、ふと目にとまった。月はすでに中空にかかり、白い人影が岸辺に座っているのが見えた。好奇心に負けてそっと忍び寄り、岸辺のえぐられた場所に生えている叢《くさむら》のかげに身をひそめた。頭を少し持ち上げると、眼下の様子が崖から逐一見わたせた。そこにわが人魚の姿を認めても、私はそれほど驚かなかった、むしろ喜んだくらいだった。彼女は長い髪をしぼって海水の泡沫を落としていた。濡れた上着は、しなやかな体躯と豊かな胸をあらわに際立たせている。まもなく彼方に舟の影がのぞまれ、それがたちまち近づいてきた。舟からは、前夜のように、タタール帽をかぶった男が下りてきたが、コサック風に髪を刈りあげ、革帯からは大きなナイフが突き出ていた。「ヤンコ」彼女が言った。「もうダメよ！」それから二人でしばらく何やら話し合っていたが、声が低くて一向に聞こえなかった。「ところであいつはどこ行った？」ヤンコがようやく声を高めて言った。「使いにやったのよ」彼女は答えた。数分ほどして盲目の少年が姿を現した。背に袋をかついでおり、三人してそれを舟に積みこんだ。

「おい、いいか」ヤンコが言った。「お前は例の場所を見張ってるんだぞ……いいな？　あそこにはたいしたブツがあるんだから……。××に伝えてくれ（名前は聞き取れなかった）、もうお前のとこでは働かないってな。やばいことになったから、もう俺に会うことはないだろうって。ここはもうあぶねえ。俺はどこかほかの場所で仕事を探すんだ、俺みたいに勇ましい奴はもう見つからんだろうよ。それと、もうひとつ言っといてくれ、もしお前がもっとまともに銭を払っていたら、そんときはヤンコはお前を捨てなかっただろうってな。俺にとっちゃ、風の吹くとこ、海の鳴るとこ、どこも通り道なんだ」しばし黙りこんだあとで、ヤンコはさらに言った。「こいつは俺といっしょに行く、ここに残るわけにはいかねえ。婆さんには言っといてくれ、そろそろあの世へ行く頃合いだろう、長生きしたんだから、顔に泥をぬらないようにしろってな。もう会うことはないだろうよ」

「それじゃおれは？」盲目の少年が悲しく訴えるような声で言った。

「俺になんの関係がある？」それが答えだった。

その間に、わが水の精は舟に飛びうつり、手招きして相棒を呼んだ。ヤンコは少年の手に何やら握らせて、言った。「ほら、プリャーニク[8]でも買いな」「これだけ？」少年が言った。「ふん、そらおまけだ」落ちた硬貨が石にあたってカーンと音を立てた。

少年は拾わなかった。ヤンコは舟に乗りこみ、風は追い風、二人は小さな帆を張ってたちまち遠のいていった。月明かりのなか、暗い波間に白い帆影がいつまでも仄見えていた。盲目の少年はずっと岸に座りこんだままだったが、そのときふと嗚咽《おえつ》にも似た音が聞こえてきた。この坊主は本当に泣いていたのだ、とめどもなく……。私は悲しくなってしまった。この真っ正直な密売人たちの平和の輪に、運命はなぜ私を放りこんだのか？　穏やかに凪いだ泉に投げ入れられた石のように、私は彼らの平安を乱し、しかも自ら石のごとく水底に沈むところだったのだ！

私は小屋に戻った。入口のところでは木皿に置かれたろうそくが燃えつきてパチパチはぜていた。コサックは命令を守らず、銃を抱いたまま深い眠りをむさぼっている。やすらかな夢を結ぶにまかせておいて、私はろうそくを取って小屋に上がった。ところが！　小箱も、銀の象嵌《ぞうがん》をほどこした剣も、ダゲスタン製の短刀も――これは友人の贈り物だ――何もかもなくなっている。その瞬間、あの悪坊主がどんなブツを背負っていたのか、合点がいった。手荒い突きを食らわせてコサックを起こすと、毒づ

8　糖蜜と香辛料を穀粉の生地に練りこんだ焼き菓子。

き叱り飛ばしたが、時すでに遅し！　それに上官に訴え出るのもあほらしいではないか。盲目の少年に物を盗《と》られ、おまけに十八ばかしの小娘に溺死させられそうになった、などと。

運よく、明け方に出発の見込みがたち、私はタマーニを後にした。婆さんがどうなったのか、かわいそうな盲目の少年がどうなったのか、それはわからない。人の幸福も悲惨も、私には何のかかわりもないことだ。この私、旅の途上の将校で、しかも官用で駅馬利用券を携帯する身とあっては！……

第一部終わり[9]

9　ここに唐突に「第一部終わり」と挿入されるのは、おそらくは出版の事情による。『現代の英雄』は二巻本として刊行され、全体の分量のちょうど真ん中にあたる「タマーニ」の終わりに巻の切れ目が置かれたのである。

Ⅱ　公爵令嬢メリー

五月十一日

昨日ピャチゴルスクに到着し[1]、マシュク山のふもとの町はずれ、ここらで一番標高の高いところに宿をとった。雷雨のときは、雲は屋根のあたりまで降りてくることだろう。今朝の五時、窓を開けると、小さな花壇に生い茂る花々の香りが部屋にみちた。満開の桜の枝が窓からこちらをのぞき、風がときおり白い花びらを書き物机いっぱいに散らす。部屋の三方からの眺めはすばらしい。西には五つの峰をもつベシタウ山が、「ちりぢりになった嵐の名残の雲」[2]のように、青々としている。北にはマシュク山が、むく毛に覆われたペルシア帽のように隆起し、地平線のこの方面をすっかり覆い隠している。東の眺めはいっそう心が浮き立つ。眼下には新しい瀟洒《しょうしゃ》な町が色とりどりに見えている。鉱泉のせせらぎ、さまざまな言語が入り混じる群衆のざわめき——遠く彼方には、重畳たる山々が円形劇場のごとく段々をなし、いっそう青々と霞がかって見える。地平線の果てには、カズベク山から、二峰のエルブルス山まで、雪をいただいた山頂が銀色の鎖状に連なっている。――こんな土地に暮らすのはじつに愉快だ！　喜びに似た感覚が、体の血管という血管をかけめぐる。大気は、子どもの口づけのように、さわやかでみずみずしい。太陽はあざやかに燃え、空は青く深い。これ以上望むものがあろうか？　情熱やら欲望やら悔恨やらが何になる？――しかし、もう時間だ。エリザヴェータ鉱泉に出かけよう。朝になると、そこで保養地の社交人士が一堂に会するらしい……。

　町の中ほどへ下りて並木通りを歩いていると、どこか哀愁をそそう一行に何組か行き合った。山の方へゆっくりと登っていくところだった。大部分は、草原《ステップ》の地主の家族たちで、そのことは、亭主の着古した流行遅れのフロックコートからも、妻や娘の

1　北カフカスの鉱泉地帯の中心地で、保養地としてにぎわっていた。軍人のみならず、社交界の貴族たちが集う場だった。

2　プーシキンの詩「雨雲」（一八三五）の冒頭の一節。

洗練された衣装からも、ただちに見て取れた。保養組の青年たちのことは一人残らず把握済みだったにちがいない。親しみのこもった好奇心を浮かべてこちらをじっと見ていたから。ペテルブルク仕立てのフロックコートが誤解のもととなったらしい。だが、じきに軍人の肩章に気づくと、いまいましげにそっぽを向いてしまった。

この土地のお偉方の奥方たち、俗に言う保養地の女主人《おかみ》たちは、ずっと寛大だった。柄つき眼鏡《ロルネット》を手にし、軍服のことはたいして気にかけず、ここカフカスで、部隊番号つきのボタンの下にひそむ燃え立つ心に出会い、白い軍帽に隠れた教養豊かな知性に出会うことに慣れていたのだ。[3] そうしたご婦人方はじつに魅力的で、しかもその魅力はいつまで経《た》っても色褪せない！ 取り巻きの崇拝者連は毎年のように入れ替わるが、おそらくこの点にこそ、びくともしない優しさの秘密があるにちがいない。狭い小道を登ってエリザヴェータ鉱泉に向かう道すがら、文官やら軍人やらの一団を追いこした。この一団は、あとになって知ったのだが、「水の動くを待てる人々」[4]のあいだにあって、特殊な党派を形成していたのだった。彼らは大いに飲んだが、鉱泉をではなく、ろくに散歩もしないで、ほんのたわむれに女を口説いたりする。あるいは賭博にふけったり、はたまた無聊《ぶりょう》をかこったり……。彼らはダンディだった。硫黄泉の湧き出す井戸に、枝編み細工の覆いでくるんだコップを下ろしながら、彼らはお決まりのポーズをとる。文官たちは明るい青色のネクタイをしめ、軍人たちはカラーの下からシャツの襟を出す。[5] 田舎の屋敷に対する一方ならぬ軽蔑を隠そうともせず、首都の

3　部隊番号は、兵士の場合は軍服や軍帽のボタンに、士官の場合は肩章に付せられており、また近衛隊士の場合、ボタンには双頭の鷲（ロマノフ王朝の紋章）の絵が浮き彫りにされていた。したがって、「部隊番号つきのボタン」は一兵卒であることを示す目印となる。とはいえ、カフカスには転属・降格処分を受けた近衛隊士や将校もざらにいたので（レールモントフもその一人だった）、一士官や一兵卒がじつは貴族的教養の持ち主であることもあった。

4　ヨハネ伝福音書の第五章第三・四節「水の動くを待てるなり。それは御使のをりをり降りて水を動《うごか》すことあれば、その動きたるのち最先《いやさき》に池にいる者は如何なる病にても癒《い》ゆる故なり」（『文語訳　新約聖書　詩篇付』岩波文庫、二〇一四年、二一五頁）から来た慣用表現で、「病の回復を待つ人々」「何かよいことが起こらないかと待つ人々」を意味する。

5　カラーから襟を出すのは軍人の服装規定に反する気取った恰好である。保養地における規則のゆるさを示していると同時に、彼らの「ダンディ」ぶりを示しているとも考えられる。「ダンディ」は、現代日本語のダンディとは意味が異なり、従来の服飾様式・行動様式に抗して、新しいモードをつくっていくような人々を指すが、彼らのスタイルやふるまいもまた流行とともに紋切り型に陥っていくことは避けられない。

やんごとない客間を思ってため息をこぼす。ところが出入りをゆるされたことなどありはしないのだが。

ようやく井戸に到着！……そばの広場には、浴槽に赤い屋根のかかる家が建っていて、ちょっと離れたところには、雨宿りがてら散歩できる遊歩廊がある。負傷した将校たちが何人か、松葉杖を手にベンチに腰を下ろしていた。顔面蒼白で、もの憂げだ。ご婦人方が足早に広場を行き交い「水の動く」のを待っている。そのうちには二、三、なかなかかわいい女もいた。マシュク山の山腹に広がる葡萄の並木道で、ときおり木陰に帽子がちらりと鮮やかな色を見せる。それは、事あるごとに恋人と二人きりになりたがる娘たちで、かたわらには必ずといっていいほど、軍帽か、文官のやぼったい円帽を見かけるのだった。険しい断崖の上には、「アイオロスの竪琴」[6]と命名されたあずまやが建っており、眺望を楽しむ愛好家たちの姿が目についた。みな望遠鏡をエルブルス山に向けている。そのなかには家庭教師が二人いて、瘰癧《るいれき》[7]の治療に来た子どもたちを引率していた。

息が切れたので山のへりに足を休め、傍に立つ小さな屋敷の角に身をもたせて、一幅の絵にも比すべき周囲の光景をつぶさに眺めることにした。そのとき突然、背後から聞き覚えのある声がした。

「ペチョーリン！　いつ来たんだ？」

振り返ると――グルシニツキーではないか！　私たちは抱擁を交わした。彼を知ったのは前線の部隊にいた頃だった。グルシニツキーは足を撃たれて傷を負い、私より一週間ほど早くこの鉱泉地に来ていたのだった。

グルシニツキーは士官候補生だ。軍務についてからまだ一年にしかならないが、一風変わったダンディぶりを発揮して、厚ぼったい兵隊外套を身にまとっていた。胸には聖ゲオルギー勲章をかけている。筋骨隆々とし、肌は浅黒く、髪は漆黒。見た目には二十五歳くらいに見えたが、その実ようやく二十一になるかというところだった。話すときは頭を後ろに投げ出すようにし、左手でひっきりなしにあごひげをひねる。左手でというのは、右手は松葉杖をついているからだ。話しっぷりは早口で、きざっ

6　アイオロスはギリシア神話に登場する風の神。一八三〇から三一年に、このあずまやには風で鳴るハープが備えつけられた。
7　頸部リンパ節が数珠状に腫れる特異な結核症。

たらしい。人生のあらゆる場面にもったいつけた決めゼリフを用意している類の人間なのだ。たんに美しいというだけでは心を動かされず、異常な感覚だとか、気高い情熱だとか、尋常ならざる苦悩だとかを仰々しく気取ってみせるのである。演劇的効果をあげることこそ彼らの愉しみであり、ロマンティックな土地の娘たちはすっかりまいってしまう。老境にさしかかると、大体が温厚な地主になるか、飲んだくれになるか――あるいはその両方になるのが相場だ。彼らの魂にはちょくちょく美点も見つかるが、詩情はひとかけらもない。グルシニツキーが熱を上げているのは、雄弁をふるうことだった。話題がありきたりな事柄から脱したとたん、たちまち口角泡を飛ばしはじめるのだった。彼とまともに議論ができたためしはない。反論したところで答えはないし、そもそもこちらの話なぞ聞いてはいないのだから。こちらが口をつぐんだすきを突いて、長大な独演会をおっぱじめる。それは、一見こちらの話を引き継いでいるようでいて、たんに自分の話のつづきでしかない。

グルシニツキーはなかなか才気に富んでいた。警句には滑稽なものも多かったが、毒気は足りなかったし、的を射てもいなかった。一言でもって相手を打ちくだくようなこともないし、世間の人々のことも、その人間的な弱さのことも、わかっちゃいなかった。何しろ人生の大半を自分のみにかまけてきたのだから。彼の目標は小説の主人公《ヒーロー》になることだ。自分は逸楽のために生まれた存在ではなく、何か神秘的な苦悩を定められた存在である。そのことを周囲に信じこませるべくせっせと努めてきたので、自分でももうほとんど信じこんでいるのだった。だからこそ、厚手の兵隊外套をさも誇らしげに身にまとってみせるわけである。――この男のことは手に取るようにわかる。わかるがゆえに、私はグルシニツキーに嫌われている。もっとも、うわべは親友同士のようにふるまっていたけれど。グルシニツキーはきわめつきの猛者《もさ》という評判だった。戦場での彼を見たことがある。軍刀をふりまわし、雄叫びを上げ、目を細めながら突撃する。こんなのはロシア的勇猛さじゃない！……

私もべつに彼が好きではない。いつか事を構える日が来る、そしてどちらかに災いが降りかかる。そういう予感があった。

グルシニツキーがカフカスにやってきたのも、やはりロマン主義的な熱狂のあらわれだった。故郷の村を出立する前夜には、隣近所の恰好な娘を相手に、沈鬱な面持ちで語って聞かせていたにちがいない。出発するのはたんに軍務のためではなく、死に場所を求めてのことだ、なぜなら……ここで彼は目を腕で隠して、こうつづける。

「いや、あなたは、こんなことは知るべきではないのです（相手次第ではもっとざっくばらんな言い方をするだろうが）！……あなたの純な魂をふるえあがらせるだけですから！……それにどうなるというのか？……あなたにとってこの私がなんだというのか！　あなたに私のことがおわかりになるでしょうか？……」云々。

　グルシニツキーが自ら打ち明けたこともあった。K連隊への参加を自分にうながした機縁は、自分と天のあいだの永遠なる秘密なのだ、と。

　とはいえ、悲劇的なマントを脱いでいるあいだは、グルシニツキーも愛嬌があって愉快な男だった。女を連れているときのグルシニツキーはきっと見ものにちがいない。そんなときこそ、せいいっぱいに気取ってみせるだろうから！

　私たちは古い友人同士として再会した。私は、保養地の暮らしはどんな具合か、どんな注目すべき人物がいるのか、根掘り葉掘りたずねた。

「かなり散文的な暮らしを送っているね」彼はため息をついて言った。「朝に鉱泉を飲む者は、あらゆる病人と同じくやつれていて、夕にワインを飲む者は、あらゆる健康体と同じく癪《しゃく》にさわる。女たちの集いもあるが、たいした慰めにもならない。ホイスト[8]はやる、着こなしはやぼ、でもってぶざまにフランス語をしゃべる。今年モスクワから来たのはリゴフスカヤ公爵夫人とそのご令嬢だけ。もっとも自分はまだ面識はないのだけれど。この兵隊外套は拒絶の烙印みたいなものでね。これがかきたてる同情心なぞ、施しと同じでうっとうしい」

このとき、二人のご婦人がわれわれのそばを通って井戸の方へと歩いていった。一人は年配で、もう一人はうら若く、すらりとしている。顔は帽子のかげに隠れてよく見えなかったが、服装は最上流の趣味が求める厳格な作法にのっとっていた。余計なものはこれっぽっちもないのだ！――若い方は灰真珠色《グリ・ドゥ・ペルル》の長いドレスに身を包んでいた。軽やかなシルクのスカーフをしなやかな首に巻いている。赤褐色《クルール・ピュス》のブーツは細い足をくるぶしのところで何とも愛らしく締めつけており、美の秘密に通じていない者でさえ、たとえ不思議の念からであっても、嘆息せずにはいられなかっただろう。軽やかな、しかし気高い歩みには、言葉の定義なぞするりと逃れてしまうような、とはいえ一目見てそれとわかるような、清純さがあらわれている。彼女がそばを通り過ぎたとき、かわいい女の手紙からときおり匂うような、えも言われぬ芳香が漂って

8　トランプゲームの一種。

きた。

「あれがリゴフスカヤ公爵夫人だ」グルシニツキーが言った。「その隣にいるのが娘のメリー、公爵夫人は娘をイギリス風にそう呼んでいる。まだここへ来て三日にしかならない」

「それなのに、もう名前を知っているんだな？」

「なに、たまたま小耳にはさんだだけだ」グルシニツキーは顔を赤らめて答えた。

「正直、あの二人と近づきになろうとは思わないね」「われわれ一介の兵士を蛮族でも見るように見る。ああいう誇り高い貴族連中は、部隊番号つきの軍帽の裏に知性があるかどうか、厚手の兵隊外套の裏に心があるかどうか、そんなことがあの連中にとってなんになる？」

「かわいそうな外套だな！」にやっとしながら私は言った。「ところであの御仁は誰だ？　二人に近づいて、ご丁寧にコップを下ろしてあげているじゃないか」

「ああ！　あれはモスクワのダンディ、ラエーヴィチさ！　ばくち打ちでね。空色のチョッキに巻きつけた、ばかでかい金の鎖を見れば、一目瞭然だろ。それにあの太いステッキはなんだ。ロビンソン・クルーソーじゃあるまいし！　おまけにあのあごひげ、髪型は百姓風《ア・ラ・ムジーク》だ！」

「貴様は全人類に敵意を燃やしているんだな」

「それには理由がある……」

「へえ！　本当かい？」

このとき、ご婦人方は井戸を離れ、私たちのすぐ近くまでやってきた。グルシニツキーはたちまち松葉杖を使って劇的なポーズをとってみせ、フランス語でもって声高に答えた。

「いいか《モン・シェール》、俺は軽蔑しないためにこそ人びとを憎むのだ、そうでもしなければ、人《ジュ・エ・レゾム・プール・ヌ・パ・レ・メプリゼ・カール・ラ・ヴィ・》生はあまりにも醜悪な道化芝居になるだろうから《スレ・ユヌ・ファルス・トロ・デグターント》」

美しい公爵令嬢はこちらを振り向いて、この雄弁家に好奇の目をじっと向けた。そのまなざしに浮かぶ表情はとらえどころがなかったが、とはいえ嘲笑的なものではなく、私は心中、熱い祝福をこの男に送ったのだった。

「あの公爵令嬢メリーという娘《こ》はなかなかかわいい」私は彼に言った。「あのビロードのような眼――そう、ビロードという言葉がぴったりだ。この言葉を覚えておくんだな、あの娘の眼を語るときに使えるぞ。まつげは上下とも長い、だから日の光があの瞳に反射することはない。こういうきらきらしない眼はいいね、なんともやわらかで、なでられているみたいな気がする。とはいえ、美しいのは顔のつくりだけかもしれない……。歯が白いかどうか。それが一番肝心だな！　残念だよ、貴様の華麗な文句にあの娘が笑わなかったのが」

「美しい女のことを、まるで英国産の馬の品定めでもするみたいに語るんだな」グルシニツキーはいまいましげに言った。

「いいか《モン・シェール》」できるだけ彼の口調に似せながら、私は言い返した。「俺は愛さないため《ジュ・メプリーズ・レ・》にこそ女を軽蔑するのだ、そうでもしなければ、《ファム・プール・ヌ・パ・レゼメ・カール・オトルマン・》人生はあまりにも笑止なメロドラマ《ラ・ヴィ・スレ・アン・メロドラム・》になるだろうから《トロ・リディキュール》」

　私はくるりと背を向け、彼をおいて去った。半時間ばかり、葡萄の並木道をぶらぶらし、石灰質の断崖や、そのところどころにかかる灌木の茂みのあいだを歩き回った。暑くなってきたので、急ぎ家路についた。硫黄泉のそばを通りしなに、日陰で一息つこうと屋根のある遊歩廊に足を休めたのだが、そのおかげで、じつに興味深い一幕を目撃することになった。舞台上の人物たちの配置はこんな具合だ。公爵夫人はモスクワのダンディと遊歩廊のベンチに腰かけており、何やらお堅い会話に夢中になっている様子。公爵令嬢は、鉱泉水の最後の一杯を飲んでしまったらしく、井戸のあたりを物思わしげにそぞろ歩いている。グルシニツキーは当の井戸のそばに立っている。広場にはほかに誰もいなかった。

私は近づいて、遊歩廊の隅に身をひそめた。その瞬間、グルシニツキーがコップを砂地の上に落とした。何とか身をかがめて取り上げようとするものの、怪我した足のせいではかばかしくいかない。あわれな奴め！　松葉杖にすがりながら、涙ぐましくあれこれ試してみるのだが、しくじるばかり。切なげな顔には、実際、苦悶の色が浮かんでいた。

公爵令嬢メリーにはその様子が私よりもはっきりと見えた。

彼女は小鳥よりも軽やかに飛び出すと、身をかがめてコップを拾い、言葉につくせぬ愛くるしい動きでグルシニツキーに手渡した。顔を真っ赤に染めながら、遊歩廊を振り返って、母親が少しも気づいていないことを確認すると、たちまちほっとした様子になった。グルシニツキーが礼を言おうと口を開いたときには、すでにかなり離れてしまっていた。少し経って、母親やダンディについて遊歩廊を出ていったが、グルシニツキーの横を通りしなに、慎み深いきまじめな表情を浮かべてみせた——振り返りもせず、彼の情熱的なまなざしに気づきもしない。グルシニツキーはいつまでも見送っていた、彼女が山を下りて並木通りの菩提樹のかげに見えなくなるまで……。とはいえ、通りを行く彼女の帽子がまだちらちら見えていた。彼女はピャチゴルスクでも有数の邸宅のひとつに駆けこんでいった。つづいて公爵夫人の姿が現れ、門のところでラエーヴィチにいとまを告げた。

そこではじめて、あわれな情熱家の士官候補生は私がいることに気づいた。

「見たか？」彼は私の手を強く握りながら言った。「あれはもう天使だ！」

「どうして？」私は邪心のない素朴さをよそおってたずねた。

「どうしてって、貴様の目は節穴か？」

「いや、見ていたとも。コップを拾ってくれたな。けれど、そこにいたのが見張り番であったとしても、やっぱり同じことをしただろうね。いや、酒代でもはずんでもらおうと、もっとてきぱき動いていたかもしれない。ただし、あの娘が貴様を気の毒に思ったのはまちがいない。鉄砲傷のある足を踏み出したときに、ごたいそうに顔をゆがめてみせたものだから……」

「それじゃちっとも感動しなかったというのか？　あの瞬間の彼女を見ておいて。魂の輝きが顔にあらわれていたじゃないか……」

「ちっとも」

それは嘘だった。けれども、グルシニツキーを怒らせてやりたくなったのだ。天邪鬼にふるまうことは、私にとって生来の情熱だ。私のこれまでの人生など、心や分別にむなしく逆らってばかりいる日々が陰気に連なる鎖にすぎない。熱狂的な人間を前にすると、凍て空のようなさむけにおそわれるが、一方で、生気のない粘液質の男と親しく交われば、情熱的な夢想家にでもなることだろう。さらに白状するならば、いまわしい感覚、とはいえ覚えのある感覚が、このとき私の心をさっと貫いたのだった。それは嫉妬の情だった。「嫉妬」と言ってしまおう。何ごとであれ自分に対し率直であることには慣れている。それに、美しい女に会って、何とはなしに心を惹かれているとき、そこに別の男が、同じく女の知り合いでも何でもない男が、いきなり目の前で贔屓《ひいき》されたら、誰だって不快な疼《うず》きを覚えるのではないか。青年ならば誰しも（もちろん、上流社会で生きてきて、自尊心をさんざん甘やかしてきた青年に限るが）。

グルシニツキーと並んで黙って山を下り、並木通りに沿って、美しき令嬢が姿を隠した家の窓のそばを通った。彼女は窓辺に座っていた。グルシニツキーは私の腕をつかんで、そちらに視線を走らせた。よくあるとろんとした優しいまなざしの類で、実のところそれしきで女心が動くことなど期待できはしないのだが。彼女に柄つき眼鏡を向けたところ、グルシニツキーのまなざしには微笑みを浮かべた一方で、柄つき眼鏡ごしの私の厚かましい視線にはすこぶるおかんむりの様子だった。まあ実際、カフカスの軍人ふぜいがモスクワのご令嬢に眼鏡を向けるなど、大胆にもほどがある！

五月十三日

さっき朝早くに医者《ドクトル》がやってきた。名はヴェルネルという。とはいえロシア人だ。驚くほどのこともない。私の知人で、ドイツ人なのにイワノフという名の男もいるくらいだ。

ヴェルネルはさまざまな点で驚くべき人物だ。医者が九分九厘そうであるように、やはり懐疑家で、かつ唯物論者でもあるのだが、しかも同時に詩人なのである、それも正真正銘の。行為においてはつねに詩人で、言葉においてもちょくちょく詩人となるのだ。もっとも、これまでの人生で詩の一行ものしたことはないだろうけれど。ヴェルネルは、死体の血管を調べるように、人間精神のあらゆる機微を知りつくしていた。ところが、自らの知識を実地に応用しえたためしはなかった。ちょうど、すぐれた解剖学者がえてして熱病を癒せないのと同じだ。普段から心中ひそかに自分の患者を冷笑していたが、とはいえ、一度、瀕死の兵士に涙しているのを見たこともある。貧乏暮らしで、百万長者になることを夢見ているが、金のためにわざわざ手間をかけるようなまねはしない。一度私に言ったことがある。自分は友よりもむしろ敵にこそ親切にする、敵意はこちらの温情に応じていっそう強まるだけだが、友への親切は恩を売りつけるのと同じだからだ、と。ヴェルネルは毒舌家だった。彼の警句が名札代わりになって、俗物の愚か者で通ることになった好人物も、一人にとどまらない。ヴェルネルのライバルでもある保養地の医者たちは、妬み心から、彼が患者のカリカチュアを描いているといううわさをばらまいた。患者たちはかんかんになった！――そしてほとんどが彼と絶交してしまったのである。友人たち、つまりカフカス勤めの貴顕紳士は、地に落ちた信用を取り戻そうと四苦八苦したが、徒労に終わっていた。

ヴェルネルの外見は、出会った者がのっけから不快の念に打たれるような類のものだった。とはいえ、目が慣れて、異形な造作のうちに苦労人の気高い魂のしるしを認めるようになると、しまいには魅せられてしまうのだった。こうした男に女がぞっこん参ってしまうというのもざらにある話で、エンディミオン[9]のごとき水も滴る薔薇色の美少年にすら、目移りすることはないのである。女たちに偏見を持ってはならない。女には魂の美を見分ける直感があるのだから。だからこそ、ヴェルネルのような男たちは、あれほど熱烈に女を愛するのではないか。

ヴェルネルは短身痩軀なうえに貧弱で、まるで子どものようだった。バイロンと同じく、片方の足がもう一方より短く、胴体に比べると頭がやけに大きく見えた。髪は短く刈りこまれ、むき出しになった頭蓋は、相容れないしるしが複雑に入り組んでいて、そのいびつな形で骨相学者を仰天させるにちがいなかった。[10]小さな黒い瞳は、いつも落ち着かなげにちょこまかし、こちらの考えを見通してやろうという構えだった。服装はこざっぱりした趣味のよさで抜きん出ている。筋肉質の痩せた小さな手には、明るい黄色の手袋が映えていた。フロックコート、ネクタイ、チョッキはつねに黒で統一されている。若者たちのあいだではメフィストフェレスの異名で通っていて、本人は一見面白くもなさそうな態度をとっていたが、その実、自尊心をくすぐられていたのだった。私たちはたちまち理解し合い、近しい知人になった。こんな言い方をするのも、私という人間がもともと友人になるには向いていないからだ。友人同士の二人がそろえば、一方は他方の奴隷になるのがおちだ。もっとも、どちらもそれを認めようとしないものだが。奴隷になることは私には到底無理だが、かといって、二人のあいだで支配者の側に立つのも、なかなかの厄介事である。それは相手をあざむくことを意味するからだ。おまけに私には召使もいれば金だってあるのだから！　私たちが知り合った経緯を記しておこう。ヴェルネルに会ったのはS町、青年たちが集う数多《あまた》の騒がしいサークルのひとつでだった。夜会の終わる頃、会話は哲学的・形而上学的な方向に進み、確信なるものをめぐってあれこれ意見が交わされた。そして、それぞれが百様のことを確信しているのだった。

「自分について言わせてもらうと、ひとつだけ確信していることがあるんですよ」ドクトルが言った。

「なんです？」私はたずねた。これまで沈黙を守ってきた人物の考えを聞いてみたく

9　ギリシア神話に登場する羊飼いの美少年。

10　骨相学は十九世紀のヨーロッパで流行した学説で、頭蓋骨の形状によって人間の性質や能力が把握できると唱えた。

なったのだ。

「遅かれ早かれ、ある美しい朝に自分が死ぬだろうということです」ドクトルは答えた。

「私はあなたよりも恵まれているようですね」私は言った。「というのも、それに加えて、自分にはもうひとつ確信があるんですよ——つまり、あるいまわしい晩に自分が不幸にもこの世に生まれ落ちたということです」

私たちが無駄口をたたいていることは、誰しも理解していた。とはいえ、これ以上気のきいたやり取りなど、誰にもできやしなかった。このときを境に、私たちは俗物どもの群れのなかで互いを見分けるようになったのだ。ときおり落ち合っては、抽象的な事柄をまじめくさって議論したりもしたが、それもお互いが相手をけむに巻いているると合点するまでのことだった。そういうときは、キケロの言では古代ローマの占い師がしたように、私たちは意味ありげに見交わしてげらげらと笑い出し、存分に笑ったあとは愉快な夕べに心満たされて別れるのだった。

ヴェルネルが部屋にやってきたとき、私は天井に目を向け、頭の後ろで手を組み、長椅子にごろりとしていた。ヴェルネルは肘掛け椅子に腰を下ろすと、隅にステッキを置き、あくびをひとつして、外は暑くなってきたと言った。私は「ハエがうるさくてね」と答えた——それきり二人とも黙っていた。

「お気づきですか、先生」私は言った。「馬鹿がいないと世界はやり切れないほど退屈ですね！……だってほら、われわれは二人とも頭が切れるし、どんなことだって際限なく議論できるとあらかじめわかっているものだから、わざわざ議論などしようとは思わないわけです。何しろ内に秘めた考えなどお互いほとんどお見通しなんですからね。たった一言がまるまるひとつの話に匹敵し、三重に覆いがかけられていたとしても、われわれはあらゆる感情の源泉を見抜いてしまう。悲しいことは滑稽で、滑稽なことは悲しい。ところが概して、実際には自分以外のすべてに無関心です。だから、感情や思想をわれわれのあいだで交換するなどありえない話で、相手について知りたいと思うようなことはお互いそらで知っているし、しかも別にそれ以上知りたいとも思わないわけです。残す手立てはひとつだけ。つまりニュースを話すこと。——さあ何か話してください！」

長広舌にくたびれて、私は目をつむってあくびをした。

少し考えてから、ドクトルは答えた。

「あなたのナンセンスには、そうは言ってもひとつの思惑がありますね！」

「二つ、ですね」私は答えた。

「ひとつをお話しください、もうひとつは僕が話しますから」

「いいでしょう、お先にどうぞ」天井をじっと眺めたまま、心中にやっとしつつ、私は言った。

「どなたか保養にやってきた人のことを詳しく知りたいのでしょう。意中の人物が誰なのかも、およそ見当がついています。先方のところで、あなたのことを訊《き》かれましたから」

「先生！　これだから私たちには会話の必要などないんですよ。お互い心のうちをお見通しなんだから」

「それじゃもうひとつは……」

「もうひとつの思惑というのは、先生に何か話をさせたかったんです。というのも、第一に、聞く方が疲れない。第二に、口をすべらすこともない。第三に、他人の秘密を知ることができる。第四に、先生のような学のある人は、おしゃべりよりも聞き上手を好むものだから。では本題に移りましょうか。リゴフスカヤ公爵夫人は私についてなんと言ったんです？」

「公爵夫人であって公爵令嬢ではない、という自信がおありなんですね？……」

「まちがいありませんね」

「どうしてです？」

「公爵令嬢はグルシニツキーのことをたずねたはずです」

「いやはや恐れ入った洞察力ですね。令嬢は言っていましたよ、兵隊外套を着ているあの青年は、決闘をしたせいで一兵卒に降格されたにちがいない……」

「まさか甘美な誤解をぶちこわそうとはしなかったでしょうね……」

「もちろん」

「さあ物語がはじまったぞ！」私は有頂天になって叫んだ。「この喜劇の結末はわれわれの奮闘如何にかかっていますね。まちがいなく、私が退屈しないようにという運命の心遣いですよ」

「先が見えるようですよ」ドクトルが言った。「かわいそうなグルシニツキーはあなたの餌食になるんでしょう……」

「で、そのあとどうなりました？……」

「公爵夫人は、あなたの顔に見覚えがあると……。僕はペテルブルクで会ったことがあるんじゃないかと言いました、社交界か何かで……名前も伝えましたよ……。聞き覚えがあるようでしたね。どうも、あなたのやらかしたことはあちらではかなり騒ぎになったみたいで！　公爵夫人はその一件について話をはじめました。社交界のゴシップと自分の見解をいっしょくたにして……。お嬢さんの方も興味ありげに聞いていましたね。あの娘の想像のなかで、あなたは最新流行の小説の主人公にでもなったんでしょう……。公爵夫人にはあえて異議は唱えませんでした。しゃべっていたのは、まったくのたわごとでしたがね」

「ありがたい！」私はドクトルに手を差し出して言った。彼は私の手をぎゅっと握ると、先をつづけた。

「お望みなら、紹介しますよ……」

「とんでもない！」私は手をはたと打って言った。「主人公は紹介なんぞされませんよ。絶体絶命の窮地から救うことで愛する人と出会う決まりなんです……」

「で、あなたは本気で公爵令嬢を口説くつもりですか？……」

「とんでもない、あべこべです！……先生、とうとう私が一本取りましたね。私を見誤ったんですから！……もっとも、これはむしろ嘆きの種というべきですかね」しばし沈黙してから、私は言い足した。「私は自分の秘密をわざわざ打ち明けたりはしません、けれども見抜かれるのは大歓迎なんです、そのおかげでいつだって機を見て裏をかくことができるんですから。それはともかく、母娘《おやこ》の様子を聞かせてください。どんな人たちです？」

「まず公爵夫人ですが、御年四十五です」ヴェルネルは答えた。「たいそうな健啖家《けんたんか》ですが、血液はにごっていますね。頰に紅斑が見られる。後半生をモスクワで安穏と暮らしたものだから、肥満になってしまった。艶っぽい小話に目がなく、自分でもときどき猥談をしゃべります、娘が部屋にいないときに限ってですが。そのくせ娘は鳩のように無垢だなどとのたまうんです。こっちになんの関係があります？……夫人を安心させようと、誰にも口外なんかしないと言ってやりたくなりますよ！　夫人はリュウマチを患っていますが、娘の方はいったいどこが悪いのやら。鉱泉水を一日二杯飲み、週に二回、水で希釈した鉱泉に入るよう指示しました。公爵夫人はどうも人を監督することに慣れていないようで、娘の才知を尊敬しています。娘はバイロンも英語で読むし、代数学だって知っている。モスクワのご令嬢方は勉学に精を出しているようで、よくやっていますね――実際！　男たちは概して気がきかないものだから、学のある女性にとってはそんな男どもに媚《こび》を売るのはうんざりなんでしょう。――公爵夫人は若い人たちが大好きなんですが、娘の方はいくぶん軽蔑の目で眺めています。モスクワ的風習ですね！――モスクワのお嬢さん方が相手にするのは、中年の諧謔《かいぎゃく》家《か》ばかりです」

「それじゃモスクワにいたことがあるんですね、先生？」

「ええ、あちらで開業していたこともあります」

「つづきをどうぞ」

「いやもう全部お話ししたようです……そうだ！　もうひとつ。公爵令嬢は感情やら情熱やらを議論するのがお好きなようで……彼女はひと冬をペテルブルクで過ごしたのですが、お気に召さなかったようです、とくにあそこの社交界が。きっと冷たくあしらわれたんでしょう」

「公爵夫人のところにはほかに誰もいなかったんですね？」

「とんでもない。副官が一人、堅物の近衛士官、それと新参者らしき夫人。こちらは公爵の方の縁につながる親戚で、かなりの美人でしたが、だいぶ加減が悪いようです……。井戸のところで会いませんでしたか？——中背のブロンド、顔立ちは美しく、肺病患者特有の顔色をしていて、右頰にほくろがあって。あの訴えかけるような表情には、どきっとさせられましたね」

「ほくろ！」私は歯のすき間からぶつぶつ言った。「まさか？」

ドクトルは私を見つめると、手を私の胸に押し当てながら、勝ち誇ったように言った。「ご存じなんですね」私の心臓はたしかに平生よりも強く脈打っていた。

「今度は一本取られる番ですね」私は言った。「ただ願わくは私を出し抜いたりしないでください。まだ見ていませんが、先生の描写を聞いて思い当たったんです。昔愛した女だとね。——ただ私のことは黙っていてください。何か訊かれたら、悪しざまに言っておいてください」

「まあ御意のままに」ヴェルネルは肩をすくめながら答えた。

ドクトルが帰ったあと、切なさに胸をしめつけられた。運命がカフカスの地で私たちをふたたび引き合わせたのか、それとも私に会えると知って自分からここにやってきたのか？……再会はどんな具合になるのだろう？……そもそも、本当にあの女なのか？……私の予感が空手形になったことはない。過去の力にこんなにもふりまわされる人間が、私のほかにいるのだろうか。過ぎ去った悲しみや喜びは、どんな記憶であれ、病的なほどに魂を痛めつけ、そこからつねに同じ響きを引き出すのだ。私は生まれながらの愚か者だ。何ひとつ忘れない、何ひとつ。

食事を済ませ、六時頃並木通りに出かけた。人が集まっている。公爵夫人は娘と並んでベンチに腰かけ、取り巻きの若者連中はわれさきにお世辞をふりまいていた。私はいくらか離れて別のベンチに陣取り、知り合いのD連隊の将校二人をつかまえて、適当にしゃべりちらした。どうも愉快な話だったようで、二人は腹がよじれるほど笑い出した。公爵令嬢の取り巻きのうち、二、三人がこちらに気を取られ、そのうち気づけば全員が彼女をおっぽり出して私の仲間に加わってしまった。私は手をゆるめなかった。私の小話はばかばかしいほど機知に富んでいて、通りすがりの変人奇人に浴びせる嘲笑は狂暴なくらい毒気たっぷりだった……。私は日が沈む頃まで聴衆をおおいに沸かせてやった。その間にも何度か、公爵令嬢は母親の手を取って、足の不自由な老人といっしょに私の近くを行ったり来たりしていた。二、三度、彼女のまなざしは私をとらえ、つとめて無関心をよそおいながらも、くやしさを隠せないでいた……。

「どんなお話をしているんですか?」彼女は、気を遣って戻ってきた若者の一人に問いただした。「きっと興味深いお話なんでしょうね――武勇伝とか？……」よく通る大きな声でそう言った。私へのあてこすりのつもりなのだろう。『ははあ！』私は内心思った。『本気でご立腹のようですね、公爵令嬢さん。乞うご期待、これしきでは済みませんから！』

グルシニツキーがまるで肉食獣のように彼女を見つめていた。目を離そうともしない。賭けてもいい、明日には誰かしらつかまえて公爵夫人に紹介してくれと頼みこむことだろう。夫人も大喜びするにちがいない、何しろ退屈なのだから。

五月十六日

この二日間というもの、事の進展ぶりははなはだしい。公爵令嬢は私を忌み嫌っている。私をあてこすった二、三の警句が早くも言い触らされていた。なかなかに辛辣だったが、とはいえ虚栄心をくすぐられもした。彼女には不思議でならないのだ。上流社会に慣れ、ペテルブルクの従姉妹《いとこ》たちや伯母たちにはあれほど親切な男が、どうして自分とは近づきになろうとしないのか。公爵令嬢とは井戸や並木通りで毎日顔を合わせている。華やかな副官やらなまっちろいモスクワっ子やら、崇拝者どもの注意をこちらに向けてやろうと、私はあらゆる手をつくす——しくじることはめったにない。元来自分は客を招くのは大嫌いなのだが、いまや私のところは連日ひねもす飲んで食べて賭けての大盛況。そして、なんとも遺憾ながら、わがシャンパンは彼女のまなざしの磁力に対し凱歌をあげていたのだ。

昨日チェラホフの店で彼女に会った。ペルシア産の見事な絨毯の値段を掛け合っているところだった。公爵令嬢は買いしぶる母親をかき口説いている。この絨毯を飾ったら、化粧部屋がとても明るくなるから、と……。私は四十ルーブル余計に払って、絨毯を横取りしてやった。おかげで公爵令嬢から一瞥を賜った。そこにはうっとりするような瞋恚《しんい》の炎がきらめいていた。食事時をねらって、絨毯をチェルケス馬の背にかけ、これ見よがしに彼女の窓のそばを通って運ばせた。ちょうど公爵夫人宅に居合わせたヴェルネルの話では、この一幕はこれ以上ないくらい劇的な効果をあげたらしい。公爵令嬢はいまや私を相手に親衛隊をつのる気でいる。実際私も気がついていた。すでに副官が二人、彼女のいるところではまともに会釈すらしなくなっている。そのくせ、二人とも毎日私のところで食事していたのだけれど。

グルシニツキーは何やら秘密めかした態度をとるようになっていた。両手を後ろに組んで歩き回り、誰も目に入らない様子。怪我した足はにわかによくなって、ようやくそれとわかるほどに引きずっているだけだ。機会をとらえて公爵令嬢と言葉を交わし、お世辞のひとつでも言ってやったらしい。公爵令嬢はたいして選《え》り好みをしないのか、それ以来グルシニツキーの会釈に愛らしい笑顔で応えている。

「リゴフスカヤ家と近づきになる気は本当にないのか？」グルシニツキーは昨日私にたずねた。

「これっぽっちも」

「あのなあ、ここの保養地じゃ一番居心地のいいところなんだぞ！　ここで一番のサロンじゃないか！……」

「おいおい、社交界なんてものはよそでうんざりするほど味わったさ。ところで貴様は公爵夫人宅にはよく行くのか？」

「いやまだだ。せいぜい二度ばかし公爵令嬢と話しただけさ。しかし、押しかけるみたいに訪ねるのも不体裁じゃないか、このあたりじゃよくあるにしても……。将校の肩章でもあれば、話は別なんだが……」

「なに、いまの貴様の方がはるかに女心をそそるよ！　たんに自分の有利な状況を利用できていないだけだろう。何しろ兵隊外套のおかげで、感じやすいお嬢さん方の目には、貴様は一躍英雄か受難者かに見えるんだからな」

グルシニツキーは満足げに微笑《ほほえ》んだ。

「そんなばかな!」

「まちがいない」私はつづけた。「公爵令嬢はもう貴様に首ったけさ」

グルシニツキーは、耳元まで真っ赤になりつつ、胸を張った。おお! 自尊心よ! お前はテコだ、アルキメデスがそれを使って地球を持ち上げんとくわだてた、あのテコだ。

「冗談ばかり言うな」グルシニツキーは怒っているふりをして言った。「第一、あの人は俺のことをろくに知らないじゃないか……」

「女が愛せるのは、よく知らない男だけだ」

「あの人に好かれるなんて思うほどうぬぼれちゃいないよ。俺はただ、感じのいいあの一家と近づきになりたいだけだ。それに、俺が妙な希望をもつなんて、それこそおかしいじゃないか……。いや、たとえば貴様は別だ! 何しろペテルブルクの征服者だからな。一瞥をくれるだけで、女はとろけてしまう……。ところでペチョーリン、公爵令嬢が貴様のことでなんと言っていると思う？……」

「ちょっと待て、俺のことまで話題にしているのか？……」

「といってもいい話じゃないぜ。先日、たまたま井戸のところで話すことがあってね。その二言目がこうだ。『あの方はどなたですか？　ほら、目つきがいやらしくて、ぶっきらぼうで……。ごいっしょにいらしたでしょう、あのとき、ほら……』自分の愛らしい気まぐれを思い出したのか、あの人は顔を紅《あか》くして、いつの日のことかはっきりとは言いたがらなかった。『おっしゃらずとも結構です』俺は答えた。『私の記憶に永遠に刻まれていますから』おい、ペチョーリン、残念だな、貴様の印象はかなりひどいぞ……。しかしまあかわいそうに！　何しろメリーはあんなにかわいいんだからな！……」

ひとつ指摘させてもらおう。顔見知りという程度の関係の女について、それが自分に愛されるという栄誉に浴した女であれば、「私のメリー」「俺のソフィー」呼ばわりする人間がいるものだ。グルシニツキーもそうした類の男だった。

私は渋面をつくって答えた。

「たしかに、悪くない……。ただし気をつけた方がいい、グルシニツキー！　ロシアのご令嬢方は大体がプラトニックな恋愛ばかり楽しむものだ、結婚という考えは意識の外にある。ところが、プラトニックな愛というのはとかく移ろいやすい。どうも公爵令嬢は、のべつ楽しませてもらいたがる女のようだな。貴様のそばで彼女がたった二分でも退屈を感じたりしてみろ、取り返しのつかない失態だぞ。沈黙は好奇心を刺激しなければならないし、会話は好奇心をすっかり満足させてはならない。たえず不安がらせてやらなきゃならん。彼女は貴様のために十度も公然と世間体を無視し、でもって自己犠牲を気取り、その報いがほしいものだから、やがて貴様をいびりはじめる──そうなるとあとは、『もう耐えられない』とかなんとか言っておしまい！　彼女の優位に立てなかったら、一度目のキスが二度目の権利を与えることさえない。心ゆくまで貴様といちゃつき、二年もしたら母親に言われるがまま醜男と結婚して、自分にこう言い聞かせはじめるんだ。あたしは不幸な女、たった一人の人だけ──要するに貴様のことだぞ──愛していたのに、天はあの人といっしょになることを望まなかった。なぜならあの人は兵隊外套を着ていたから。灰色の厚い外套の下には情熱的な気高い魂が脈打っていたのに……」

グルシニツキーは机をこぶしで殴り、部屋を行ったり来たりしはじめた。

私は心中ひそかに大笑いし、二度ばかり思わずにやりとしてしまったが、幸い気づかれずにすんだ。この男がぞっこんなのはまちがいない。以前にもまして信じやすくなっているのだから。おまけに指輪まではめている。黒金が象嵌《ぞうがん》された銀の指輪、当地の製品だ。『どうも変だな！』と思って観察したところ、なんと、小さな文字でメリーという名が内側に刻まれているではないか。その横には――例のコップの日の日付。私は自分の発見を胸中にとどめておいた。告白を強いるつもりはない！　奴が自分で私を打ち明け相手に選ぶ方がよい。そのときはお楽しみだ。

……………………………………

今朝は寝坊してしまった。井戸に行っても人っ子一人いない。暑くなってきた。毛羽立った白い雲が、雷雨を予告するように、雪をかむった山々からさっと走りよせてくる。マシュク山の頂は、燃えつきた松明《たいまつ》のように、煙をくすぶらせている。そのまわりには、灰色の片雲が群がって蛇のごとくとぐろを巻き、のそりのそりと動いている。気勢をそがれた恰好で、まるで灌木の棘《とげ》にひっかかってしまったかのよう。大気中には電気の気配がみちていた。私は洞窟へとつづく葡萄の並木道に分け入った。物悲しい気分だった。頬にほくろがあるとかいう若い女のことを思った。例のドクトルの話していた女だ。どうしてここにいるのだろう?――本当にあの女なのか? それに、どうしてあの女だと思うのか?……どうして絶対にまちがいないと思えるのだろう? 頬にほくろのある女など珍しくもないじゃないか! 物思いに沈みながら、私はそのまま洞窟の方に近づいていった。ふと見ると、洞窟の天井が涼やかな影を落とすところに石の腰掛があって、そこに女がいた。麦わら帽子をかぶり、黒いショールに身を包んで、うつむきがちに座っている。帽子が顔を隠していた。夢想の邪魔はすまいと戻りかけた矢先、女がこちらに顔を向けた。

「ヴェーラ!」私は思わず叫んだ。

彼女はびくっと身震いし、青くなった。

「わかっていました、あなたがここにいることは」彼女は言った。私は隣に腰を下ろしてヴェーラの手を取った。長く忘れていたふるえが、なつかしい声の響きを聞いて、血管という血管をかけめぐった。ヴェーラは深みのある落ち着いたまなざしで私の目をのぞきこんだ。そこには不信の念と非難にも似た何かがあらわれていた。

「久しぶりだね」私は言った。

「そうね——お互いいろいろと変わったわね」

「ということは、もう僕のことは愛していない？……」

「結婚したのよ」彼女は言った。

「また？　けれど、何年前か、あのときだってやっぱり同じことだったじゃないか。それでも……」

彼女は私の手から自分の手をひっこめた。頰には赤みがさした。

「もしかして、二番目の夫を愛しているの？」

彼女は答えもせず、背を向けてしまった。

「それとも嫉妬深い夫なのかい？」

沈黙。

「どうなんだ？　若くて美男で、おまけに金持ちなんだろう、だから怖いんだね……」

ヴェーラに目を向けると、驚いたことに、その面《おもて》には底知れない絶望が浮かんでおり、両目には涙が光っていた。

「ねえ教えて」彼女はささやき声で言った。「わたしをいじめるのがそんなに楽しいの？　本当はあなたを憎まなきゃならないんでしょうね。知り合って以来、あなたは何も与えてくれなかったもの、苦しみ以外は……」ヴェーラの声はふるえを帯び、こちらに身を寄せると、私の胸に頭をあずけてきた。『もしかすると』私は思った。『だからこそこの俺を愛したのかもしれない。喜びは忘れられていくけれど、悲しみの記憶が消えることはないから！……』

私は彼女をかたく抱き寄せ、そのまま長いあいだじっとしていた。ついに私たちの唇は距離を縮め、我を忘れるような熱い口づけに溶け合った。彼女の手は氷のように冷たかったが、顔は火照《ほて》っていた。それから私たちは言葉を交わしはじめたが、その中身は、紙に書いてもまるで意味をなさない、くり返すことはおろか、思い出すことさえかなわない類のものだった。音のもつ意味が、イタリア・オペラのごとく言葉の意味にとってかわり、その意味をおぎなうのである。

ヴェーラは私が夫と近づきになることをどうしてもゆるさなかった。ヴェーラの夫は片足の不自由な老齢の男で、私も並木通りでちらりと見かけたことがある。ヴェーラが結婚したのは子どものためを思ってのことだった。ヴェーラの夫は金持ちで、リュウマチを患っている。この人物をだしに軽口をたたくようなまねはしなかった。

ヴェーラは彼を父とも思って尊敬しているが、夫としては裏切ることになるのだろう！……人間の心というのはわからないものだ、とくに女心たるや！

ヴェーラの夫、セミョーン・ワシーリエヴィチ・Gは、リゴフスカヤ公爵夫人の遠い親戚だった。隣家に住んでいることもあって、ヴェーラは公爵夫人のところに足繁く通っていた。私は、疑いの目を避けるためにも、一家と近づきになって令嬢に言い寄ることを請け合った。というわけで、私の計画はいささかもじゃまされない。お楽しみはこれからだ！

そう、お楽しみ！……いかにも私は、魂が歩むあの一時期、ただ幸福のみを求め、誰かを強く熱く愛さなければならないと切に感じる一時期を通り過ぎてしまっていた。いまの私は愛されること、それも限られた人に愛されることだけを欲している。一途な情愛がひとつでもあればそれで十分と思えるくらいに。あわれむべき心の慣れ！……

ひとつだけ、いつも不思議に思っていたことがある。自分は、愛した女の奴隷になったことは一度もないし、それどころか、女の意志や心情をいとも簡単に手中に収めてしまうのがつねだった。これはどういうわけなのか？　万事につけどうでもよいという態度をとっているせいなのか、それで女が私を失うことを恐れて絶えずびくびくしているからなのか？　あるいは強靭な生物がもつ磁力の作用によるのか？[11]　それともたんに負けん気の強い女にはめぐりあわなかったというだけのことなのか？　たしかに勝気な女を敬遠してきたことは認めよう。気の強さなど女には無用の長物だから！

いま思い出したことがある。一度、たった一度だけ、断固たる意志をもった女に惚れたのだった。どうしても勝ちを収めることができなかった……。私たちは敵《かたき》同士として別れた――もっとも、もう五年遅く出会っていたならば、ちがう別れがあったのかもしれない……。

ヴェーラは病気だった。自分では認めようとはしなかったけれど、病状は思わしくなかった。肺病か、もしくは消耗熱《フィエーヴル・ラント》と呼ばれる病か――これはロシアの病気ではなく、だからわれわれの言葉には該当する名前がない。

雷雨に襲われて、さらに半時ばかり洞窟に足どめを食った。ヴェーラは、浮気はしないと誓わせることもなく、別れて以来ほかに愛した女はいないのかと問いただすこともなかった……。昔と変わらぬ鷹揚ぶりを発揮して、今度もやはり私を信じているのだった。私だってヴェーラを裏切りたくはない。裏切るだけの力も失せてしまうような、この世に二人といない女なのだから！　どうせそのうち二度目の別れが訪れる。おそらくそれは永遠の別れだ。二人とも、もはや交わることのない道を棺桶まで歩むのだ。それでも彼女のことは侵すべからざる記憶として心に残りつづける。自分はヴェーラに絶えずそう言い聞かせてきたし、ヴェーラだって、口では否定しながら、やっぱり私を信じているのだった。

ようやく私たちは別れを告げ合った。私は長いこと後ろ姿を見守っていた。ヴェーラの帽子が灌木と断崖のかげに見えなくなるまで。胸は、最初の別離のあとのように、病的に疼《うず》いた。おお、この感覚をどれほど喜んだことだろう！　まさか青春が、すがすがしい嵐を引き連れて戻ってきたがっているとでもいうのか？　それとも、これはたんに青春からの別れの一瞥、最後の贈り物なのか――形見の品なのか？……とはい

11　この一文には、ロシアでも広く受容されたメスメリズムの影響が見られる。メスメリズムは、医学者メスメル（一七三四―一八一五）が唱えた説である。メスメルは、人体は宇宙を満たす生命エネルギー（動物磁気）の作用下にあると考え、一種の催眠療法を行った。

え、見た目には自分がまだ少年じみていることを思うと、なんだかおかしい。顔は青ざめているが、依然みずみずしく、体軀はしなやかですらりとし、ふさふさした巻き毛は波打ち、眼は燃え、血は沸き立っている……。

家に帰ってから、馬にまたがって荒野《ステップ》を走らせた。丈高く生い茂った草原を、吹きすさぶ風にさからって、燃え立つ馬を走らせるのが好きだ。さわやかに匂う大気をむさぼるように吸いこみ、青々とした遠方に目を注いで、刻一刻と形を現す対象のぼやけた輪郭をとらえようとする。どんな悲しみが胸底に居座っていようとも、不安な思いがどれほど心を疼かせていようとも、何もかもたちまち薄らいでいく。気持ちは軽やかになり、肉の疲れが心の不安を押しやる。南方の太陽に照らされた鬱蒼たる山々を眺め、青空を仰ぎ、崖から崖へとほとばしる水流のざわめきに耳をすませば、どんな女のまなざしだって忘れられるのだ。

物見櫓であくびしていたコサック連中は、私がいたずらにあてもなく馬を走らせるのを見て、「妙だな」と首をひねることしきりだったのではないか。というのも、服装からして私をチェルケス人と思ったにちがいないからだ。実際よく言われるのだが、チェルケス風の恰好をして馬にまたがる私は、そこらのカバルダ人よりもよっぽどカバルダ人らしい。[12] 事実、この誇り高い軍装に関しては、自分は完璧なダンディなのだ。[13] 組み紐ひとつとっても余計なものは一切ない。簡素にあしらわれた高価な武器。帽子の毛皮は長すぎず短すぎず。すね当てと靴の合わせ方は精緻をきわめている。さらには白いベシメトに暗褐色のカフタン。私は山岳民の乗馬姿を昔から研究してきた。カフカス式の乗馬の技術を認められるときくらい、自尊心をくすぐられることもない。馬は四頭所有している。一頭は自分用、三頭は友人用——一人で野を駆けるのに飽いたときにそなえて。友人たちは喜んで私の馬を乗りまわすが、決して私といっしょに出かけようとはしないのだった。夕食の時間だと気づいたときには、はや六時をまわっていた。馬はへとへとになっていた。ピャチゴルスクからドイツ人集落へとつづく街道に出た。保養地の社交人士たちはしばしばそこへ物見遊山にくり出す。道は灌

12　今日ではチェルケス人とカバルダ人は区別されるが、十九世紀においては、「チェルケス人」は北カフカスの先住民族の総称であり、「チェルケス」と「カバルダ」が同じ意味で用いられることも多かった。

13　カフカスに滞在するロシアの貴族・軍人のあいだでは、山岳民の恰好をすることが流行しており、おしゃれなファッションとみなされていた。

木のあいだをうねるように走り、それほど険しくはない峡谷へと下りていく。峡谷には、さざめく渓流が鬱蒼とした叢《くさむら》のかげを流れている。あたりには円形劇場のごとき段々をなして、ベシタウ山、蛇《ズメイナヤ》山、鉄《ジェレズナヤ》山、禿《ルイサヤ》山が、青い巨大な塊をそびやかしている。この土地の言葉で「バルカ」と呼ばれる渓谷へ下っていく途中、私は馬に水を飲ませようと足を止めた。そのとき、きらびやかな騎馬の一行が街道をがやがやとやってきた。貴婦人方は黒や薄青の乗馬服を着て、付き添いの騎士たちはチェルケス風とニジニーノヴゴロド風がごっちゃになった恰好をしていた。先頭を行くのは、公爵令嬢メリーを連れたグルシニツキーだった。

保養地のご婦人方は、チェルケス人が白昼堂々襲撃してくるものといまだに信じている。グルシニツキーが軍刀とピストル二挺を兵隊外套に吊るしているのも、おそらくそのためだろう。英雄気取りのけったいな恰好のせいで、いっそう滑稽だった。生い茂る灌木が私の姿を隠してくれていたが、枝葉を透かして、こちらからは二人の様子は丸見えで、その表情から察するに、感傷的な会話を交わしているらしかった。やがて二人は下り坂のところまでやってきた。グルシニツキーはメリーの手綱をとった。そのとき二人のやり取りの最後が聞こえてきた。

「では一生カフカスにとどまるおつもりですの？」公爵令嬢が話していた。

「ロシアがなんだというのです！」騎士が答えた。「幾千もの人間が、自分の方が富んでいるという理由で、私を軽蔑の目で見るような国など。それに比べてここは――この地では、こんな厚ぼったい兵隊外套もあなたとお近づきになることをさまたげはしない……」

「それどころか……」頬をぽっと染めながら令嬢が言った。

グルシニツキーの顔は喜びに輝いた。彼はさらにつづけた。

「ここにいると、私の人生は騒がしくも平凡に矢のごとく流れていくのです。野蛮人どもの弾丸にさらされながら。あの晴れやかな一瞥を、これからも神が年ごとに授けてくださるのなら……あのときのようなまなざしを……」

このとき二人はすぐ間近に来ていた。私は馬に鞭を食らわせて灌木のかげから躍り出た……。

「まあ《モン・デュ》、チェルケス人が《アン・シルカッシャン》！……」公爵令嬢が恐怖のあまり叫んだ。

誤解を解いてやるべく、私は少し身を乗り出して、フランス語で答えた。

「怖がることはありません《ヌ・クレニェ・リヤン》よ、お嬢さん《マダム》。あなたの騎士ほど危険ではありませんか《ジュ・ヌ・スィ・パ・プリュ・ダンジュルー・ク・ヴォートル・カヴァ》ら《リエ》」

彼女はうろたえた。しかし、なぜ？　自分の勘違いのためなのか、それとも私の答えを厚かましく思ったからなのか？　後者が真相であれば都合がよいのだが。グルシニツキーはいまいましげな一瞥を投げてよこした。

夜も更けた十一時頃、菩提樹の並木道を散歩しようとぶらりと外に出た。町は寝静まっていた。いくつかの窓に灯りがちらちらしているばかりだった。マシュク山の支脈をなす断崖の稜線が三方から黒々と迫り、山の頂には不穏な雲がかかっていた。月は東の空にのぼりつつあった。遠く、雪をかむった山々が銀色の房飾りのようにきらめいている。哨兵の点呼する声が、夜のあいだ放水される鉱泉のざわめきと入り混じる。ときおり、蹄《ひづめ》の音がパカパカと街路に鳴りわたり、ノガイ人の馬車がゴトゴトいう音や、気が滅入るようなタタール人の歌と重なり合う。私はベンチに腰を下ろし、じっと考えこんだ……。気心の知れた人と言葉を交わして、是が非でもこの思いをぶちまけてしまわなければと感じた……しかし誰と？……ヴェーラはいま何をしているのだろう？　私は思った……。この瞬間に彼女の手を握りしめることができるのなら、どれほど高くつこうがかまわない。

ふいに不規則な早足の音が聞こえてきた……。きっとグルシニツキーだ……。当たり！

「どこに行ってたんだ？」

「リゴフスカヤ公爵夫人のところだ」グルシニツキーはやけにしかつめらしく答えた。

「メリーの歌のすばらしさときたら！……」

「なあおい」私は言った。「賭けてもいいが、あの娘は貴様が士官候補生だとは知らないだろうね。降格処分を受けたものと思いこんでいる……」

「そうかもしれない！　それがどうした！……」グルシニツキーは気もそぞろに答えた。

「いやなに、ちょっと言ってみたまでさ……」

「ところで、メリーはさっきのふるまいにひどくおかんむりだぞ。前代未聞の非礼だと言うんだ――納得してもらうのにひどく手を焼いたよ。ペチョーリンは立派な教養の持ち主で、社交界のことにも通じているし、公爵令嬢を侮辱するような意図などあるはずもないって。メリーは言うんだ。あの目つきは厚かましい、自分のことを誰よりもえらいと思っているにちがいない」

「まちがっちゃいないね……。で、貴様はあの娘の庇護者になる気かい？」

「残念ながら、まだそんな権限はない……」

『へえ！　どうやら早くも望みを抱いているらしい……』私は思った。

「いずれにせよ、貴様にとってはますますあれだな」グルシニツキーはつづけた。

「こうなるとリゴフスカヤ一家と近づきになるのは難しいぞ――残念だよ！　俺の知る限り、一番居心地のいい家のひとつだからな……」

私は心中ひそかににやりとした。

「一番居心地のいい家はわが家だよ」私はあくびをしながらそう答え、そろそろ帰るかと立ち上がった。

「とか言いつつも、白状しろよ。後悔しているんだろう……」

「ばかな！　その気になれば、明日の晩にでも公爵夫人宅に行ってやるさ……」

「どうだか……」

「貴様がそれで満足するというなら、公爵令嬢を口説いてもいいぞ……」

「はいはい、メリーが貴様と口をきく気があったらな……」

「見計らっているのさ、あの娘が貴様の話に退屈する潮時をね……。あばよ！」

「俺はもう少しぶらぶらするよ――眠れそうにないから……。なあ、レストランにでも行かないか、トランプゲームをしに……俺は強力な刺激がほしいんだ」

「ふん、負けてこい……」

　私は帰途についた。

　五月二十一日
　およそ一週間が過ぎたが、リゴフスカヤ一家とはまだご縁がない。好機をうかがっている。グルシニツキーは公爵令嬢のいるところどこでも影のようについてまわっている。二人のおしゃべりは尽きない――いつになったら奴に飽きるのだろう？……母親は無頓着だ、なぜならグルシニツキーは花婿候補ではないから。これが母親の論理というものだ！　二、三度、優しげなまなざしが取り交わされるのに気づいた――そろそろ終止符を打ってやらなければ。
　昨日、井戸のところではじめてヴェーラに会った……。洞窟で再会して以来、彼女は家にいたきり外出しなかったのだ。私たちはいっしょに釣瓶《つるべ》を下ろした。ヴェーラはこちらに身を寄せてささやいた。

「リゴフスカヤさんと近づきにならないつもり？……会えるのはあそこだけでしょ……」

小言か！……ふん、くそ面白くもない！　まあお叱りを受けるだけのことはある……。

ところで、明日はレストランのホールで予約制の舞踏会がある。ひとつ公爵令嬢とマズルカでも踊ってやろう。

五月二十二日

レストランのホールは上流社会の集いの場と化した。九時には全員そろった。公爵夫人は娘を連れて最後の方にやってきた。並み居るご婦人方は羨望と悪意のこもった目で公爵令嬢を見た。メリーの着こなしがあでやかだったからだ。当地の貴族を自任しているご婦人連中は、妬み心を押し隠しつつ、彼女の側についた。そんなものだ。女性の集まるところ――たちまち上流と下流のグループができあがるのだ。窓際に、人混みにまぎれてぽつんとグルシニツキーが立っていた。顔を窓ガラスに押しつけるようにして、意中の女神から片時も目を離そうとしない。令嬢は彼のそばを通りしなに、ようやくそれとわかるくらいに会釈した。グルシニッキーの顔は、それこそ太陽みたいに晴れわたった……。ダンスはポロネーズで幕を開けた。お次はワルツだった。拍車が音を立て、ドレスの裾が風をはらんではためいた。

私の前には太ったご婦人が立っていた。薔薇色の羽毛に身を包んでおり、その豪奢な恰好は、スカートにたが骨《フィジュムィ》[14]を入れていた往年の時代を思い起こさせた。荒れた肌のまだらな色合いは、黒い琥珀織をつけぼくろにしていた古き良き時代を思い起こさせた。首根っこの巨大なイボは首飾りで隠してある。女は取り巻きの竜騎兵大尉を相手に話していた。

「あのリゴフスカヤ公爵令嬢は、いけすかない小娘ね！　わたしにぶつかっておいて謝りもしないし、おまけにこちらを振りかえって柄つき眼鏡でじっと見てくるのよ……。信じられない《セ・タンペイヤーブル》！……それにどうしてあんなに態度が大きいのかしら？　ひとつお灸をすえてやらないと……」

「お安い御用ですとも！」太鼓持ちの大尉は、そう答えると別の部屋に入っていった。

14　スカートを張り広げるためのもの。

　私はすぐさま公爵令嬢に近づき、ワルツに誘った。当地の慣例はやかましくない。知らない女性と踊ることだってゆるされる。そこを利用してやったのだ。

　公爵令嬢は頬がゆるむのをかろうじてこらえ、凱歌をようやく押し殺した。とはいえ、たちまちのうちに完璧なまでに無関心な、とりつくしまもない態度をよそおってみせた。そっけなく私の肩に手を置くと、首を心持ち傾けた。私たちは踊りはじめた。これほど悩ましくしなやかな腰があるだろうか！　さわやかな吐息が顔に触れる。ときおり、ワルツの旋回にあおられた髪の一房が、私の燃える頬をくすぐる……。私たちは三回踊った（ダンスのお手並みは見事だった）。彼女は肩で息をし、目はどんよりとくもって、半ば開いた唇からはやっとのことでお決まりの文句がもれた。「あり《メルシ・》がとう《ムッシュー》」

　しばらく沈黙がつづいたあと、私はしおらしい様子をよそおって言った。

「聞くところでは、まだお近づきにならないうちに、不運にもご不興をかってしまったようですね……私が厚かましいふるまいをしたとか……まことでしょうか？」

「では、そうではないと納得させるおつもりでしょうか？」公爵令嬢は皮肉っぽく顔をゆがめて答えた。もっとも、彼女の生彩に富んだ表情に、それは何ともよく似合っていた。

「仮に私があなたを貶めるような厚かましさを持ち合わせていたとしましょう。さらなる厚かましさをお認めいただいて、ゆるしを求めさせてください……。それに、実際、私について誤解なさっていることをご説明できれば幸いなのですが……」

「それはずいぶん難しいことでしょうね……」

「なぜです？」

「なぜって、あなたはわたしどものところにお出でになりませんし、それに舞踏会だってそうそう開かれるものではないでしょうし」

これはつまり、公爵夫人宅の門戸は私に対し永遠に閉ざされたままということか。

「あのですね」私はいくらか鬱陶しくなって言った。「改悛《かいしゅん》せる罪びとを拒むものではありませんよ。やけになって旧に倍する罪を犯すかもしれない……そのときは……」

どっと笑う声とひそひそ話す声に、話の腰を折られて思わず振り返った。数歩離れたところに男たちが集まっていて、そのなかには例の竜騎兵大尉もいた。愛らしい公爵令嬢に対し、よこしまなたくらみを広言してはばからなかった男だ。大尉は何やら格別ご満悦の様子で、手をこすり合わせ、下卑た笑い声を立てながら、仲間たちと目配せを交わし合っていた。突然、一団のなかから、あごひげを生やした赤ら顔の紳士がひょっこり現れ、燕尾服姿のおぼつかない足取りで、公爵令嬢めがけてやってきた。かなり聞こし召しているご様子。戸惑う公爵令嬢に面と向かって足をとめると、両手を後ろに組み、にごった灰色の目を据えながら、甲高いしゃがれ声で言い放った。

「失礼ながら《ペルメテ》[15]……ええい、めんどうだ！……つまりはマズルカにお誘いしたいので……」

「いったいなんです？」公爵令嬢はふるえる声で言った。ところが！　母親は離れたところにいて、取り巻きの見知った連中もそばにいなかった。副官が一人、一部始終を目にしていたが、面倒事に巻きこまれまいと人混みのかげに隠れてしまった。

「どうされました？」酔っぱらった紳士は竜騎兵大尉に目配せして言った。大尉の方は合図を送ってけしかけている。「いやだとおっしゃいますか？　わたくしめにもマズルカを申し込む権利があるのでは……。酔っ払いとでもお思いですかな？　それがなんです！……その方が融通無碍《むげ》というもの、約束しましょう……」

公爵令嬢は恐ろしいやら腹が立つやらでいまにも卒倒しかねなかった。

私は酔いどれ紳士につかつか歩み寄ると、ぎゅっと腕をつかみ、じっと目を見て、引き下がるよう頼んだ。「公爵令嬢は前々から私とマズルカを踊る約束になっていましてね」私はそう言い足した。

「ふむ、それではいたしかたない！……ではまたの折に！」男はくっくっと笑いながら、赤っ恥をかいた仲間たちのもとへ帰っていった。連中はすぐさま男を別の部屋へ連れ去った。

私は情のこもったすばらしい一瞥を恵んでもらった。

公爵令嬢は母親のところに行って、一部始終を報告した。公爵夫人は人混みのなかから私を見つけ出すと、礼を述べた。夫人の言うところでは、私の母を知っていて、叔母たちとは六人ほど付き合いがあったとのことだった。

「あなたとお近づきになる機会がこれまでなかったなんて、どういうわけでしょうね」夫人はさらにつづけた。「けれども、白状なさいな、悪いのはあなたの方ですからね。だれかれかまわず付き合いを避けているようですけれど、それはよくないこと

15　片言のフランス語でしゃべっている。

ですわ。わたくしどもの客間の雰囲気があなたの気鬱を晴らしてあげられるとよいのですけれど……どうでしょうねえ?」

私は、こうした場合に誰しも用意しておくべき文句を言った。

カドリール[16]はうんざりするほど長くつづいていた。

ようやく楽団席からマズルカの響きがとどろきわたった。私と公爵令嬢は席についた。

酔いどれ紳士のことも、過去の自分のふるまいのことも、グルシニツキーのことも、私は一切ほのめかさなかった。不快な一幕が与えた影響は、公爵令嬢のなかでしだいにやわらいでいった。顔は晴れやかになって、かわいらしい冗談を口にしたりした。彼女の話は、たくまざる機知に富んでいて、活気があって闊達で、折々はさむ文句はなかなかに味わいがあった……。私は、もってまわった言いまわしで、以前から心惹かれていたのだと匂わせてやった。彼女は首をかしげて、ほんのり赤くなった。

「あなたはおかしな人ですね!」しばらくしてビロードのような眼を私に向けると、無理に笑い顔をつくりながら、そう言った。

「あなたと近づきになりたくなかったのですよ」私はつづけた。「崇拝者たちが群がって取り囲んでいるんですから。そこに混ざったところで、すっかりかすんでしまうでしょう」

「それは杞憂ですわ！　みなさん、とっても退屈な方ばかりですから……」

「みなさん？　というと、一人の例外もなく？」

彼女はこちらをじっと見た。何か思い出そうとでもするように。そしてふたたび頬を染めると、ついに断固として言い放った。「そうです！」

「私の親友グルシニツキーも？」

「親友？」いぶかしげに彼女は言った。

「そう」

「あの方は、もちろん、退屈な人の数には入りませんわ……」

「そのかわり不幸な人たちの数に入りますね」私は笑いながら言った。

「もちろんですわ！　笑いごとではないでしょう？　もしあの方の立場にいらした

16　四組の男女のカップルが方形をつくって踊るフランス起源のダンスで、十八世紀末から十九世紀にかけてヨーロッパで流行した。

ら……」

「もし？　私だってかつては士官候補生だったのですよ。そう、あの頃こそわが人生の花ですね！」

「士官候補生って？……」彼女はそう口走ったあとでさらに言った。「てっきり……」

「てっきり？」

「なんでもありません！……あそこのご婦人はどなたでしょう？」

そこで会話は方向を転じて、この話題には二度と戻らなかった。

マズルカが終わり、私たちは別れの挨拶を交わした——また会う日まで。ご婦人方は散っていった……。私は夕食をとりに出かけ、ヴェルネルに出会った。

「ははあ！」ヴェルネルは言った。「これがあなたのやり方ですか！　しかし、危機一髪の状況から救い出すのでなければ、近づきになりたくなかったんじゃ？」

「もっとうまく立ちまわりましたよ」私は答えた。「舞踏会であやうく失神するところを救ってやったんですから！」

「どういうことです？　聞かせてください！」

「いや、あててごらんなさい——先生はなんだってお見通しの人なんですから！」

五月二十三日

夜の七時頃、並木通りを散歩していたら、私の姿を遠くから認めて、グルシニツキーが近づいてきた。その目は、見ているこちらが吹き出してしまうような歓喜に輝いていた。彼はがっしりと私の手を握ると、悲劇的な調子で言った。

「感謝する、ペチョーリン……。俺の気持ちがわかるな？……」

「いやべつに。いずれにしても感謝されるほどのこともない」私は答えた。実際、良心をくまなく探ってみても、恩恵を施してやったという覚えはなかった。

「何を言う？　昨晩のことは？　本当に覚えていないのか？……メリーが全部話してくれたんだ……」

「だとしたらなんだ？　貴様らはもう全部いっしょなんだな？　感謝の気持ちまで？」

「おいおい」グルシニツキーはものものしく答えた。「頼むから俺の愛を笑い種《ぐさ》にするな、友だちのままでいたいのなら……。いいか、俺はあの人を愛しているんだ、どうかなってしまいそうなくらい……愛されているんじゃないかという気もするし、そうであればいいとも思う……。ひとつ頼まれてくれ。貴様はこれで、晴れて公爵夫人宅に出入り自由だろう……なんでもいいから気づいたことを心にとめておいてほしいんだ。こうしたことについちゃ貴様は経験豊富だし、俺よりも女心に通じている……。女！　女！　いったい女を理解できる奴があるのか？　微笑みはまなざしと一致しない。言葉では約束し誘惑するけれど、声の響きは相容れない……。胸の奥に秘めたこちらの考えを一瞬でとらえ、見抜くかと思えば、火を見るよりも明らかなほのめかしをまるで解さないこともある……。早い話が公爵令嬢だ。昨日は俺を見る眼に情熱が燃えていたというのに、今日はなんだかくもっていて冷たい……」

「それはきっと鉱泉のせいだな」私は言った。

「貴様はなんでもかんでもつまらない面ばかり見るんだな……この唯物論者《マテリヤリスト》め！」グルシニツキーは軽蔑の念もあらわに言い足した。「まあ話題《マテリヤ》を変えるとしようや」この面白くもない洒落《しやれ》に満足して、すっかりご機嫌になった。

八時半頃に、連れ立って公爵夫人宅に赴いた。

ヴェーラの窓のそばを通るとき、彼女の姿が見えた。私たちはすばやいまなざしを交わし合った。ヴェーラはわれわれのあと程なくしてリゴフスカヤ宅の客間に現れた。

公爵夫人は、親戚の娘でも紹介するようにヴェーラを紹介した。お茶の時間だった。客人は多く、会話はとりとめもなかった。公爵夫人に気に入られようと、私は冗談を飛ばして、腹がよじれるくらい笑わせてやった。公爵令嬢も一度ならず吹き出しそうになったが、身にまとった役柄から逸脱しないよう、笑いを押し殺していた。物憂い雰囲気が自分に似合うことを知っているのだ。あながちまちがってはいない。私の陽気なおしゃべりに公爵令嬢がにこりともしないものだから、グルシニツキーは快哉《かいさい》を叫びたがっているようだった。

お茶のあとで広間に移った。

「僕の従順ぶりに満足したかい、ヴェーラ?」そばを通りしなに、私は言った。

ヴェーラは愛と感謝にあふれた一瞥を送ってよこした。このまなざしにももう慣れっこになってしまったけれど、以前はそれこそが幸福に欠かせないものだったのだ。公爵夫人は娘をピアノの前に座らせた。みな口々に歌を所望した――私は何も言わずどさくさにまぎれてヴェーラと窓際にしりぞいた。私たち二人のことで大事な話があるとか……。何かと思えば――じつにくだらない……。

一方、公爵令嬢は私の無関心にご立腹のご様子。憤怒に燃える一瞥から察するに……。おお、この眼の語ることが私には手に取るようにわかるのだ、言葉はないけれど表情に富み、短いけれど力強い！……

　公爵令嬢は歌いはじめた。声は悪くない、だが歌はまずい……もっとも、ろくに聞いてもいなかった。一方、グルシニツキーときたら、ピアノに肘をついた恰好で真向かいに陣取り、なめるように見つめ、ひっきりなしにつぶやいていた。「すばらしい《シャルマン》！　見事《デリシュー》だ！」

「ねえ」ヴェーラが言った。「あなたにはうちの夫と近づきになってほしくないのよ。でも公爵夫人には必ず気に入られるようにしてね。あなたには簡単でしょ。望むことはなんだってできるんだから。わたしたちはここでしか会えないのよ……」

「ここでしか？……」

　ヴェーラは顔を赤くして、さらにつづけた。

「わかるでしょう、わたしはあなたの言いなりなの。あなたに逆らうことなどできたためしはないわ……きっとその罰を受けることになるのね。だってあなたの愛はいずれ冷めるもの！　せめてもわたしは自分の名誉を守りたいの……自分のためにではないわ。それはあなたもよくわかってるでしょ！……ねえ、お願い、昔みたいに、意味もなく疑ったり、冷たいふりをしたりして、わたしを苦しめないでね。わたしはきっともうすぐ死ぬわ、一日一日と弱っていくのを感じる……それなのに、先のことを考えることができず、あなたのことばかり考えているの……。あなたは、男性だから、見つめたり手を握ったりする喜びがわからないでしょう……でもわたしは、あなたの声に聞きほれていると、深い、ふしぎな幸福を感じるの、どんなに熱いキスもかわりにならないくらい」

その間にも公爵令嬢メリーの歌は終わっていた。称賛の嵐が周囲で巻き起こっていた。私は一番遅れて彼女のところに行き、歌声についてそっけなく感想を伝えた。

彼女は眉をひそめて、下唇を突き出すと、嘲笑うように腰をかがめてお辞儀をした。

「痛み入りますわ」彼女は言った。「あなたは少しも聴いていらっしゃらなかったんですもの……でも、きっと音楽はお好きでないのね？……」

「いや、大好きですよ——とくに食後の音楽は」

「グルシニツキーの言ったことは正解ね、あなたのご趣味はまったくもって散文的……美食の見地から音楽を愛《め》でているのですもの……」

「また誤解なさっていますね。美食家どころか、私の胃ときたらろくでもない代物でしてね。食後の音楽というのは、これが眠気を誘うんですよ。食後に眠るのは健康にもいい。とすると、私は医学的な見地から音楽を愛でていることになりますかね。夕方に聴く音楽は、反対に、神経をいらいらさせます。やりきれないほど悲しくなるか、たまらないほど滑稽になるんです。いずれにしてもうんざりでしてね、さしたる理由もないのに悲しんだり喜んだりするなんて。それに、社交の場で独り悲しんでいるのは滑稽ですし、一方で、あまりに浮かれているのも不作法ですから」

彼女はしまいまで聞かずに行ってしまい、グルシニツキーのそばに腰を下ろした。二人して感傷的な会話をはじめたらしい。公爵令嬢はどうやら、熱心に聞いているふうを何とかよそおっていたとはいえ、グルシニツキーの賢者のごとき文句にも心ここにあらずで、ぱっとしない答えを返しているらしかった。その証拠に、グルシニツキーがちらちらと驚いたように彼女を見やっていた。落ち着かないまなざしに、ときおりあらわれる心の動揺は何故なのか、見通そうとでもするように……。

ところがこっちはお見通しでしてね、愛しのメリーさん、ご用心！　しっぺ返しがしたいんでしょう、私の自尊心をちくりと刺してやりたいんでしょう――そうは問屋がおろしませんよ！　宣戦布告する気なら、こっちだって手加減なしだ。

夜会のあいだ、何度か二人の会話に割りこんでやろうとしたが、公爵令嬢は私の発言を冷たくあしらうばかりで、私も機嫌を損ねたふりをして退散した。公爵令嬢は凱歌をあげた。グルシニツキーも同じく。せいぜい勝利を言祝《ことほ》ぐといいさ、お二人さん、さあ急いだ急いだ……それができるのもいまのうち！……どうしてか？　自分には予感がある……。知り合った女が、自分を愛するか愛さないかがわかるのだ、それも百発百中で……。

夜会の残りをヴェーラのそばで過ごし、昔のことを思う存分語りつくした！　どうしてこんなに愛してくれるのだろう。正直なところ、よくわからない！――しかも、この世にたった一人の女なのだ、どんな些細な弱点もふくめ、私をまるごと理解してくれる……。悪って奴はそんなにも魅力的なのか？……

私はグルシニツキーといっしょに暇《いとま》を告げた。道中、彼は私の腕をとり、長い沈黙のあとでこう言った。

「なぁ、どうだ？……」

『お前は馬鹿だよ』そう言ってやりたかったが、ぐっとこらえ、肩をすくめるだけにした。

五月二十九日

この数日間、私は自分のやり方を頑としてゆずらなかった。公爵令嬢は私のおしゃべりに魅せられはじめている。これまでに経験した珍しいできごとをいくつか話してやったら、これはただ者ではないという思いを抱きはじめたらしい。自分は世の中のすべてを笑い飛ばし、とりわけ感情という奴をこき下ろした。これには彼女も怖気《おじけ》づいた。私のいるところでは、公爵令嬢はグルシニツキーとの感傷的な会話にも尻込みするようになり、ときには彼の突飛なふるまいに嘲りの笑みで応じることもあった。しかし、グルシニツキーが彼女のそばに来ると、決まって私は遠慮するふうをよそおって席を外した。この気遣いにはじめは彼女も喜んだ、あるいは喜んでいるふりをした。二度目は腹を立てた。三度目、怒りの矛先は——グルシニツキーに向かった。

「自尊心がおありにならないのですね」昨日彼女はそう言った。「グルシニツキーといる方が楽しいだなんて、どうしてそんなふうに思われるのですか?」

私は答えた。友の幸せのために己の喜びを犠牲にしているのだ、と。

「わたしの喜びまで」彼女は付け加えた。

私は彼女を見据え、深刻ぶった表情を浮かべてみせた。それから丸一日というもの一言も口をきいてやらなかった……。昨晩もうち沈んだ様子をしていたが、今朝、井戸のところで会ったときは輪をかけてふさいでいた。近くに寄ってみたところ、グルシニツキーの話を気もそぞろに聞いている。グルシニツキーはというと自然礼賛の独演会をやっているらしい。ところが、こちらの姿を目にした途端に彼女は大きな声で笑い出した（笑うところではないのに）。私の存在にはまったく気づいていないという様子で。そのまま通り過ぎて、ひそかに様子をうかがったところ、彼女は会話の相手から顔をそむけて、二度もあくびをしたのだった。

まちがいない、グルシニツキーは飽きられている。

あと二日間は口をきいてやるまい。

六月三日

私はしばしば自分に問いかける。どうして、誘惑する気もなし、ましてや結婚する気もない若い娘の愛を虎視眈々と狙っているのか？　女のあれしきの媚態がなんだ？　――メリーがいずれ私を愛するとしても、ヴェーラはそれ以上に私を愛している。メリーが難攻不落の美人であったとしたら、前途の険しさに惹きつけられるかもしれない。ところが少しもそんなことはないのだ！　となると、これは、あのせわしない愛の欲求ではない。この欲求のせいで、青春時代のとば口でわれわれはさんざん苦しみ、女をとっかえひっかえするのだが、そのうちに、とうとうわれわれに引導をわたす女が現れ、そのときを境にわれわれは一人の女に執着するようになる。それは真に果てしない情念で、数学的には一点から空間へ落下していく直線にたとえられるのだが、この無限性の秘密は――ひとえに対象、すなわち終着点が到達不可能であることに存するのだ。

どうしてこんなにあくせくしているのだろう？――グルシニツキーへの嫉妬の念からか？　ばかな、嫉妬するほどの奴でもない。それとも、手近な人間の甘美な思いちがいを粉々にしてやりたくなる、いまわしくも抑えがたい感情のせいなのか。男がやけになって「何を信じればいいのか」とたずねてきたら、こう答えてくだらない満足を得るのだ。

「おい、俺だってそういうこともあったさ！　ところがご覧の通り、俺は午餐やら晩餐やらを楽しみ、惰眠をむさぼり、あとは、うめいたり泣いたりすることなくくたばることだけを願っているというわけだ！」

とはいえ、ようやくほころびかけた若い魂をわがものとすることには、えも言われぬ喜びがある！ それは、曙光を迎えて妙なる香をそっと発する花のようなものだ。この瞬間にこそ摘み取るべきなのだ。心ゆくまで香りを味わいつくしたあとは、路傍にぽいと捨てればよい。ひょっとすると誰かが踏みつぶすかもしれない。行き合うものを片っ端からむさぼり食らわずにはおかない底無しの欲求を、自分のうちに感じるのだ。他人の苦しみも喜びも自分との関わりにおいてしか見ない。自分の内なる力を養う糧みたいなものだ。情熱のせいでわれを失うなど、自分にとってはもはやかなわぬ夢。名誉心も身を置いた場所のせいで押しつぶされてしまったが、一方で別のかたちをとって発現するようにもなった。名誉心というのは権力への渇望以外の何物でもないし、自分の一番の喜びは――周囲のすべてを自分の意志に従わせることなのだから。愛、従順、恐怖、それらの感情を自分に対して目覚めさせることは、権力の最大の証であり、その最大の勝利なのではないか？ いかなる正当な権利もなしに、誰かの苦しみや喜びの元となることは、うぬぼれを満足させる何より美味な餌なのではないか？ では幸福とは何か？ 十分に満たされたうぬぼれのこと。自分が衆にすぐれ誰よりも力があると思えるならば、幸福を感じることだろう。誰もが私を愛するようになった暁には、自分のうちに尽きることのない愛の源泉を見出すことだろう。悪は悪を生み、はじめての苦しみは他者を苦しめる喜びという観念をもたらす。悪のイデーは、人間が現実に適用しようと望まない限りは、脳裏に浮かぶはずもないのだ。何人《なんぴと》か曰く、イデーとは有機的な創造物である。イデーの誕生はすでにして形式をもたらし、形式とはすなわち行為にほかならない。より多くイデーが生まれるほどに、その揺籃の地となった頭脳の持ち主は、それだけいっそう他人よりも行動する。だからこそ、役所の机にしばられた天才の末路は、死か発狂のいずれかしかない。それはちょうど、強靭な体軀の持ち主が、座りづめの生活と控えめな運動に甘んじて、卒中で死ぬのと同じことだ。

情熱とは成長の入口にあるイデーにほかならない。それは心の若さに属する。だから、一生情熱に翻弄されるものと思いこんでいる人間は、愚か者にすぎない。穏やかに流れる河ももとをたどれば瀑声《ばくせい》とどろく滝にはじまる。しかるに、ようやく海に注ぐというところまで、あとは飛沫も泡も散らすことはない。とはいえ、穏やかな流れは、往々にして強大で隠微な力のしるしでもある。深くみちた感覚と思考は、狂気のごとき衝動をゆるさない。魂は、苦痛や愉悦を味わいながら、すべてを粛然と自覚し、物事の必然を確信する。雷雨がなければ、えんえんとつづく暑熱のせいで干上がってしまうことなど、百も承知だ。己の生にみたされて——魂は、愛しい赤子のように、自らを慰めたり罰したりするのだ。ひとえにこのような自己認識の高みにあってこそ、人は神の裁きの正しさを評することもできるのである。

このページを読み返して気がついた。本来の話題から大きく逸れてしまっている……。まあかまいやしない……。この日記は自分のために書いているのだし、ということは、何を書きなぐろうが、時が経てば貴重な思い出ともなるのだ。

……………………………………………

グルシニツキーがやってきて、首っ玉にかじりついてきた。将校に昇進したのだ。シャンパンで乾杯した。ヴェルネルが遅れて顔を出した。

「お祝いは言わないでおきますよ」ドクトルはグルシニツキーに言った。

「どうしてです？」

「兵隊外套がよく似合っていたからですよ。それに、ほら、当地で織られた歩兵の軍服を着たところで、あなたがさらに魅力的になるわけでもないでしょう……。何しろ、これまでは例外的な存在だったのに、いまや一般法則の仲間入りをするわけですから」

「なんとでもおっしゃってください、先生！　それで私の喜びが減じたりはしませんから」グルシニツキーは私の耳元で言い足した。「先生はご存じないんだ、どれほどの希望をこの肩章が与えてくれるのか……。おお、肩章、肩章！　お前の星は、導きの星だ……。いや！　俺はいま心底幸せなんだ」

「いっしょに窪地《くぼち》まで遠足に行かないか？」私は声をかけた。

「俺かい？　肩章が整わないうちは、公爵令嬢と顔を合わせるのはやめだ」

「この吉報を宣伝しておこうか？……」

「よせよ、頼むから、しゃべるな……。びっくりさせたいんだから！」

「ところでどうなんだ、公爵令嬢とはうまくいっているのか？」

グルシニツキーはうろたえて考えこんでしまった。あることないこと吹聴したかったのだが――良心に恥じるところもあったし、一方でありのままを打ち明けるのも面目ない次第だったのだ。

「どうなんだ、彼女は貴様を愛しているのか？……」

「愛している？　よせよ、ペチョーリン、何を言い出すんだか！　まだはじまったばかりじゃないか？……たとえ愛してくれているにしても、良家のお嬢さんがそんなこと口にするものか……」

「結構！　とすると、貴様の理屈では、およそまっとうな紳士なら自分の情熱を口にしちゃいけないことになるな？」

「おい、茶化すな！　何事にも加減がある。大体口に出さなくてもわかることってあるだろう……」

「それはそうだ……。ただし、こちらが相手の目に読み取る愛は、なんら女性をしばるものではない、言葉とはちがうんだ……。用心するんだな、グルシニツキー、あの娘は貴様をかついでいるんだ……」

「あの人が！」彼は天を仰ぐとほくそ笑んで答えた。「貴様はあわれな奴だな、ペチョーリン！……」

彼は行ってしまった。

夕方、大勢の一行が徒歩で窪地に向かった。

当地の学者の説によれば、この窪地はずばり死火山の火口なのだという。それはマシュク山の山腹に位置し、町からは一ヴェルスターほどだ。そこへ行くには、狭い小道を通って灌木と断崖のあいだを抜けていかなければならない。山道をよじ登るとき、私は公爵令嬢に手を貸した。彼女は遠足のあいだじゅうずっと、その手をほどかなかった。

私たちの会話は悪口で幕を開けた。遠足に参加している人も参加していない人も含め、私は共通の知り合いを片っ端から槍玉にあげて、まずは滑稽な面をあげつらい、ついで鼻持ちならない面をあげつらった。私の毒舌はいよいよ切れ味を増した。はじめは冗談半分だったのに——しまいには心底むかむかしてきた。最初は笑っていた彼女も、ついに怖気づいてしまった。

「あなたは危険な方ですね」彼女は言った。「森で人殺しのナイフにかかる方が、あなたの毒舌にかかるよりもましかもしれません……。まじめにお願いしますけれど、わたしに毒を浴びせたくなったら、どうかナイフをとって切り殺してください——あなたにはたいした困難もないでしょうから」

「私が人殺しのようだと?……」

「もっとたちが悪いわ……」

私はしばし考えこみ、やがて胸を揺さぶられたかのような面持ちで言った。

「そう!　子どもの時分からそういう運命でした。ありもしない悪しき性格のしるしを、誰もが私の顔に読み取るのです。そういう目で見られると――実際に悪しき性格が生まれてしまう。控えめな性格だったのに――とんだ食わせ者と思われる。だからうちとけない人間になった。正義感はことのほか強かったのに、誰もほめてくれやしないし、よってたかって傷つける。だから根にもつ人間になった。私はふさぎがちな子どもでした――ほかの子たちはみんな屈託がなく、多弁だったのに。自分は彼らよりも優れていると感じていましたが、みんなして私を見下したんです。すっかり嫉妬深くなりました。全世界を愛することもいとわなかったのに、誰も理解してくれやしなかった。だから憎むことを覚えたんです。私の灰色の青春は、自分との闘い、世間との闘いのうちに過ぎていきました。最良の感情は、嘲笑を恐れて胸の奥深く葬っていくうちに、とうとう死に絶えました。真実を話しているのに、信じてもらえない。だからだますことを覚える。社交界を知り、上流社会のからくりを知ったことで、私は渡世術に通じるようになり、ところがそんな術がなくても人は幸せで、私が倦《う》まずたゆまず追い求めていた果実を、いともたやすく謳歌していることを知りました。そのときです、胸のうちに絶望が芽生えたのは——拳銃の弾丸が癒してくれる絶望ではありません。冷たく萎えた絶望です、愛想のよさと快活な笑いのかげに隠された絶望です。私の精神はゆがんでしまいました。魂の半分はもういなかった。枯渇し、霧散し、死に絶え、私はそれを切り離し、投げ捨てた——一方、もう半分は、だれかれかまわず奉仕して、ゆらゆらとふらつきながら生きている。ところが、そんなことには一人として気づかない。滅び去った片割れが存在していたことなど、誰も知らないからです。しかし、いまあなたがその記憶を呼び覚ましました——だから、その墓碑銘をお聞かせしたわけです。多くの人にとっては墓碑銘など総じて滑稽なだけでしょうが、私にはちがいます。ましてや、墓の下に安らうものを思い出すときは。とはいえ、自分の考えを分かち合ってほしいなどと思っているわけではありません。私の突飛なふるまいが滑稽に思われるのなら——どうぞお笑いください。前もって言っておきますが、それしきのことで傷ついたりなどしませんから」

このとき、彼女のまなざしと出会った。その眼には涙が走っていた。私の腕にもたれた彼女の腕はふるえており、頰は燃えていた……私のことがかわいそうになったのだ！　同情という、どんな女もころりと参ってしまう感情が、彼女のうぶな心に爪を立てたのだ。散策のあいだじゅうずっと、彼女はぼんやりしていて、誰にも愛嬌をふりまかなかった……。これは重大な徴候だ！

窪地に到着した。ご婦人方はエスコート役の紳士をほっぽり出したが、彼女は私の腕を離さなかった。当地のダンディたちがとばす警句も、彼女を笑わせることはできなかった。断崖絶壁の景観すら、その真下に立っていたというのに、彼女を驚かせなかった。ほかのお嬢さん方は弱音を吐いて、目をそむけてしまったにもかかわらず。

帰り道、先刻の暗い会話は蒸し返さないでおいた。ところが、私のくだらない問いかけにもつまらない冗談にも、彼女はぼんやりと一言二言答えるばかりだった。

「誰かを愛したことはありますか？」私はとうとうたずねた。

彼女はじっとこちらを見ると、首を横にふった……そしてふたたび物思いに沈んでいった。何か言いたいことがあったにちがいない。だが、どう切り出していいかわからなかったのだ。彼女の胸は上下していた……。さあどうする！　モスリンの袖はたいした防壁にもならない。電気の火花が私の手首から彼女の手首へと走った。情熱というのは総じて、このようにはじまるのだ。私たちは、女性が愛してくれるのは肉体的・精神的美点があるからこそだと思う。ところが、そんなのはよくある自己欺瞞でしかない。もちろん、そうした美点が、女に心の準備をさせ、気高い炎を受け入れさせる素地をつくるのはまちがいない――しかし、それでも、ことを決するのははじめての触れ合いなのである。

「今日のわたしはとても優しかったでしょう?」家に帰ったとき、公爵令嬢はぎこちないつくり笑いを浮かべてそう言った。

私たちは別れた……。

彼女は自分のことを不満に思っている。自分の冷淡さを責めている!――おお、これは最初の勝利、意義のある勝利だ。明日はこの埋め合わせをしたがるにちがいない。私には何もかも手に取るようにわかる、だから退屈なのだ!

六月四日

さっきヴェーラに会った。やきもちを焼かれてうんざりだった。公爵令嬢は思い立って、どうやら心の秘密をヴェーラに打ち明けたらしい。ずばり言おう、よくぞヴェーラを選んだ！　「いまこの場で言ってちょうだい、あの子が好きだって」

「この先どうなるのか目に見えているわ」ヴェーラは言った。

「けれど、べつに好きでもなかったら？」

「それなら、どうしてあの子をつけまわして、どきどきさせて、あの子の空想を刺激して動揺させるの？……ああ、あなたのことなら手に取るようにわかるわ！　ねえ、わたしに信じてほしいというなら、一週間後にキスロヴォックに来て。明後日わたしたちはそちらに移るのよ。公爵夫人はもうしばらくここに残るでしょうけれど。隣に部屋を借りればいいでしょ。わたしたちは泉のそばの大きな家の中二階で暮らすの。下の階にはリゴフスカヤ公爵夫人が入るわ。でも、隣に同じ家主の家があって、そこはまだ空いているのよ……どう？……」

私は約束した――そして昼間のうちにその部屋を押さえに行かせた。

グルシニツキーが夕方六時にやってきて吹聴した。明日軍服が仕上がる、ちょうどよく舞踏会に間に合う、とのこと。

「これでようやくあの人と一晩じゅう踊れるんだ……心ゆくまで話すぞ！」彼は言った。

「舞踏会はいつだ?」

「だから明日だ! 知らないのか? 派手にやるらしい、当地のお偉方の企画さ……」

「並木通りに行かないか……」

「ごめんだね!――こんななりで行けるもんか」

「なんだ、兵隊外套を見限ったのか?」

私は一人で出かけた。公爵令嬢メリーに会ったので、マズルカを申し込んだ。彼女は驚きを隠せなかったが、うれしそうだった。

「やむをえないときにしか踊らないのかと思っていました、この前みたいに」彼女は言った、愛らしく微笑みながら……。

グルシニツキーがいないことなどまったく気にもとめていないらしかった。

「明日きっと素敵なことがありますよ」私は言った。

「なんです?……」

「それは秘密です……舞踏会に行けばわかります」

私はその日の終わりを公爵夫人のところで過ごした。ヴェーラと、剽軽《ひょうきん》者の老人のほかに、客はいなかった。私は興にのって、珍奇な話を思いつくままに次から次へと語ってみせた。公爵令嬢は私の向かいに腰を下ろし、身を乗り出すようにしてじっと私の駄法螺《だぼら》を聞いていた。うっとりと聞き入る様子は、こちらがいたたまれなくなるほどだった。日頃の冴えも、媚態も、気まぐれも、不敵な表情も、蔑むような笑みも、遠くを見るようなまなざしも、いったいどこへ行ってしまったのか？……

ヴェーラは何ひとつ見落とさなかった。その病んだ顔には深い悲しみの色が浮かんでいた。窓の近く、かげになったところで、幅広の肘掛け椅子に身を沈めていた。なんだか胸が痛んだ。

だから、私たちがめぐりあい愛し合ったいきさつを一篇のドラマのごとく余さず物語ることにした――もちろん、架空の名前で偽装しつつ。

私は鮮やかにいきいきと描いてみせた――あの頃の不安も、優しい感情も、この上ない喜びも。ヴェーラのふるまいや性格は、良い面だけに光をあててみせた。そうなると、彼女としても、私が公爵令嬢に媚を売るのをゆるすほかないのだった。

ヴェーラは起き上がると私たちのそばに腰を下ろし、すっかり元気になった……二時を回った頃になってようやく、私たちは、当地の医者たちが口酸っぱく十一時就寝と言っていることを思い出したのだった。

六月五日

舞踏会の半時間前に、グルシニツキーが歩兵将校のピカピカの軍服に身をかためて現れた。三番目のボタンに留められていたのは銅製の鎖で、その先には双眼の柄つき眼鏡がぶら下がっていた。異様な大きさの肩章が、キューピッドの翼よろしく上方に折り返されていた。軍靴がきしきし鳴った。左手に握っていたのは茶褐色のキッド革の手袋と帽子。右の手は、縮らせた髪をしきりにいじっては波打つ巻き毛をふわりとさせている。自己満足に加え、ちょっとした自信のなさが顔にあらわれていた。もしも今夜の計画の支障とならなかったら、華やかな衣装とふんぞりかえった歩きっぷりに、私は腹を抱えて笑っていたにちがいない。

グルシニツキーは帽子と手袋を机の上に投げ出し、コートの裾をのばして鏡のまえで身繕いをはじめた。幅広の黒いスカーフは、やけに高いネクタイの芯のところで巻かれ、芯の毛羽だった部分で下あごを支えつつ、半ヴェルショーク[17]ほど襟から突き出していた。グルシニツキーの目にはこれでもまだ不十分だった。彼はスカーフを耳元まで引き上げた。身をけずるようなこの仕事のせいで——というのも軍服の襟はきつくて着心地も悪いから——顔は上気して真っ赤になってしまった。

「貴様はここんとこ俺の公爵令嬢を追いまわしていたらしいな」グルシニツキーはさりげなく、こちらを見るでもなく言った。

「俺たちうつけ者に茶など飲めるものか！」私はお気に入りの文句を引用して答えた。プーシキンの詩にうたわれたこともある、頓知に長《た》けた往年の道楽者[18]の言葉だ。

「なあ、軍服は体に合っているかな？……ちぇっ、あのユダヤ人の仕立屋め！……わきの下がしめつけられる！……香水はあるか？」

「おい、それ以上つける気か？　薔薇のポマードがぷんぷん匂うぞ……」

「かまいやしない。よこしてくれ……」

17　ヴェルショークは長さの単位で、一ヴェルショークは、四・四五センチメートル。

18　ピョートル・パーヴロヴィチ・カヴェーリン（一七九四—一八五五）のこと。プーシキンの『オネーギン』の第一章に「目ざす行く手は料理店タロン。その店で、友人のカヴェーリンが待っている」という一節がある。プーシキン（池田健太郎訳）『オネーギン』岩波文庫、二〇〇六年改版、一四頁。

グルシニツキーは香水を瓶の半分ほども首筋とハンカチと袖にふりかけた。

「貴様は踊るのか?」彼はたずねた。

「わからない」

「公爵令嬢と踊る一曲目がマズルカだったらどうしよう――何しろこっちは踊り方も知らないんだから……」

「それじゃ公爵令嬢をマズルカに誘ったのか?」

「いやまだだ……」

「気をつけろ、先を越されるぞ……」

「しまった、まったくだな」彼は額をたたきながら言った。「じゃあ行ってくる……玄関で待ち伏せするんだ」グルシニツキーは帽子を手に取るとあわてて出ていった。

半時間後、私も出かけた。あたりは暗く人気もなかった。クラブというべきか、レストランというべきか、そのまわりに人が詰めかけていた。窓は明るく輝き、連隊の音楽が夕暮れ時の風に乗ってここまで響いてきた。私は足取りも重く歩いた。悲しい気分だった。私は思った。自分がこの世で果たす唯一の使命は、他人の望みを打ちくだくことでしかないのか? 生活し行動するようになってからというもの、運命はどういうわけか決まって他人の劇の終幕に私を導きいれるのだった。誰も私なしでは死ぬことも絶望することもかなわないというように。自分は第五幕になくてはならない存在なのだ。否応なしに死刑執行人や裏切り者といったみじめな役回りを演じてきた。運命は何の目的があってそんなことを？……自分は市民悲劇やら家庭小説やらの作者になることを定められているのか――あるいは、たとえば『読者文庫』用に小説を下請けする無名文士の編集者になることを？[19]……わかるものか！……人生に一歩を踏み出した頃はアレクサンドロス大王かバイロン卿のような最期を夢見ていたのに、実際には生涯ずっと九等文官にとどまる者もごまんといるじゃないか……。

ホールに入ると、たむろしている男たちにまぎれて偵察を開始した。グルシニツキーは公爵令嬢のそばに立って、何やら熱くなってまくし立てている。令嬢の方は心ここにあらずという様子で、唇に扇を押し当てて周囲をうかがっている。その顔には

19　『読者文庫』（一八三四―四八）は当時の代表的な文芸誌で、海外小説の翻訳や翻案を多数掲載していた。また、無名の作家の卵たちが名のある作家の下請けをするのは、普通のことだった。

じりじりとした表情が浮かんでおり、目は落ち着かなげに誰かを探していた。私はそっと背後に忍び寄り、会話を盗み聞いた。

「あなたは私を苦しめていらっしゃる、公爵令嬢」グルシニツキーが言っていた。

「しばらく見ないあいだに、すっかり変わってしまわれましたね……」

「あなたも変わってしまわれましたわ」彼女はグルシニツキーにさっと視線を走らせて答えた。そのまなざしに秘められた嘲りも、グルシニツキーは察することができない。

「私が？　変わった？——断じて否です！　おわかりでしょう、そんなことあるはずもないって！　あなたを一度目にした者は、神々しい面影を永遠に胸に抱くことになるのです……」

「おやめになって！」

「どうしてもう耳を傾けてくれないのです、ついこのあいだまで何度となく優しく話を聞いてくれたじゃありませんか？……」

「同じことをくり返されるのは好きではありませんから」彼女は笑って答えた……。

「ああ、この苦いあやまち！……愚かな私は、せめても肩章があれば、希望を抱く権利が得られるものと思っていたのだ……。そうだ、あの卑しむべき兵隊外套にずっと身を包んでいた方がよかったのだ、そうすればあなたの関心を引きとめていられたのかもしれない……」

「本当に、あの兵隊外套の方がずっとお似合いでしたわ……」

このとき私は公爵令嬢に近寄って会釈した。彼女は少し頰を赤らめて早口に言った。

「そうじゃありませんこと、ムッシュー・ペチョーリン、灰色の外套の方がムッシュー・グルシニツキーにはずっとお似合いでしたわね？」

「それには同意しかねますね」私は答えた。「制服姿のグルシニツキーはいっそう若く見えますから」

グルシニツキーはこの一撃を受けとめきれなかった。どこの若者もそうだが、グルシニツキーにも年上に見られたいという気取りがあった。自分の顔は情熱の深い爪痕が年輪のかわりを果たしていると思っていたのだ。怒りに燃えた一瞥を私にくれると、足をドンと踏みならして向こうに行ってしまった。

「白状なさい」私は公爵令嬢に言った。「たしかにあの男はたいしたお笑い種ですが、つい先日まであなただって無関心ではなかったでしょう……灰色の外套に？」

彼女は目を伏せて何も答えなかった。

グルシニツキーは夜会のあいだじゅうずっと公爵令嬢をつけまわし、彼女と組んで踊ったり、向かい合わせになる位置をしめたりした。なめるように見つめ、ため息をつき、懇願と詰問で彼女をうんざりさせた。三度目のカドリールが終わる頃には、公爵令嬢は早くもグルシニツキーを嫌悪していた。

「貴様からこんな仕打ちを受けるとは思ってもいなかった」グルシニツキーは私の方に来ると腕をつかんで言った。

「なんのことだ？」

「あの人とマズルカを踊るそうだな？」彼は勝ち誇った声でたずねた。「彼女が白状したぞ……」

「だからどうした？　秘密でもあるまいし」

「当然こうなることを予期して然るべきだったんだ、女の媚態という奴に……。いまに見てろ！」

「恨むなら自分の外套と肩章を恨め、どうして公爵令嬢をとがめるんだ！　貴様のことがもうお気に召さないからといって、それがあの人のせいか？……」

「それならどうして希望を差し出した？」

「それならどうして希望を受け取った？　何かを欲して獲得しようとするなら――それはわかる！　しかし、希望するだけとは？」

「貴様は賭けに勝ったんだ――だが、これでおしまいじゃないぞ」憎々しげに笑いながら、彼は言った。

マズルカがはじまった。グルシニツキーは公爵令嬢一人に狙いを定め、ほかの取り巻き連中もやたらに彼女を相手に選んだ。これは明らかに私に対する陰謀だった。なおさら結構。私と話したいのに、いちいち邪魔が入る――ますます話したくなるのが人情というもの。

私は二度ほど公爵令嬢の手を握りしめた。彼女は、二度目は無言でぴしゃりとひっこめてしまった。

「わたし今夜は寝つけそうにありませんわ」マズルカが終わったとき彼女は言った。

「それはグルシニツキーのせいでしょう」

「いいえ、ちがいます！」彼女の顔はうち沈んで悲しげだった。だから今夜のうちにきっと手にキスしてやろうと心に決めた。

散会の時間となった。公爵令嬢を馬車に乗せる際に、私はすばやくその小さな手を自分の唇に押し当てた。あたりは暗く、目にとめた者は誰もいなかった。

私は自分に満足しきってホールに戻った。

大きなテーブルを囲んで青年たちが夜食をとっていた。そのなかにグルシニツキーもいた。私が入ると、みな口をつぐんだ。どうも私のことを話していたようだ。多くの者が先日の舞踏会を機に私に業腹《ごうはら》を煮やしており、なかでも竜騎兵大尉はひときわ目立っていた。いまや私に敵対する一党がグルシニツキーの号令のもとに結成されたらしい。グルニシツキーは肩を怒らせ殺気立った様子をしていた……。

結構結構。私は敵を愛する。キリスト教的な意味でではない。敵は娯楽を与えてくれるし、血汐を沸き立たせてくれる。つねに用心を怠らず、あらゆる視線をとらえ、あらゆる言葉の意味を把捉し、相手の意図を読み取り、はかりごとを打ちくだき、欺かれているふうをよそおい、いきなり一突きでもって、狡知と陰謀で築かれた労苦の産物たる楼閣をひっくり返す——それこそが人生と呼ぶべきものなのだ！

夜食のあいだじゅう、グルシニツキーは竜騎兵大尉とひそひそ声で話し合い、目配せを交わし合っていた。

六月六日

今朝方、ヴェーラが夫とキスロヴォツクに移っていった。リゴフスカヤ家に行く道すがら、一行の乗る馬車とすれちがった。ヴェーラは私にうなずいてみせたが、そのまなざしにはとがめるような気色があった。

誰のせいだか！　どうして二人きりの逢瀬に二の足を踏むのだろう？　愛は炎のようなもので――まきをくべなければ消えるのだ。ひょっとすると、私が拝み倒してもできないことを、嫉妬の情がかわりにやってくれるかもしれない。

公爵夫人宅には丸一時間いた。メリーは顔を出さなかった――具合が悪いとのこと。夕方も並木通りに姿を見せなかった。結成ほやほやの例の一団が、柄つき眼鏡で武装して、凄みをきかせていた。公爵令嬢は体調をくずして正解だった。奴らはどんな狼《ろう》藉《ぜき》をはたらくかわかったもんじゃない。グルニシツキーは髪も乱れ放題で、やけっぱちのご様子。実際、傷心は一通りでなく、わけても自尊心はぼろぼろらしい。とはいえ、絶望する姿さえ物笑いの種になる人間はいるものだ。

家に帰ってから、自分が何か物足りなく感じていることに気づいた。彼女に、会えなかった！　体調が悪い！　まさか本当に惚れてしまったのか？——ふざけるな！

六月七日

午前十一時、リゴフスカヤ公爵夫人の家のそばを通った——夫人はこの時間にはエルモーロフ浴場で汗を流すのが日課だ。公爵令嬢が窓辺にしょんぼりと座っていた。私を認めるとぱっと立ち上がった。

私は玄関の間に入った。誰も控えていない。当地のしきたりはうるさくないので、私は取り次ぎなしに客間に上がりこんだ。

公爵令嬢の愛らしい顔は一面蒼白だった。ピアノのそばに立ち、肘掛け椅子の背に片腕をもたせかけていたが、その手はわずかにふるえていた。私はそっと近寄って言った。

「私にお怒りですか？……」

憂いを含んだ、もの問いたげなまなざしを私に向けると、公爵令嬢は首を横にふった。唇は何か言いたげだったが、開くことはなかった。眼には涙があふれた。公爵令嬢は椅子にくずおれると、両手で顔を覆った。

「どうしたんです？」私は彼女の手をとって言った。

「あなたはわたしを軽んじているんです！……ああ！　わたしにかまわないで！」

私は何歩か距離をつめた……。彼女は腰を下ろしたまま背中をまっすぐかたくした。眼がぎらりと光った……。

私は扉の把手に手をかけた恰好で立ち止まり、言った。

「おゆるしください、公爵令嬢！　われを忘れて行動してしまいました……あのようなことはもう二度とありません。心します！……おわかりいただかなくとも結構です、これまでどんなことが私の魂のなかで繰り広げられていたのか！　今後お聞かせすることもないでしょうし、その方があなたのためにもよいでしょう。それでは」

去り際に、すすり泣く声を聞いた気がした。

日が暮れるまでマシュク山の周辺をさすらい歩いた。疲労困憊して、家に帰りつくとすぐ、くたくたの体をベッドに投げ出した。

ヴェルネルがやってきた。

「本当ですか？」彼はたずねた。「リゴフスカヤ公爵令嬢と結婚するというのは？」

「どうしてまた？」

「町じゅうもちきりですよ。僕の患者たちもこの重大ニュースに大騒ぎです。まあ病人というのはえてしてそういうものですが。なんでもご存じなんですよ」

『グルシニツキーのしわざだな！』私は思った。

「そのうわさが真っ赤な嘘である証拠に、先生にはこっそりお伝えしますがね、私は明日キスロヴォツクに移るんです……」

「公爵令嬢もいっしょに？……」

「ちがいます、公爵令嬢はまだ一週間くらいはこちらにいるでしょう……」

「では結婚しないんですね！」

「先生、先生！　私をよく見てください。これが結婚を控えた男なんぞに見えますか？」

「僕が言ったんじゃありませんよ！――でもご存じでしょう」ドクトルはにやりと笑ってこう付け加えた。「まっとうな男ならもう結婚するほかないという状況だってありますし、それを少なくとも邪魔はしないという母親も割合いますからね。ですから、友人として助言しますけれど、もっと気をつけてください！　この保養地にはひどく剣呑な空気があります。もっとふさわしい縁があるだろうに、この地からまっすぐ祭壇に向かう羽目になった立派な若者たちをどれほど見てきたことか！……まさかとお思いでしょうが、この僕に娘を縁づけようとした人もいるくらいで！　さる田舎暮らしのご婦人で、顔色の悪い娘さんがいましてね。まずいことに、僕は、お嬢さんの顔色は結婚したら元通りになると言ってしまったんです。そうしたら、感謝の涙を浮かべて僕に娘を嫁がせようとしたうえに、おまけに領地も全部差し出そうとしたんです――農奴五十人の土地でしたかね！　まあ無理だとお断りしましたけれど」

ヴェルネルは私に警戒心を起こさせたものとすっかり信じて立ち去っていった。

ドクトルのおかげでわかった。私と公爵令嬢をめぐる唾棄すべきうわさに尾ひれがついて町じゅうを席捲している。グルシニツキーめ、この埋め合わせはしてもらうぞ。

六月十日

キスロヴォツクに来てもう三日になる。毎日、井戸や遊歩道でヴェーラに会っている。朝、目覚めるとすぐ、窓辺に座って彼女のバルコニーに柄つき眼鏡を向ける。彼女はとっくに服を着て、申し合わせた合図を待っている。私たちは偶然をよそおって、家から井戸への斜面をなす庭で落ち合う。ヴェーラは、さわやかな山の空気のおかげで顔色もよくなり、体力も回復した。鉱泉水《ナルザン》が「勇者の泉」と呼ばれるのもあながちまちがいではない。当地の住人たちによれば、キスロヴォツクの空気は人を愛へといざない、マシュク山のふもとではじまったロマンスはどれもこの地で大団円を迎えるのだという。うべなるかな。ここには孤独の気配が漂い、あたりの何もかもが神秘的だ。菩提樹の並木道の鬱蒼とした木陰——木々は、さざめき泡を散らす水流に枝を垂らし、水は敷石から敷石へと流れ落ちて青々とした山峡《やまかい》に道を切りひらいていく。霧としじまに覆われた谷間は、四方八方に支脈を走らせている。さわやかに香る新鮮な大気は、南方の背高草と白アカシヤの木が発散する気体にみちている。そして、絶え間なく甘い眠りへさそう清冽《せいれつ》な水のせせらぎ——水流は谷の際で落ち合って、仲良く競いながら、やがてポドクモク川へ流れこんでいく。こちら側で谷間は幅を広げ、緑なす窪地に変化する。そこをほこりっぽい道が蛇行している。この道に目をやるたびに、四輪馬車が走ってきて、その窓から薔薇色の顔がのぞいているような気がする。たくさんの馬車がこの道を行き交ったが——この馬車はまだだ。要塞の向こう側の一帯には人が住みついている。私の部屋からすぐのところに小高い丘があり、夕暮れ時になると、そこに建てられたレストランの灯りが、二列に並んだポプラの木々を透かしてちらちらしはじめる。コップのかち合う音とざわめきが夜更けまで響きわたる。カヘチア産のワインと鉱泉水をこんなに消費する土地もない。

二つの仕事をごっちゃにしたがる手合いがいるが、

私はその限りではない。[20]

グルシニツキーは一味を引き連れて毎日飲み屋で荒れ騒ぎ、私とはろくに会釈しようともしない。グルシニツキーは昨日来たばかりなのに、三人の老人と早くもいざこざを起こした。先に入浴しようとしたのにグルシニツキーが割りこんだのだ。まちがいない――不幸のせいで好戦的な気分が高まっているのだ。

20　グリボエードフの戯曲『知恵の悲しみ』（一八二二―二四）からの一部不正確な引用。主人公チャーツキーのセリフの一節である（第三幕第三景より）。

六月十一日

ついに御一行がやってきた。馬車のガタゴトいう音を耳にしたのは窓辺に座っているときだった。心臓がどきっとした……。これはどうしたことだ？　まさか惚れてしまったのか？……さもありなん、自分はあまりにも愚かに生まれついているのだから。私は二人のところで昼食をとった。公爵夫人はうっとりとしたまなざしで私を見つめ、令嬢のそばを離れようとしなかった……弱った！――そのかわりヴェーラは公爵令嬢に嫉妬の炎を燃やしている。しめしめ、これは好都合！　恋敵《こいがたき》に目にもの見せるためなら、女はなんだってするのだから！　私がほかの女を愛したという理由で、私に惚れた女もいたくらいだ。女の頭ほど逆説的なものはない。女に何事かを納得させるのはむずかしい。自分で自分を納得させるように仕向けなければならないのだ。思いこみをうち捨てるまでの女の論証たるや、じつにへんてこな代物である。女性の弁証法を習得するには、学校で教える論理学の規則を頭のなかでことごとく転倒させなければならない。

たとえば、ごく一般的な考え方はこうだ。「この人は私を愛している。でも私は結婚している。だから、彼を愛してはいけない」

女性の考え方。「この人を愛してはいけない。なぜなら私は結婚しているから。でも彼は私を愛している。だから……」

ここで「……」が入る。というのも、理性はもはや何も語らないからだ。いまや主たる語り手は、舌であり、目であり、そして心である――もしも心が存在するならば。いつの日かこの手記が女の目に触れたらどうなるだろう？　「ひどい！」怒り心頭に発してそう叫ぶことだろう。

詩人が書き、女性が読むようになって以来（詩人はすべからく女性読者に心から感謝の念を捧ぐべし）、幾度となく女は天使と呼びなされてきた。そのせいで女たちは、心根が素朴にできているものだから、このお世辞を本気で信じるようになってしまった。同じ詩人たちが金のために皇帝ネロを半神と呼んだことも忘れて……。

柄でもなく女性のことを悪しざまに言ってしまったようだ――何しろ自分は、この世に女のほかに愛する者はなし、女のためとあらば心の平安も野心も生命も犠牲にすることをいとわないのだから……。とはいえ、経験をつんだ目にしか見透かせない魔法のヴェールを、こうして女たちからはぎ取ろうとしているのは、なにも恨みつらみが高じたからでも、傷つけられた自尊心が発作を起こしたからでもない。ちがうのだ、

私が女性について書いたことはどれも、

理知の冷ややかな観察の、

感情の物悲しい心覚えの、[21]

結果でしかない。

ご婦人方は願うべきである。世の男性諸君が私と同じくらい女に精通することを。なぜなら、女への恐れがなくなり、そのちょっとした弱みを知るようになってはじめて、以前の百倍にも増して女を愛せるようになったのだから。

余談ながら、つい先日ヴェルネルが女を「魔法の森」になぞらえていた。詩人タッソの『エルサレム解放』に出てくる文句だ。[22]ヴェルネルは言った。「近寄ってごらん、とたんに四方八方から魑魅魍魎《ちみもうりょう》が押し寄せてくるから。くわばら、くわばら。やれ義務だ、やれ誇りだ、やれ礼儀だ、世の意見だ、嘲笑だ、軽蔑だ……。とにかく脇目もふらずまっすぐ進むことだね。そうすれば、しだいに怪物どもはいなくなり、君の前には静かな明るい草原《くさはら》がひらける。そこには常緑のミルトスが花を咲かせているんだ。一方であべこべに、最初の一歩で心がおののき、後ろを振り返ったりしたら、それはもう災難だよ」

六月十二日

今宵は珍事に事欠かなかった。キスロヴォックから三ヴェルスターほどのところ、ポドクモク川が流れる谷間に、「輪っか」と呼ばれる巨岩がある。自然がつくり出し

21　プーシキン『オネーギン』の巻頭に掲げられた詩の一節（プーシキン〔池田健太郎訳〕『オネーギン』岩波文庫、二〇〇六年改版、八頁）。

22　『エルサレム解放』は、イタリアの詩人タッソ（一五四四―九五）による長篇英雄叙事詩で、第一次十字軍遠征におけるキリスト教徒と異教徒の戦いを描く。「魔法の森」は「エルサレムの都から六マイルほど離れたサローンの森」を指す。「第十三のエピソード」で、十字軍の戦士タンクレーディが魔女たちの集うこの森に踏みこんでいく（タッソ〔A・ジュリアーニ編、鷲平京子訳〕『エルサレム解放』岩波文庫、二〇一〇年、三二八―三五五頁）。『エルサレム解放』のロシア語訳は一八二八年に発表された。翻訳したセミョーン・ライチとアレクセイ・メルズリャコフは、モスクワ大学貴族寄宿学校の講師であり、レールモントフも彼らの教え子の一人だった。

た天然の門だ。高い丘の上にそびえたち、沈みゆく太陽はこの門を通して燃えるまなざしの名残を大地に投げかける。とはいえ、大勢の騎馬の一行が、この巌《いわお》の窓ごしに夕日を眺めようと出かけていった。本当のことを言うと、みな夕日などどうでもよいのだった。自分は公爵令嬢の隣に陣取った。帰りの道中、ポドクモク川の浅瀬を渡らなければならなかった。山の川の流れというのは、どんなに浅くても危険がついてまわる。とりわけ、川底が万華鏡のように千変万化する場合はなおさら。波の圧力で底の形状は刻一刻と変化するのだ。昨日石があったところは、今日は穴になっている。私は公爵令嬢の馬の手綱を取り、浅瀬のなかへ引き入れた。深さは膝丈くらいだった。私たちは流れをななめに横切るようにしてそっと慎重に進んでいった。ご存じのように、急流を渡る際には川底をのぞいてはならない。のぞいた途端に目が回ってしまうからだ。私は公爵令嬢メリーに言い含めておくことをうっかり失念していた。

私たちはもう浅瀬の中ほどまで来ていた。一番流れのはやいところだ。そのとき彼女が急に馬上でよろめいた。「気分が悪いわ！」かぼそい声で言った……。私はさっと体を寄せると、そのしなやかな腰に腕をからめた。

「上を見て」私はささやいた。「なんでもありませんよ、こわがらないで、私がついていますから」

気分も回復して、公爵令嬢は私の腕を逃れようとしたが、私はいっそう力をこめて細くやわらかな体を抱きしめた。私の頬は彼女の頬に触れんばかりになり、炎のような熱が伝わってきた。

「何をなさっているんですか！……離してください！……」

彼女の動揺も戸惑いもどこ吹く風と、唇をやわらかな頬に押し当てた。彼女はびくっと体をふるわせたが、何も言わなかった。私たちはしんがりにいたので、誰の目にも入らなかった。川岸に上がると、みな跑足《だくあし》で馬を走らせはじめた。公爵令嬢は馬の手綱を締めた。私はそのまま隣に居座ってやった。私の沈黙に不安を覚えているらしかったが、一言も口をきいてやるまいと心に決めた。好奇心にかられてのことだ。この難局を彼女がどう乗り切るのか、拝見したかったのだ。

「わたしを軽蔑しているのか、それとも愛しているのか、どちらかね！」とうとう彼女は涙まじりの声で言った。「きっと、わたしを笑い者にして、心をかき乱しておいて、それから見捨てるおつもりなんでしょう……。そんなの卑劣で、下劣で、だから考えられることといったら……いいえ、ちがうわ！　それはちがうわ」公爵令嬢は優しい信頼の情のこもった声で付け加えた。「わたしには後ろ指さされるようなことなどありません、そうでしょう？　あなたの礼を失したふるまいは――ゆるしてあげなければいけませんわね、だって認めてしまったのですもの……。ねえ、なんとか言ってください、声を聞きたいんですから！……」最後の言葉には女性らしい苛立ちがうかがわれたので、思わず笑ってしまった。幸い、夕闇が迫っていた。――私は何も答えなかった。

「だんまりなのね？」彼女はつづけた。「わたしに先に言わせたいのね、愛しているって……」

私は黙っていた……。

「そうなんでしょう？」彼女はさっとこちらに向き直ると、そう言った。きりっとしたまなざしと断固たる声には、空恐ろしいものさえあった……。

「なんのために？」私は肩をすくめて答えた。

公爵令嬢は馬に鞭をくれると、狭く険しい道を全速力で駆け出した。あっという間のできごとだったから、追いすがるのに精一杯で、ようやく追いついたのも彼女が前を行く一団に合流したあとのことだった。家に着くまでのあいだ、彼女はのべつまくなしにしゃべっては笑っていた。その挙動には熱に浮かされたようなところがあった。私のことは一度たりとも見ようとしない。彼女のいつにない陽気さに気づかぬ者はなかった。公爵夫人もそんな娘の姿に内心喜んでいたらしいが、真相は神経性の発作にかられたというにすぎない。公爵令嬢はまんじりともしない夜を泣いて過ごすことだろう。そう考えると、楽しくてたまらなくなる。自分には吸血鬼の心がわかるときもあるのだ！……一方で私は好青年として知られているし、その評判に恥じぬようにせいぜい努めてもいるのである。

馬から降りると、ご婦人方はリゴフスカヤ公爵夫人宅に上がった。私は心穏やかならず、頭のなかにひしめく雑念を吹き払おうと山の方へ馬を走らせた。露の降りた黄昏時はうっとりするような冷気に息づいていた。月は暗い山並みの背後から昇りつつあった。蹄鉄を打っていない馬の足音が一歩一歩、谷間のしじまにうつろに響く。滝のところで馬に水を飲ませ、自分も南方の夜のさわやかな空気を二度ほど吸いこんでから、帰途についた。村を抜けて帰った。窓辺の灯火は消えはじめていた。要塞の堡《ほう》塁《るい》につめる哨兵と、近郊の前哨につめるコサックが、まのびした声で呼び交わしていた……。

谷間のへりに建つ村の屋敷が一軒、やけに明るいのに気づいた。ときおり、軍隊式のドンチャン騒ぎと瞬時にわかるような、調子っぱずれの話し声や胴間声が聞こえてくる。私は馬を降りて窓に忍び寄った。建付けの悪い鎧戸《よろいど》のすき間から、浮かれた男たちの姿が見え、会話の内容ももれなく聞き取ることができた。俎上《そじょう》に載せられているのは、この私だった。

竜騎兵大尉が、酔いの高揚にかられて、げんこつでテーブルをたたいて謹聴を求めた。

「諸君!」彼は言った。「こんなのは前代未聞だぞ。ペチョーリンに思い知らせてやらねば! ペテルブルクのひよっこどもは、鼻をへし折ってやらないと、いつだってつけあがるのだ! あいつは、自分一人が社交界の住人だと思いこんでいやがる、きれいな手袋をはめて、ピカピカの靴を履いているからって」

「あの高慢ちきな笑いはなんだ! しかしあいつは腰抜けだぞ、まちがいなく——そう、腰抜けだ!」

「俺もそう思う」グルシニツキーが言った。「あいつはなんだって冗談にして済ませようとする。俺は昔、これがほかの人間ならその場で俺を切り殺しかねない文句を、奴に浴びせてやったことがある。ところがペチョーリンはことごとく冗談に変えてしまうのだ。俺は、当然ながら奴に決闘を申し込まなかった。なぜって、それはあいつの仕事だからな。こっちとしても関わり合いになりたくもなかった……」

「グルシニツキーは奴にかんかんなのさ、公爵令嬢をとられたからな」誰かが言った。

「馬鹿も休み休み言え！　たしかに俺は公爵令嬢にちょっぴりほの字だった。けれども、すぐに見限ったよ。結婚なぞごめんだからな。それに、お嬢さん方を傷物にするなど俺の柄じゃない」

「まったくだ、請け合ってもいいが、あいつは二人といない腰抜けだよ、ペチョーリンの野郎は。グルシニツキーじゃない――そうよ、グルシニツキーは男で、それに俺の真の友だ！」ふたたび竜騎兵大尉が口を開いた。「諸君、このなかにあいつを擁護する者はあるか？　一人もなし！……結構だ。あいつの肝っ玉をためしてやろうじゃないか？　面白くなるぞ……」

「よし、いいだろう、だがどうやって？」

「聞いてくれ。グルシニツキーはとりわけあいつに恨みがある――グルシニツキーに主役を張ってもらおう！　グルシニツキーがちょっとしたことで喧嘩をふっかけ、ペチョーリンに決闘を申し込むのだ……。まあまあ慌てるな、ここに仕掛けがあるんだから……。決闘を申し込む、よろしい！　申し込みから、準備から、条件から、万事が万事、できるだけものものしく、おっかなくする——この役目は自分が引き受けた。俺がお前の介添人になるよ、グルシニツキー！　よし！　さて、ここにひとつ仕掛けがある。ピストルには弾《たま》をこめない。なんならここで断言してもいい、ペチョーリンはふるえあがるぞ——二人の距離は六歩にするんだ、どうだ！　諸君、異議のある者は？」

「名案だ。賛成！　異議などあるもんか」方々から声が起こった。

「お前はどうだ、グルシニツキー？」

私は鼓動の高まるのを覚えつつグルシニツキーの返事を待った。『この偶然がなかったら、こいつらに笑い者にされていたのだ』と思うと、冷たい憎悪の念が全身を貫いた。グルシニツキーがうんと言わなかったら、飛びかかっていたにちがいない。だが、しばし沈黙したあとで彼は立ち上がり、大尉に手を差し出すと、えらく気取った調子で言った。「結構だ、同意する」

このあっぱれな一団の歓喜は筆舌に尽くしがたいものがあった。

　私は二つの異なる感情にとらわれて帰宅した。ひとつは悲しみである。なぜ彼らはそろいもそろって私を憎むのか？　私は思った。何故に？　自分は誰かを侮辱したのか？　いいや。自分は、一目見た瞬間に悪意を抱かせてしまうような類の人間なのだろうか？　そのとき、毒々しい憎悪の念がのっそりと心のなかに広がっていくのを感じた。用心するがいい、グルシニツキー殿！　部屋のなかをゆっくりと歩きまわりながら、私は独りごちた。自分はそんな茶番にはのらないぞ。愚かな輩《ともがら》に同意したことで、貴公は高いつけを払う羽目になる。自分は貴公のおもちゃではない……。

　私は夜っぴて眠れなかった。明け方には、橙の実みたいに顔が黄色くなった。

　朝、井戸のところで公爵令嬢に会った。

「お加減が悪いのですか？」公爵令嬢が私にじっと目をとめて言った。

「一睡もしなかったんです」

「わたしもですわ……わたし、あなたをとがめだてしてしまいました……わたしの早とちりだったかもしれませんね？　でも教えていただきたいの。どんなことであってもあなたをゆるしますから……」

「どんなことも？……」

「はい……でも本当のことをおっしゃって……いますぐ……。あなたのなさりように意味を見つけようって、理由を見つけようって、何度も知恵をしぼりました。きっと、わたしの親たちが水を差すのではと恐れていらっしゃるのね……そんなこと、なんでもありませんわ。母たちが知ったところで……（彼女の声はふるえた）説き伏せてみせますわ。それとも、ご自身の境遇を気にしていらっしゃるのかしら……でも、知っていただきたいの。愛する人のためになら、わたし、なんでも犠牲にできますから……。ああ、早く返事をください——あわれとは思わないのですか……わたしを軽蔑しているのかしら、ちがいますわね？」

彼女は私の手を握った。公爵夫人はヴェーラの夫と先を歩いていたので、何も見ていなかった。とはいえ、散歩中の患者たちの目に入るかもしれない——野次馬根性の強さでは人後に落ちない無類のうわさ好きである。私は、しがみついてくる彼女の手をさっとふりほどいた。

「本当のことを言いましょうか」私は公爵令嬢に答えた。「自分を正当化するつもりもありませんし、自分のふるまいを弁護するつもりもありません。あなたのことは愛していませんよ……」

彼女の唇がかすかに青ざめた。

「一人にしてください」彼女がかろうじて聞き取れる声で言った。

私は肩をすくめると、向きを転じて立ち去った。

六月十四日

自分に軽蔑の念を抱くことがある……だからこそ他人まで軽蔑しているのではないか?……高潔な感情にかられることなどなくなってしまった。自分の目に滑稽にうつるのが厭なのだ。ほかの人間なら、同じ立場にあれば、公爵令嬢に結婚を申し込むにちがいない。ゆだねてしまうにちがいない、心も運命も《ソン・クール・エ・サ・フォルテュンヌ》[23]!……ところが、結婚という言葉は自分には何やら魔術めいた力をふるうのだ。どんなに熱っぽく女に惚れたとしても、結婚しなきゃならないとちょっとでも感じさせられようものなら――愛よ、さらば! 私の心は石と化し、そうなると何をもってしてもふたたび熱くなる

23 結婚を申し込む際の決まり文句。当時、ロシアの貴族社会ではフランス語でプロポーズするのが通例だった。

ことはない。どんな犠牲もいとわないが、これぱかりは例外だ。自分の命なら、いや名誉でさえ、二十回だって賭けてやるのだが……けれども、自分の自由は売らない。なんだって自由がそんなに大事なのか？　自由に何があるというのか？……私はどこに己を連れていこうというのか？　未来に何を期待しているのか？……はっきり言えば、まったく何も。これは生来の恐怖みたいなものであって、いわく言いがたい予感なのだ……。どういうわけかクモやゴキブリやネズミが怖いという人もいるのだからら……。白状しようか？……まだ幼かった頃、ある年寄りが私のことを母に占ったことがあった。その女が告げるには、私は悪妻ゆえに命を落とす羽目になるらしい。このお告げは当時の自分をふるえあがらせたものだ。胸のうちに女性に対するおさえがたい嫌悪が芽生えた……。一方で何かが私にささやくのである、あの女の予言は実現するだろう、と。せめて、できるだけ先延ばしにするよう努めるつもりだ。

六月十五日

昨日この町に手品師のアプフェリバウムがやってきた。レストランの扉という扉に長い広告が出現した。親愛なる観衆に告げて言うには、「世に並び称されるものなき驚異の手品師、軽業師、または化学者にして光学者が、ついにその華麗なる妙技を披露する栄誉にあずかる、本日午後八時より貴族会館（つまりは――レストラン）のホールにて、チケットは二ルーブリ五十コペイカなり」とのこと。

驚異の手品師を一目見んと誰もが胸を高鳴らせている。リゴフスカヤ公爵夫人でさえ、娘の体調がすぐれないというのに、チケットを自分用に取っていた。

先ほど食事後に、ヴェーラの部屋の窓のそばを通ったら、彼女がバルコニーに一人腰を下ろしていた。足元に書きつけが落ちてきた。

「今夜九時過ぎ、大階段を通ってわたしのところに来て。夫はピャチゴルスクに出かけていて明日の朝になるまで帰らない。うちの使用人や小間使も外出しているはず。みなにチケットを配っておいたから。公爵夫人のところの使用人たちにも。待っているわ。きっと来て」

『ははあ！』私は思った。『ようやく念願がかなったというわけか』

八時に手品を見に行った。客は九時近くなって勢ぞろいした。公演がはじまった。後列の席に、ヴェーラと公爵夫人の召使たち、小間使たちが確認できた。一人残らずそろっている。グルシニツキーは柄つき眼鏡を手に最前列に陣取っている。手品師は、ハンカチやら時計やら指輪やらが入り用なときには、かならずグルシニツキーに頼むのだった。

グルシニツキーは近頃は会釈すらしなくなっていたが、このときなぞはいやに厚かましく二度もじっとにらみつけてきた。いずれツケを払う羽目になったら、何もかも思い知るだろう。

十時近くなって、席を立ち外に出た。

あたりは暗く、文目《あやめ》も分かぬ闇だった。重く冷たい雨雲が四囲の山々の頂にかかっている。ただときおり、息も絶え絶えの風が、レストランのぐるりに並ぶポプラの梢をざわつかせるのみ。窓辺には人が群がり寄せている。山を下りて市門の方へと歩を転じ、足を速めた。ふと、つけられているような気がした。立ち止まって周囲をうかがう。闇の向こうは何ひとつ見分けられない。だが、念のため、散歩しているふうをよそおって家のまわりを迂回した。公爵令嬢の部屋の窓のそばを通るとき、またしても背後に足音がした。外套に身を包んだ男が、傍らを足早に歩き去っていく。胸騒ぎがした。それでも、私は階段口に忍び寄って、暗い段々を急ぎ足に駆けあがった。扉が開く。小さな手が私の手を握りしめた……。

「誰にも見られなかった？」ヴェーラがささやいた、からだをぎゅっと私に押しつけて。

「誰にも！」

「これでわたしが愛してるって信じられるわね？　ああ、ずっと、どうしたらいいかわからなかったし、悩んでいたの……でも、わたしはあなたの望むがまま」

ヴェーラの心臓は激しく脈打っていた。両の手は氷のように冷たい。嫉妬ゆえの難詰と不平不満がはじまった。——洗いざらい打ち明けるよう求めてくる。あなたの心変わりはじっと耐え忍ぶ、欲しいのはあなたの幸せだけだから、と言うのだ。そんなことをすっかり信じたわけではないが、誓ったり、約束したりして、ようやくなだめすかした。

「それじゃあなたはメリーとは結婚しないのね？　愛していないのね？　でもあの子はそう思っている……ねえ、あの子はあなたに夢中なのよ……かわいそうに！……」

……………………………………………………

夜中の二時頃、窓をあけて、ショールを二つ結び合わせると、上のバルコニーから下のバルコニーへと柱伝いに降りた。公爵令嬢の部屋にはまだ火が燃えている。何の気なしに窓に顔を押し当ててみた。カーテンはすっかり閉じられてはいなかったから、好奇の視線を部屋の奥にまで走らせることができた。メリーは、膝のうえに手を組みあわせた恰好でベッドに腰かけていた。ふさふさとした髪は、レースで縁取られたナイトキャップの下にまとめられ、大きな深紅のスカーフが白い肌の肩を覆っている。小さな足は目も綾なペルシア産の室内履きに隠れている。メリーは首を深く垂れ、身じろぎもせず座っていた。目の前の机には本が広げられていたが、彼女のまなざしは微動だにせず、言いようのない悲しみをたたえ、同じページのうえを何度となくさまようのだった。一方、彼女の思いはどこか遠くにある……。

このとき、何者かが茂みの向こうでさっと動いた。私はバルコニーから草地に飛びおりた。目には見えない手に肩をつかまれた。「ほほう」猛々しい声が言った。「尻尾《しっぽ》を出したな！　夜中にご令嬢のところに通うとは！……」

「ぜったいに逃がすな！」隅っこから飛び出してきた別の男が叫んだ。

グルシニツキーと竜騎兵大尉だった。

大尉の頭に一発お見舞いし、突き倒すと、茂みに飛びこんだ。家の真向かいになだらかに広がる庭は、小道という小道を知りつくしている。

「強盗だ！　誰かあ！……」二人は口々に叫んだ。小銃の射撃音がとどろいた。煙のくすぶる弾押さえ[24]が私のすぐ足元に落下した。

一分とかからぬ間に自分の部屋に戻り、服を脱いで横になった。従僕が錠を下ろしたちょうどそのとき、グルシニツキーと大尉が扉をたたきはじめた。

「ペチョーリン！　寝てるんですか？　いるんですか？……」大尉が叫んだ。

「就寝中ですよ」私は怒って答えた。

「起きてください──強盗が……チェルケス人が……」

「ちょっと洟《はな》が出るんです」私は答えた。「風邪をひくんじゃないかと思ってね」

二人は立ち去った。答えてなぞやらなければよかったのだ。そうしたら、あと一時間ばかりは庭で私を探しまわっていただろうに。その間にも騒ぎは大きくなっていた。

24　銃身の先から弾をこめる前装式の銃において、弾を固定するために詰める麻くずや紙くずのこと。

要塞からはコサック兵たちが駆けつけてきた。そろってちょこまかしはじめる。茂みという茂みを探って、チェルケス人の捜索にとりかかった。もちろん、影も形もありはしない。けれど、多くの人はかたく信じていたにちがいない。守備隊がもっと勇敢で機敏だったら、「取り押さえた蛮人の数、二十を下らず」[25]であっただろうと。

六月十六日

井戸端では朝っぱらからチェルケス人による夜襲のうわさでもちきりだった。鉱泉水を規定の分量だけ飲んでしまい、菩提樹の長い並木道をこれが十度目くらいに行きつ戻りつしていたら、ヴェーラの夫にでくわした。ピャチゴルスクから帰ったばかりのところだった。彼に腕をとられて、私たちは朝食をとりにレストランへと出かけた。彼は妻のことが心配で気もそぞろな様子だった。「あれは昨夜どんなに肝をつぶしたことか！」彼は言った。「よりによって、ちょうど私がいないときに、あんなことがあったんですから」私たちが朝食をとろうと腰を下ろした席は、隅の仕切られた部屋に通じる扉の近くで、その向こうには十人ほどの青年たちが集っており、グルシニツキーの姿も見えた。いかなるめぐりあわせか、またしても私は、この男の運命を決するような会話を、耳にすることになったのだ。彼には私が見えていなかった。だから、聞こえよがしに話しているとは思えなかった。もっとも、この点は、彼の悪行をいっそう際立たせたにすぎないが。

「しかし、あれは本当にチェルケス人なのか?」一人が言った。「誰か見た者はあるのかい?」

「はじめからすっかりお話ししよう」グルシニツキーが答えた。「ただし、他言は無用に願いたい。じつはこういうわけだったのだ。昨晩のこと、とある人物が──名前は伏せるが──俺のところにやって来て、十時近くに何者かがリゴフスカヤ公爵夫人の家に忍びこむのを見た、と言う。ついでながら、公爵夫人はここにいたが、令嬢の方は家にいた。俺はこの人物といっしょに、幸運な男を待ち伏せしようと、窓の下に出かけたのだ」

25　ペチョーリンはここで、お役所風の表現を皮肉に用いている。カフカス戦争に関する公的な通知において、先住民はしばしば「肉食動物、猛獣」を意味する言葉で呼ばれ、差別されていた。ここでは仮に「蛮人」と訳してある。

正直なところ私は気が気でなかった、相伴の人物は食べるのに一生懸命だったとはいえ。ヴェーラの夫は、万一グルシニツキーが事の真相を見抜いていた場合、不愉快きわまりないことを耳にしてしまうかもしれないのだ。だが、嫉妬に目のくらんだグルシニツキーには、疑念を抱く心の余裕などありはしなかった。

「いいかい」グルシニツキーは先をつづけた。「俺たちは、小銃を手にし、威嚇用に空包を装填して、出かけていった。二時になるまで庭で待ちつづけた。そしてついに——どこから出てきたのかははっきりしないが、窓からじゃない、窓は開かないままだったのだから。まあ大方、柱のかげにあるガラス戸から出たんだろう。で、ついにこの目で見たんだ、何者かがバルコニーを降りてくる……。なにが公爵令嬢だ！ なあ？ まったく、モスクワのご令嬢どもときたら！ こうなってみるといったい何が信じられる？ 俺たちは男をつかまえようとした、けれども、飛び出してきたかと思いきや、脱兎のごとく茂みに逃げこんでしまった。そこで茂みめがけて発砲したんだ」

グルシニツキーの周囲では不信の声がぶつぶつ湧き起こった。

「信じられないのか？」グルシニツキーはつづけた。「誓って、嘘いつわりじゃない。

全部まぎれもない真実だ。それが証拠に、男の名前をあげてもいい」

「言ってみろ、誰だ、誰なんだ！」方々から声が響きわたった。

「ペチョーリンだ」グルシニツキーは答えた。

この瞬間、グルシニツキーは顔を上げた。私は、扉のところに、彼と相対して立っていた。グルシニツキーはすっかり赤面してしまった。彼に近寄ると、ゆっくりと、そしてはっきりと言ってやった。

「残念だよ、私が顔を出したのが、君が誓いまで立てたあとだったことがね、誹謗中傷の類を証明すると称してね。はじめから私がいたら、いらぬ愚行をせずにすんだだろうに」

グルシニツキーは席からがばと身を起こすと、激高する構えをみせた。

「いますぐに」私は同じ調子でつづけた。「いますぐに前言を撤回してもらいたい。これが嘘八百だということは、君が先刻承知のはずだ。君のほれぼれするような男っぷりに女がつれないからといって、なにもこんなむちゃな復讐をするにはおよばないだろう。ちょっと頭を働かせてみたまえ。考えを変えないなら、高潔な人間を名乗る権利を失ううえに、命まで危険にさらすことになる」

グルシニツキーは激しく動揺し、目を伏せたまま、私の前に立ちつくしていた。だが、良心と自尊心の争いは長くはつづかなかった。そばに座っていた竜騎兵大尉が、彼を肘で突っついた。グルシニツキーはびくりとすると、視線をあげることなく口早に答えた。

「お言葉ですが、私が何か申し上げるとしたら、それはまさしくそう思っているからでしてね、なんだったらもう一度くり返したっていい……。あなたの脅しなぞ怖くないし、覚悟だってできている」

「最後の点については、そのようですね」私は冷ややかに答えると、大尉の腕を取り、部屋から連れ出した。

「なんの御用で？」

「君はグルシニツキーの友人だから、きっと介添人になってくれますね？」

大尉はものものしくうなずいた。

「おわかりでしょうが」彼は答えた。「グルシニツキーの介添人になるのは自分の義務でさえあります、彼に与えられた侮辱は、自分にとっても無縁ではないので。自分も昨晩はいっしょにいたのですから」大尉は猫背の体をしゃんとのばしながら、そう付け加えた。

「ほお！　あれは君だったんですか、私がぶざまにも頭にお見舞いしてしまったのは！……」

大尉の顔は黄色みを帯び、青みを帯びた。内なる憎悪がそこにあらわれていた。

「憚りながら、今日のうちにも君のところに私の介添人を差し向けます」私は、大尉の憤怒は気にもとめていないという態で慇懃に別れの挨拶をのべ、最後にそう言い足した。

レストランの玄関口でヴェーラの夫にぶつかった。どうやら私を待ち受けていたらしい。

彼は歓喜にも似た感情をあらわしながら私の腕をつかんだ。

「見上げたお人だ！」眼に涙を浮かべながら言った。「すっかり聞きました。ええい、いまいましい奴め！　見下げはてた奴だ！……こんなことがあったからには、まともな家の敷居はまたがせないぞ！　幸いにも、私には娘がおりませんがね！　しかし、あなたが命を捧げんとしているご令嬢は、きっとあなたに報いてくれるにちがいありませんよ。然るべきあいだは、私の慎み深さをあてにしてくださって結構です」彼はつづけた。「私だってかつては若かったのだし、軍務についていたのですから。こうしたことに首を突っこむべきでないことは承知していますよ。それでは」

あわれなものだ！　娘がいないことを喜んでいる……。

私はまっすぐヴェルネルのところに赴いた。在宅のところをつかまえ、洗いざらい話した——ヴェーラや公爵令嬢との関係も、偶然耳にした会話のことも、それによれば、連中のあいだで、空包を撃たせて私を愚弄しようというくわだてのあることも。だが、もはや事は冗談の範囲を超えている。よもやこんな大詰めを迎えようとは、連中も思っていなかっただろう。

ドクトルは介添人になることを承諾した。私は決闘の条件についていくつか指示を出した。可能な限り秘密裡に事が運ぶよう、手を尽くしてもらわなければならない。自分を死地に追いやるくらい、いつでも結構だが、とはいえ、今生における自分の未来を全部おじゃんにするのは御免こうむる。

この打ち合わせのあとで家に戻った。一時間後、ドクトルが任務を終えて帰ってきた。

「まちがいなくあなたに対する陰謀が仕組まれていますね」彼は言った。「グルシニツキーのところで、竜騎兵大尉と、名前はおぼえていないのですが、もう一人の男に会いましてね。玄関口でオーバーシューズを脱ぐのに手間取っていたら、ひどい騒ぎと言い争いで……。『ぜったいに同意できない！』グルシニツキーが言っているんですよ。『あいつは俺を公然と侮辱した――であるからには、事情はいまやすっかり変わったのだ……』大尉が答えて言うには、『お前になんの関係がある？　ぜんぶ俺にまかせておけ。俺は五回も決闘で介添人を務めたことがあるし、どう片付けるべきかも知り抜いているんだ。何もかも考えてある。頼むから、邪魔だけはしないでくれ。脅かしてやるくらいならなんでもないさ。それなのに、どうしてわざわざ自分を危険にさらす必要があるんだ、いくらも避けられるというのに？……』――話がここまで来たとき、僕は部屋に入りました。連中はぷつりと話を切ってしまいましたよ。われわれの交渉はかなりの時間つづきました。ようやく話がまとまりましてね。ここから五ヴェルスターほどのところに人里離れた谷間がある。連中は明日の朝四時にそこへ出発する。一方、僕らは半時遅れで出発します。撃ち合いは六歩の距離で――これはグルシニツキーが自分で要求したことです。負けて死んだ場合は――チェルケス人の仕業ということにする。さて、それではいったいどういう点が怪しいのか。連中は、つまり介添人たちは、きっと、以前の計画を少々変更したにちがいない。グルシニツキーのピストルだけには実弾をこめようとしているんです。こうなると殺人も同然といっていい。しかし、戦時ともなれば、ましてやアジアの戦争ともなれば、だまし討ちもゆるされてしまうんです。ただ一人グルシニツキーは、仲間たちに比べればまだ潔くみえましたが。どう思います？　こちらがお見通しであるということを、連中にわからせてやった方がいいのではありませんか？」

「そんな必要は皆無ですよ。ご安心を。連中のいいようにはさせませんから」

「どうするつもりです？」

「それは秘密です」

「いいですか、みすみすはめられないようにしてくださいよ……何しろ六歩の距離なんですから！」

「先生、明日の朝四時にお待ちしています。馬は用意しておきますから……。それでは―」

晩になるまで部屋に閉じこもってじっとしていた。従僕が公爵夫人からの呼び出しを伝えに来たが――病気だと言えと命じてやった。

………………………………………………………………………………

夜の二時。まだ起きている。明日手がふるえたりしないよう、眠った方がいい。とはいえ、六歩の距離では打ち損じることも難しいが。やあやあ、グルシニツキー殿よ！　貴公のたくらみはうまくはいくまいぞ……われわれの役柄は取り替わることになる。今度はこちらが、秘めた恐怖のしるしをお前の青ざめた顔に探り出す番だ。六歩という絶体絶命の距離を、どうして自分から指定したのだ？　私が、はいわかりましたと自分の額を差し出すとでも思ったのか？……ところがどっこい、われわれは籤《くじ》をひくんだ！……そして……きっと……しかし、天秤が彼の幸運の方に傾いたら？私の星がついに私を裏切ったら？……そうなってもおかしくはない。こんなにも長いこと、私の気まぐれに忠実に仕えてきたのだから。天上は、地上ほどに一途ではない。それがどうした？　死ぬときは死ぬのみ。この世にとっては大した損失じゃない。それに私自身、もう退屈しきっているのだ。自分は——舞踏会であくびを噛み殺している人間みたいなものだ。眠りに帰らないのは、たんに迎えの馬車が来ないからというにすぎない。だが馬車が来たら?——さよなら、だ!

過ぎ去った日々の記憶をつぶさに探ると、自問せずにはいられなくなる。何のために生きてきたのか? いかなる目的のもとに生まれたのか?……だが、おそらくは、目的はたしかに存在していたのだ、おそらくは、自分にも高遠なる使命があったにちがいないのだ。なぜって、自分の魂のうちに広大無辺な力を感じるのだから。けれども、使命が何なのかを悟ることはできなかったし、空虚で無益な情欲がまくエサに誘惑されどおしだった。情欲のるつぼから出てきた自分は、鉄のように剛毅で冷淡で、しかも、気高い志の炎と、人生の最良の彩りとを、永遠に失っていた。それからというもの、運命の諸手にとらわれて、幾度となく斧の刃の役割を演じてきたのだ! 処刑のための道具のごとく、私は定められた犠牲者たちの頭上に落下した、ときに憎悪もなく、つねに哀憐もなく……。私の愛は誰にも幸せをもたらさなかった。愛した者のために何の犠牲も払わなかったのだから。自分のために、自分個人の満足のために愛したのであって、女たちの感情と優しさと喜びと苦しみとを貪欲に呑みこみながら、心の奇怪な要求を満たしただけのことなのだ——しかも満ち足りるということを知らなかった。疲労困憊のうちに飢餓にさいなまれた者は、寝入ったとき、眼前に豪奢な料理の数々と泡立つワインとを見ることだろう。狂喜してむさぼり食らうのは、空想のはかない贈り物なのだが、それでも体は軽くなったような気がする……だが、目覚めれば夢は霧消してしまう……あとに残るのは、いやましに増した飢餓と絶望なのだ！

しかも自分は明日死ぬかもしれない、自分を心から理解してくれるような存在は地上には一切残らないかもしれない。ある者は私を実際よりも悪しく思いなし、また別のある者は実際よりも良く思いなす……。「いい奴だったな」と言う者もあれば、「畜生め！」と言う者もあるだろう……。いずれにしても偽りだ。とすれば、わざわざ生きるに値するだろうか？　それでも生きながらえているのは――ただ好奇心からでしかなく、何か新しいものはないかと待ちつづけているのだ……。ばかばかしい、くそいまいましい！

――

N要塞に来てから、もう一月半になる。マクシム・マクシームイチは狩りに出かけた。こちらは一人きり。窓辺に座っている。灰色の雲が山々をふもとまで覆い隠している。太陽は霧をすかして黄色いしみのようだ。寒い。風がうなり、鎧戸をゆらす。退屈だ。珍妙な事件に次ぐ事件のせいで中断していた日記を、再開してみようかという気になる。

　最後のページを読み返す。笑わせやがる！　死ぬんじゃないかと思っていたのだ。そんなことはありうるはずもなかった。自分はいまだ苦しみの杯を飲み干してはいないし、いまやもっと長く生きるんじゃないかと感じているくらいだ。

　過ぎ去った日々の何もかもが、ありありとまざまざと記憶によみがえる！　どんな細部も、どんな陰影も、時間には消し去ることができなかったのだ。

　いまも覚えている。決闘の前夜、結局あのあと一睡もできなかった。日記を書くことも長くはつづけられなかった。内なる秘められた不安にとらわれていたのだ。一時間ばかり部屋を行ったり来たりし、それから腰を下ろして、そばの机に置いてあったウォルター・スコット[26]の小説を開いた。『スコットランドの清教徒』。最初のページから無理やり読みはじめたが、やがて魔法のような作り事の世界に魅せられて読みふけった……。このスコットランドの吟遊詩人が、彼の本がもたらす心躍る瞬間のひとつひとつに対して、あの世で報いを受けないなんてことはあるまい？……

ようやく夜が明けた。私の神経は穏やかだった。鏡をのぞいてみる。顔は、昨夜の悩ましい不眠のあとをとどめて、どんよりとした青みを帯びていた。だが両の目は、黒ずんだ隈に縁どられてはいるものの、傲岸不遜にぎらぎらと輝いている。私は自分に満足した。

馬に鞍を置くよう命じると、服を着て、浴場へと駆け下りていった。冷めた鉱泉の湯に浸かっていると、肉体と精神の力がよみがえってくるのがわかる。爽快な気分で、気力もたっぷりに、それこそ舞踏会に行く支度でもしているみたいに、風呂から上がった。これでもまだ、魂は肉体に依存しないなどとのたまう者がいるのだろうか？……

帰ると、部屋にドクトルがいた。グレーの乗馬ズボンにカフカス風の短衣、チェル

26　スコットランド生まれの詩人、作家（一七七一―一八三二）。『ウェイヴァリー』や『アイヴァンホー』などの歴史小説を著し、ロマン主義の時代のヨーロッパで一世を風靡した。『スコットランドの清教徒』は、『墓守老人（*Old Mortality*）』（一八一六）のロシア語訳タイトル。スコットはロシアでも広く読まれていた。

ケス風の帽子を身に着けている。毛むくじゃらの巨大な帽子の下におさまった、ちんまりした姿を目にして、思わず吹き出してしまった。彼の顔立ちはおよそ勇ましいとはいえないが、このときは常よりもなおいっそう馬面になっていた。

「どうしてそんなに悲しそうなんです、先生?」私は言った。「無関心の極みというべき境地で、患者があの世に旅立つのを何度も見送ってきたんでしょう? 私が胆嚢熱にやられていると思ったらどうです! 治るかもしれないし、死ぬかもしれない。どちらにしても自然な成り行きですよ。未知の病に侵された患者でも眺めるように、眺めてみたらいいんです——そうすれば好奇心が最大限に刺激されるでしょう。私を相手に、いまや有意義な生理学的観察ができるんですから……。無理強いの死をただ待っているなんて、それだけで正真正銘の病気じゃありませんか?」

この考えはドクトルを驚かせたが、それでも彼は機嫌がよくなった。

私たちは馬上の人となり、ヴェルネルは両手で手綱にしがみついた。そして出発。村を越えて要塞のそばを瞬く間に走り抜け、谷間へ入った。道はうねうねと蛇行している。丈の高い草が繁茂して道の半ばをふさぎ、さざめく流れがひっきりなしに道を横切る。流れを渡るには浅瀬を選ばなければならなかったが、それがドクトルを絶望の底に陥れた。自分の馬が流れのなかでいちいち立ち往生したからだ。

こんなにも青々と澄みわたった朝はほかに思い出せないくらいだ！　太陽は緑に覆われた山頂からようやく顔を出し、その光の朝一番のぬくもりが絶えゆく夜の冷気とまじり合い、何やら甘い疼きを感覚のすべてに呼び覚ます。若々しい朝の浮かれた日差しは、谷間にはまだ届いていない。光は、私たちの頭上に左右から覆いかぶさる断崖絶壁のてっぺんをわずかに金色に染めるのみ。その深い裂け目に生い茂った鬱蒼たる叢《くさむら》は、風のかすかな吐息にも、銀色の雨をふりまくのだった。いまも覚えている――この瞬間、以前のいかなるときにもまして、自分は自然を愛していた。葡萄の幅広の葉のうえでふるえながら、虹色の光線を無限に映し出す露のひとつひとつを、どんなに熱心に愛でたことだろう！　私のまなざしは、はるかに煙る遠みを見極めようと、どんなに一途に求めたことだろう！　そのあたりで道はいっそう狭く、断崖はいっそう蒼《あお》く険しくなり、ついには見通すことのできない壁となって合流しているかに見えた。私たちは黙って進んだ。

「遺言状は書きましたか？」不意にヴェルネルがたずねてきた。

「いいえ」

「しかしもし撃たれたら？……」

「相続人たちがおのずと見つかるでしょうよ」

私は首をふった。

「本当に、別れの挨拶を送るような友人もいないのですか？……」

「本当に、形見に何か残してあげたいと思うような女性の一人もいないのですか？……」

「先生」私は答えた。「私が腹を打ち割ってみせることをお望みですか？……私はもう、今際《いまわ》の際に愛する人の名前を口にしたり、ポマードを塗っているか塗っていないかは知らないが、ともかく髪の一房を友人に遺したりするような歳じゃないんですよ。まもなく死ぬかもしれないと考えながら、自分ひとりのことだけを考えているんです。それさえしない人間だってなかにはいますからね。友人ねえ、翌日にはもう私のことを忘れているか、あるいはそれどころか、なんだか知らないが私のことで根も葉もない話を言い立てているんじゃないですか。それに女たちだって、ほかの男を抱きながら、死んだ男への嫉妬をかきたてないよう、私のことを嘲笑ったりするんでしょう。まっぴらごめんですね！　自分が人生の嵐から引き出したのは、もっぱらいくつかの思想だけで——人情なんかこれっぽっちもない。私はもう長いこと心ではなく頭で生きているんですよ。自分自身の情熱やふるまいを秤《はかり》にかけたり、分解したり。隙のない好奇心でもってね。ただし同情なぞはありませんが。私のなかには二人の人間がいましてね。一方はこの言葉の完全な意味で生きています。もう一方は思索にふけり、他方を裁いているんです。一人は、ひょっとすると、あと一時間もすれば先生ともこの世とも永遠におさらばしているかもしれない。それじゃもう一人の方は……もう一人は？……おっと、先生、ほら見えますか？　右手の崖に人影らしきものが三つ浮かんできましたよ。どうもわれわれの相手のようですね……」

私たちは跑足で馬を走らせた。

崖のたもとに茂った叢のところに三頭の馬がつないであった。私たちも同じところに馬をつなぐと、狭い小道を這いあがって開けた場所に出た。そこで待ち構えていたのは、グルシニツキーと竜騎兵大尉、それにもう一人の介添人だった。この男はイワン・イグナーチエヴィチと呼ばれていたが、姓の方は聞いたためしがなかった。

「ずいぶん待ちましたよ」竜騎兵大尉が皮肉な笑みを浮かべて言った。

私は時計を取り出し、見せてやった。

大尉は、自分の時計は進んでいると言って、詫びた。

数分の間、重苦しい沈黙がつづいた。ようやくドクトルがグルシニツキーの方を向いて沈黙を破った。

「私が思うに」ドクトルが言った。「お二人とも決闘の覚悟があることを示し、それによって名誉のおきてに関しては義務を果たしたのですから、話し合って、友好的に決着をつけてもよいのではないでしょうか」

「私はかまいませんよ」私は言った。

大尉はグルシニツキーに目配せした。グルシニツキーは、私が臆病風に吹かれているとでも思ったらしく、居丈高な表情を浮かべた。とはいえ、いまのいままで、その頬はどんよりとした青みを帯びていたのだが。私たちが到着してからはじめて、彼は私の方に目を向けた。だが、そのまなざしには、内心の葛藤を明かす不安げな色がたたえられていた。

「そちらの条件を言ってください」グルシニツキーは言った。「私が果たすべき条件を全部。ご心配なく……」

「私の条件は、君が公的に自分の中傷を取り下げること、そして私に謝罪すること……」

「お言葉ではありますがね、驚きましたよ、どうしたらそんな条件が提示できるんです？……」

「しかしこれ以外にどんな条件が提示できますかね？……」

「それでは撃ち合うほかありませんね」

　私は肩をすくめた。

「いいでしょう。ただしお忘れなく、われわれのうちどちらかは必ず死にますよ」

「それがあなたでありますように……」

「ところが私にはそうはならないという確信があるんですよ」

　グルシニツキーは狼狽し、赤面し、わざとらしく笑い飛ばしてみせた。

　大尉は彼の腕をとって脇に連れていった。二人は長いこと小声で話し合っていた。

　私はずいぶんと寛大な気分になっていたのだが、しだいに苛立ってきた。

　ドクトルがそばに来た。

「あのちょっと」彼は明らかに度を失っていた。「たくらみがあることをお忘れではないでしょうね？　僕はピストルの装塡の仕方など知りません、しかしこの場合は……。あなたも変わった人だ！　そちらの意図は先刻承知なんだと言ってやったらどうです？　そうすれば連中だってあえてしようとはしないでしょう……。物好きもいい加減にしてください！　小鳥みたいに狙い撃ちにされようとしているんですよ……」

「どうか落ち着いてください、先生、まあまあ……。万事うまくやりますから、奴らが一切得することのないようにね。ひそひそ話をさせておきましょう……」

「ちょっと失礼、いい加減退屈になってきましたよ！」私はグルシニツキーらに大声で言った。

「するならする、しないならしない。昨日のうちにいくらでも話し合う時間があったでしょうが……」

「準備はできました」大尉が答えた。「さあ位置について！……ヴェルネル先生、六歩の距離をはかってくれませんか……」

「位置について！」イワン・イグナーチエヴィチが甲高い声でくり返した。

「ちょっと待った！」私は言った。「もうひとつ条件があります。死を賭して決闘するのですから、秘密が保たれ、介添人方に責任がおよばないよう、できる限りのことをしなければならない。そうじゃありませんか？」

「まったくその通りです」

「それでは、こうしませんか。この切り立った崖のてっぺんに——右手です——狭い空き地があるのが見えますかね？　あそこから下まで高さは三十サージェンはある、それ以上ではないにしても。下はとがった岩だらけです。われわれは一人ずつ空き地の端っこに立つ。そうなると、かすり傷でさえ致命傷になります。これはきっと君の希望にもかなうことでしょう、自分で六歩の距離を指定したのですから。傷を負った者は、まちがいなく落下し、木端みじんになる。弾は先生が取り出す。そうすれば、この突然の死を、飛び移るのに失敗したせいとして説明できます。われわれは籤をひき、当たった方が最初に撃つ。最後にははっきり申し上げるが、これ以外の方法で決闘するつもりはありません」

「かまいませんよ！」大尉が、意味ありげにグルシニツキーの方をちらっと見てから言った。グルシニツキーは同意のしるしにうなずいた。彼の表情はひっきりなしに移り変わる。私はこの男を困難な立場に追いこんだのだ。通常の条件のもとで撃ち合うならば、足元を狙って簡単に傷を負わせることができるし、そうすることで、良心をそれほど痛めずに復讐心を満たすことができる。しかしいまや、空中に発砲するか、殺人者になるか、あるいは、ついに卑劣なたくらみを捨てて、私と一対一で危険にたえるか、しなければならないのだ。私なら、こんな立場に立つことなど御免こうむる。グルシニツキーは大尉を脇に連れていき、何やら熱心に話しはじめた。青ざめた唇がふるえているのが見える。けれども、大尉は軽蔑するように笑って突っぱねた。「馬鹿だな！——大尉は結構な大声でグルシニツキーに言った。——何もわかっちゃいない！　さあ行きましょう、みなさん！」

狭い小道は茂みのあいだをぬって険しい傾斜へとつづいていた。断崖のでこぼこがそのまま、自然が生んだこの段階《きざはし》の不安定な一段一段を形成しているのだった。叢につかまりながら、私たちはよじ登りはじめた。グルシニツキーが先頭を行き、そのあとを介添人たちがつづき、私とドクトルはしんがりだった。

「あなたには驚いた」ドクトルはそう言って私の腕をぎゅっとつかんだ。「脈をはかってみましょう！　ははあ！　熱がありますね……ところが顔色ひとつ変わっていない……ただし、目は普段よりもぎらぎらしていますね」

ふいに小石が音を立てて足元に転がり落ちてきた。何事？　グルシニツキーが足を取られてよろめいたのだ。ところが、あわててしがみついた枝はぽきっと折れ、もしも介添人たちが手を貸していなかったら、真っ逆さまに転落していたにちがいない。

「ご用心！」私は叫んだ。「はじまる前に落ちたら大変だ。これは悪い前兆ですな。カエサルを思い出してごらんなさい！」

やがて私たちは突き出た断崖のてっぺんにはい上がった。空き地は細かい砂礫で覆われており、まるで決闘のためにしつらえられたかのようだった。

あたりには、黄金色の朝靄《あさもや》に溶けこみつつ、山々の頂が、おびただしい家畜の群れのように、ところ狭しと林立していた。南にはエルブルス山が巨大な白い塊となってそびえ、鎖状に連なる凍てついた山々の頂を結びとめていた。山頂のあいだにはすでに、東の方から風に流されてきたすじ雲が飛び交っていた。私は空き地の際に近づいて、下をのぞきこんだ。あやうく目が回りかけた。下は暗くて寒そうで、まるで棺桶のよう。風雨に揺り落とされ、時の流れとともに落下した苔むした岩塊が、のこぎりの歯のように突き出して、獲物を待ちかまえていた。

これから決闘がなされる空き地は、ほぼ正確な三角形をなしていた。崖の突端《とっぱな》にあたる角から六歩の距離をはかり、決闘の条件を打ち合わせた。最初に相手の銃火に向かうことになった者は、角のどん詰まりのところに深淵を背にして立つ。首尾よく生きながらえた場合は、立つ位置を交換する。

私は何事もグルシニツキーの有利になるよう取り計らうことにした。彼を試してみたかったのだ。グルシニツキーの魂のうちに寛容の火花がぱっと燃え上がることがあったら、万事めでたしなのだろう。だが、自尊心と性格の弱さがどうせ勝ちを収めるに決まっている！……運命が私を救ってくれた暁には、この男を一切容赦しなくてすむ完璧な権利を手にしたかった。そうした条件で自分の良心と折り合いをつけるのは、誰にでもあることではないか？

「コインを投げてください、先生」大尉が言った。

ドクトルはポケットから銀貨を取り出し、放り投げた。

「裏！」グルシニツキーがあわてて叫んだ。友人につつかれて急に眠りから起こされたみたいに。

「表！」私も言った。

銀貨は宙を舞ってからチャリンと落ちた。全員が駆け寄った。

「君は幸運ですね」私はグルシニツキーに言った。「一番手ですよ！　けれど、お忘れなく。打ち損じたら、私は必ず仕留めますから！――神かけて」

グルシニツキーは顔を赤らめた。丸腰の人間を殺すのを恥じていたのだ。私はじっと様子をうかがった。一瞬、彼が足元にひれ伏して、ゆるしを請うのではないかと思った。だが、これほど卑劣なたくらみをどうやって白状するのか？……彼に残されている方法はたったひとつ――空に向かって撃つことだけだ。私には確信があった。グルシニツキーは必ずや空に向かって撃つ！　それを妨げるものがあるとすれば、私が決闘のやり直しを要求するかもしれないという考えのみだろう。

「時間ですね」ドクトルは私の袖をぐっと引き寄せてささやいた。「陰謀は先刻承知だと、いますぐ言ってください、さもないと取り返しがつかなくなる……。ほら、もう弾をこめている……あなたが言わないのなら、僕が自分で……」

「おやめください、先生！」私は彼の腕をつかんで答えた。「全部ご破算になってしまいますから。干渉しないと約束したじゃありませんか……。どうかおかまいなく。私は殺されたがっているのかもしれませんよ……」

ドクトルは呆気《あっけ》にとられて私を見た。

「おお！　それなら話は別だ！……ただ、あの世で僕を恨まないでくださいよ」

大尉はその間にもピストルに弾をこめ、一挺をグルシニツキーに渡し、何やら笑顔でささやいた。次いでもう一挺を私に手渡した。

私は空き地の突端に陣取り、岩を支えに左足を突っ張って心持ち前傾姿勢をとった。軽傷を負ったとき後ろに転げ落ちないようにするためだ。

グルシニツキーは私の真向かいに位置を占め、合図を機に銃口を上げはじめた。その膝はがくがくふるえていた。彼は私の額にまっすぐ狙いを定めた。

言葉にならない激しい怒りが胸のうちに燃え上がった。

ふいにグルシニツキーが銃口を下ろした。血の気の引いた蒼白な顔を介添人に向けた。

「だめだ、できない」彼はうつろな声で言った。

「この腰抜け！」大尉が言った。

銃声が響きわたった。弾丸は私の膝をかすり、傷を負わせた。崖っぷちから一刻も早く離れようと、思わず体が何歩か前に出た。

「ふん、兄弟、残念だったな、外れたよ」大尉が言った。「次はお前の番だ、位置につけ！　その前に俺を抱いてくれ、今生の別れかもしれないからな！」二人は抱擁を交わした。大尉はかろうじて笑いを押し殺していた。「怖がるなよ」いかにも下心ありそうな目でグルシニツキーを見つめてから、大尉はさらに言った。「この世はすべて空虚さ！……自然はあほんだら、運命は七面鳥、そして人生はじゃり銭だ！」

この悲劇的なセリフをその場に似つかわしいものものしい態度で口にしてから、大尉は自分の場所へと下がった。イワン・イグナーチエヴィチも目に涙を浮かべてグルシニツキーを抱擁した。いまやグルシニツキーは私の真向かいに一人残された。あれ以来自分に問い返している。あのとき、自分の胸にたぎっていた感情は何だったのか。侮辱された自尊心の怒りでもあり、軽蔑の念でもあり、頭をもたげてきた憎悪の念でもあった。何しろ、この男は、いまでこそ自信たっぷりにいやに落ち着きすまして私をにらみつけているが、たった二分前には、自分は絶対に安全という状況で、犬も同然に私を撃ち殺そうとしたのだ。実際、足に負った傷があと少しでもひどかったら、きっと崖から転落していたにちがいないのだから。

私はしばらくグルシニツキーをじっと見据えていた。後悔の色がわずかにでもあらわれていないかと探りながら。ところが、彼は笑みを押し殺しているように見えた。

そこで私は言った。「死ぬ前に神に祈りでも捧げたらどうです」

「私の魂などよりご自分のを気にしたらどうです。ひとつだけお願いがある。さっさと撃ってください」

「誹謗中傷は取り下げないのか？　私のゆるしは求めないのか？……少し考えたらどうです。良心は何も語らないのですかね？」

「ペチョーリン君！」竜騎兵大尉が叫んだ。「懺悔を聴くためにここにいるわけじゃないでしょう、僭越ながら指摘させていただきますがね……。とっとと終わらせましょう。誰か谷を通らないとも限らない——見られたらまずいことになる」

「結構です。先生、ちょっとこちらに来てくれませんか」

ドクトルがやってきた。かわいそうに！　十分前のグルシニツキーよりも青ざめていた。

私はわざと間を取りながら大きな声ではっきりと、死刑の宣告でも読みあげるみたいに、次の言葉を発した。

「先生、あちらの方々は、おそらく慌てていたからでしょうが、私のピストルに弾をこめるのをうっかり忘れたようです。もう一度先生の手で装塡してください——確実に！」

「ありえない！」大尉が叫んだ。「ありえない！　ピストルは二つとも装塡しました――きっと弾が転がり落ちたんだ……。こちらの責任じゃない！――そちらに弾をこめなおす権利はありませんぞ……いかなる権利も……完全な規則違反だ――認めません……」

「結構です」私は大尉に言った。「それなら君とも同じ条件で撃ち合うまでだ……」

大尉は動揺した。

グルシニツキーはうなだれたまま突っ立ち、決まり悪げに肩を落としていた。

「もうよせ！」とうとうグルシニツキーが大尉に言った。大尉はドクトルの手から私のピストルを奪い取ろうとしていた。「向こうの言い分が正しいことは、自分でもわかってるだろう」

大尉はあれやこれやと合図を送っていたが、すべて無駄だった。グルシニツキーは大尉を見ようともしなかった。

その間にもドクトルはピストルに弾を装塡し、私に手渡した。それを見ると、大尉はぺっと唾を吐いて、足をドンと踏みならした。「まったく馬鹿だな、お前は」彼は言った。「しょうもない馬鹿だ！……俺を頼った以上は、全部まかせておけばいいんだ……。自業自得だぞ！　くたばっちまえ、ハエみたいに……」大尉はくるりと向きを変えると、ぶつくさ言いながら離れていった。「そうは言ってもこれは完全な規則違反だ」

「グルシニツキー」私は言った。「まだ時間はある。中傷を取り下げろ、そうしたら全部水に流す。俺を愚弄しようとして君はしくじったのだし、俺の自尊心にとってはそれで十分だ——思い出してみろ、俺たちもかつては友人同士だったじゃないか」

グルシニツキーの顔がかっと赤くなり、両目はぎらぎらと光った。

「撃ちなさい」彼は答えた。「私は自分を軽蔑しているが、貴公のことは憎んでいる。貴公が私を殺さないのなら、夜に待ち伏せして切り殺す。この世にわれわれ二人分の場所はない……」

私は撃った。

煙が晴れたとき、空き地にグルシニツキーの姿はなかった。ほこりばかりが崖のへりに柱をなして薄く舞っていた。

みなが声をそろえてあっと叫んだ。

「喜劇は終わりぬ《フィニータ・ラ・コメディア》！」私はドクトルに言った。

ドクトルは何も言わず、ぎょっとした様子でそっぽを向いてしまった。

私は肩をすくめ、グルシニツキーの介添人たちに別れの挨拶をした。

小道を下りていく途中、断崖の裂け目からグルシニツキーの血まみれの死体が見えた。思わず目を閉じた。

馬の手綱をとき、並歩で帰途についた。胸に重石がのしかかっているような気分だった。太陽はどんよりとして見え、日差しのぬくもりは少しも感じられなかった。

村まで戻らずに、谷間を右に道をとった。人と会うのはやりきれない気がした。一人になりたかった。手綱はだらりとさせ、目を落としたままかなりの時間進んだ。ようやくわれに返ったとき、あたりはまったく見知らぬ場所だった。私はもと来た方に馬を向けて、道を探しはじめた。ようやくキスロヴォックに着いた頃には、日はすでに傾いており、馬はくたびれ果て、またがる自分もくたびれ果てていた。

召使が、不在のあいだにヴェルネルの来訪があったことを告げ、二通の手紙を差し出した。一通はヴェルネルから。もう一通は……ヴェーラからだ。

まずドクトルの手紙を開封した。以下のような中身だった。

「万事これ以上ないくらいうまく片づきました。運ばれてきた死体は損傷が激しく、弾は胸から抜いておきました。死因は不運な事故であると誰もが信じこんでいます。ただし、要塞司令官は、お二人の争いを知っているからか、首をふっています――しかし何も言いませんでした。あなたを不利にするいかなる証拠もありませんから、枕を高くして眠れますよ、眠れるものならば。それでは」

二通目の手紙は開封する決心がつかず長いあいだ逡巡していた……。何をわざわざ書いてよこす必要がある？……暗澹たる予感に心はざわめいた。

ここにその手紙を掲げる。一言一句が私の記憶に消し去りがたく刻みこまれている。

「もう二度と会うことはないというたしかな予感のもと、あなたに手紙を書いています。何年か前にも、あなたに別れを告げながら、同じことを思ったものでした。ところが天はわたしに二度目の試練を与えるのをよしとされたのです。わたしはこの試練をたえることができず、弱い心はふたたびなつかしい声に屈しました……そのことでわたしを軽蔑したりしないわね、そうでしょう？　この手紙は別れの言葉でもあり告白でもあります。あなたを愛してからというもの、わたしの心につもりつもったすべてを、ここに打ち明けなければなりません。あなたをとがめようというわけではないの――わたしに対するあなたのなさりようは、世の殿方と似たり寄ったりでしょうから。あなたが愛したのは、所有物としてのわたし、いれかわりたちかわり訪れる喜びや不安や悲しみの源泉としてのわたしです。それなしでは人生は退屈で平板ですから。はじめからわかっていました……。けれど、あなたは不幸せな人です、だからわたしは自分を犠牲にしたのです。いつかこの犠牲をたしかに受けとめてくれるだろう、いつかこの無条件の深いやさしさをわかってくれるだろうと願いながら。あれ以来多くの月日が流れました。あなたの魂の秘密にすみずみまで通じるようになりました……だから悟ったのです、それははかない願いであったと。つらくて悲しかった！　でも、わたしの愛はもはや魂と分かちがたく結ばれています。愛が翳《かげ》ることはあっても、消えることはないの。

もう二度と会うことはないでしょう。けれど安心してね。ほかの人を愛することはありませんから。わたしの魂はあなたのために、あらゆる秘蔵の品を捧げつくし、涙も希望も捧げつくしました。あなたを一度愛してしまったら、ほかの殿方のことは多少の軽蔑なしには見られません。あなたの方が優《まさ》っているからではないの。ちがいます！　あなたの天性には何か特別なもの、あなたにしかないもの、誇り高く謎めいたものがあります。あなたの声には、どんなことを話していても、屈服せずにはいられない力があります。あなたのほかには誰も、あんなにいつでも愛されていたいと願うことはできません。あなたの悪ほど魅力的な悪はほかになく、あれほどの至福を約束するまなざしもほかにありません、誰もあなたみたいに優越をほしいままにすることもできません——そして誰もあなたのように真の不幸を知ることもないのです。だって、まるであべこべのことをあんなに自分に納得させようとする人もほかにありませんから。

さて、突然の出立となったわけを説明しなければなりませんね。わたし一人に関わることですから、あなたにはたいした意味もないかもしれませんけれど。

今朝、夫が部屋に来てあなたとグルシニツキーの諍いについて話しました。わたしの様子が急に変わったらしく、夫は長いことじっとわたしを見つめていました。あなたが決闘する、わたしのせいだ、そう考えると気を失ってしまいそうでした。頭がどうにかなりそうでした……。でもいまは落ち着いて判断できるようになりましたから、あなたが必ず生きて帰ってくると信じています。あなたがわたしなしで死ぬことなどありえませんもの、絶対に！　夫はずっと部屋のなかを行ったり来たりしていました。何を話していたのかも、わたしがなんと答えたのかも、覚えていません……きっとしゃべってしまったのね、あなたを愛しているって……。覚えているのは、会話の終わりに、夫がひどい言葉でわたしを傷つけ、部屋を出ていってしまったことだけです。馬車に馬をつけるよう命じるのが聞こえました……。もうかれこれ三時間、窓辺に座って、あなたの帰りを待っています……。でもあなたは生きている、死ぬはずはないもの！……馬車の用意がととのったようです……。さようなら、さようなら……。わたしは破滅しました――でもそれがどうしたというのでしょう？……あとはただ信じることができたら。あなたはわたしをずっと忘れないでいてくれるって――ずっと愛していて、とは言いません――ただ忘れないでいてくれたら……。お別れね。誰か来るわ……手紙を隠さないと……。

メリーのことは愛していないのよね？　結婚しないのよね？――それくらいの犠牲は払ってもらわないと。わたしはあなたのためにこの世のすべてを失ったのですもの……」

私は狂ったように玄関に飛び出し、庭を散歩中のチェルケス馬に飛び乗り、ピャチゴルスクへの道を全速力で走らせた。くたびれた馬を容赦なく追い立てた。鼻息荒く汗にまみれた馬は石ころだらけのでこぼこ道を疾駆した。

太陽はすでに西の山際にかかる黒雲に隠れていた。谷間は暗くじめじめしていた。ポドクモク川は岩のあいだを抜けて鈍い単調なうなり声をあげていた。はやる気持ちに息を切らしながら、馬を駆り立てた。ピャチゴルスクで追いつくのはもう無理なのではないか、そう考えると心臓を鉄槌でガンと殴られるような気がした！――一分でいい、あと一分でいいからヴェーラに会って、別れを告げて、手を握りしめたい……。自分は祈った、呪った、泣いた、笑った……いや、どんな言葉もこの不安と絶望を言いあらわしはしない！……永遠に失うかもしれないといういまになって、ヴェーラはこの世の何にもまして大切な存在、命よりも名誉よりも幸福よりも大切な存在となったのだ。およそ正気の沙汰とは思えない奇っ怪な計画が頭のなかを次から次に駆けめぐった……。その間も、容赦なく馬に鞭をくれて飛ばしつづけた。ところが馬の鼻息がいっそう荒いことに気づいた。二回ほど、ごく平坦な道でよろめいた……。コサック村のエセントゥキまではまだ五ヴェルスターもある、そこでなら馬を替えられるのだが。

馬の力があと十分ともったら、万事めでたしだっただろう！　ところが、ちょっとした谷間を登る途中、山からちょうど抜け出るところ、急な曲がりとなっているあたりで、いきなり馬が地面にばったり倒れてしまった。私は即座に飛び降りて、馬を起こそうと手綱を引っ張った――無駄だった。かすかなうめき声が、食いしばった歯のすき間からもれた。しばらくして馬は息絶えた。私は荒野に一人残され、最後の望みも泡と消えた。歩いて先を行こうとも試みたが――足が言うことをきかなかった。昨夜の不眠と今日一日の不安にぼろぼろになった私は、露にぬれた叢にくずおれて、子どものように泣き出した。

そのまま長いこと身じろぎもせずに横たわり、苦い涙にかきくれた。涙や嗚咽《おえつ》を呑みこもうともしないで。胸が張り裂けるのではないかと思われた。日頃の自信も冷ややかな落ち着きも、雲散霧消してしまった。心はげんなりし、分別は失われ、この瞬間誰か私を見かける者があったら、見下すようにそっぽを向いてしまったにちがいない。

夜露と山風が、かっかしていた頭を冷やしてくれた。乱れた思考が普段の秩序を取り戻すと、私は滅び去った幸福を追いかけるのは無益であり愚行であると悟った。このうえ何が必要なのだ？――彼女に会うことか？――何のために？　私たちのあいだは何もかも終わってしまったのではないのか？　苦い別れの接吻ひとつで思い出が豊かになるわけでもあるまいし、むしろそのあとでいっそう離れがたくなるだけのことだろう。

もっとも、自分が泣けるということが快かった！　とはいえ、それもひょっとすると、調子の狂った神経や、昨夜まんじりともせず過ごしたことや、銃弾の前に立った二分間や、空っぽの胃のせいなのかもしれない。

結構結構！　この新しい苦しみは、軍隊式に言うならば、私のなかで幸先のよい牽制へと転じたのだ。泣くのは健康にもよい。それに、馬を乗り回したあげく、はるばる十五ヴェルスター歩いて帰る羽目にならなかったら、きっとその晩は一睡もできていなかったにちがいない。

私がキスロヴォツクに帰ったのは朝の五時で、ベッドに体を投げ出して、ワーテルローで敗れたナポレオンのごとき眠りをむさぼった。

目が覚めたとき、あたりはすでに暗かった。開いた窓のそばに腰かけ、アルハルク[27]のボタンをはずした。重苦しい夢の疲れが居座っていた胸に、山の風がさわやかに吹きつけた。遠く川向こうには、水面に影を投げる鬱蒼とした菩提樹の梢を透かして、要塞と家々の灯がちらちらしていた。あたりは静まりかえっていた。公爵夫人の家は灯がついていなかった。

ドクトルがやってきた。額にしわをよせて、平生とは異なり、手を差し出さなかった。

「どこから来たんです、先生」

「リゴフスカヤ公爵夫人のところからです。お嬢さんが病気でね——神経衰弱ですよ！　もっともそれを伝えに来たんじゃない。当局は事の真相を察しつつあります。完全に証明できるわけもないでしょうが、用心した方が身のためですね。先ほど公爵夫人に言われました。あなたが娘のために撃ち合ったのは知っていると。公爵夫人にしゃべったのは、ほら、あの老人ですよ——なんと言いましたっけ？——彼はレストランでの小競り合いを目撃していたんです。ここに寄ったのは忠告するためです。それでは、もう会えないかもしれませんね、あなたがどこかに飛ばされて……」

ドクトルは敷居のところで立ち止まった。私の手を握りたかったのだ……だからもし自分が少しでもその素振りを見せていたら、私に飛びついていたかもしれない。ところが私は岩のように落ち着きすまして立っていたので——彼も行ってしまった。

27　カフカス地方の民族が着用していた上衣。

これが人間なのだ！　みなそんなものだ。行為の悪しき面をあらかじめ知りながら、ほかにどうしようもないと見るや、手を貸し、助言し、励ましさえする——ところが事が済んだら手を引いて、責任の重みを雄々しくわが身に背負いこんだ人間から、憤《ふん》懣《まん》とともに顔をそむけるのだ。一人の例外もない。どんなに善良な、聡明な人間であっても！……

翌日の朝、上層部よりN要塞に赴任するよう指令を受け、私は別れを告げに公爵夫人宅を訪ねた。

何か大事なことで自分に話したいことはないかと訊かれて、私はご多幸を祈っています云々と答えた。公爵夫人は驚きを隠せなかった。

「でもわたしにはとても大事な件でお話ししたいことがありますの」

私は黙って腰を下ろした。

明らかに、どう切り出してよいのかわからないご様子。夫人の顔は赤黒くなり、ぼってりした指でテーブルをたたいていた。ようやく途切れがちの声でこう切り出した。

「よろしいでしょうか、ムッシュー・ペチョーリン、あなたは高潔な方でいらっしゃいますね」

私は一礼した。

「わたしはまちがっていないだろうと思っていますの」夫人はつづけた。「あなたのなさりようはなんだかわかりかねるようなところもあります。けれど、わたしの知らない理由がおありなのでしょうし、そのことを納得させてほしいと思っているのです。あなたは娘をいわれなき中傷から守ってくださいました。娘のために撃ち合って、命をじかに危険にさらして……。いいえ、何もおっしゃらないで。あなたがお認めにならないのはわかりますわ、だってグルシニツキーは亡くなったんですから（夫人は十字を切った）。神があの方をおゆるしになります――あなたのこともおゆるしになりますように！……決闘のことはわたしのあずかり知らぬことです……あなたをとがめだてするつもりもありません、娘は、後ろ指さされるようなことはなんにもありませんけれど、きっかけになったのですから。あの子が全部話してくれました……全部、あなたが愛を打ち明けなさったことも……あの子があなたに告白したことも！（そこで夫人は重々しくため息をついてみせた）でもあの子は具合が思わしくなく、これはたんなる風邪の類ではないと思いますの！　ひそかな悲しみがあの子を蝕んでいるのです。あの子は何も言いません、でもわたしにはわかります、病の原因はあなたにあると……。あの、わたしが官位だとか莫大な財産だとかを求めているとお思いかもしれませんけれど——そんなことはありません！　わたしが望んでいるのは娘の幸せばかりです。いまのあなたの状況はうらやましいものとはとても申せませんが、今後よくなっていくことでしょうし——あなたには財産もおありですし、娘に愛されております。娘は夫に幸せを授ける妻となるようにと育ててまいりました——わたしは資産家ですし、あの子は一人娘なのです……。あの、どうしてためらっていらっしゃるのでしょうか？……このようなことは洗いざらいお話しすべきではなかったかもしれませんけれど、あなたの心中や名誉を慮ってのことなのです——どうかお忘れにならないで、親一人子一人で……あの子は一人娘……」

夫人は泣き出した。

「公爵夫人」私は言った。「あなたにお答えすることはできません。お嬢さまとお話しすることをおゆるしいただきたいのです——二人だけで……」

「それはなりません！」動揺のあまり椅子から立ち上がって、公爵夫人は叫んだ。

「ご随意に」私はそう答えて、帰るそぶりをした。

夫人はしばし考えこみ、手ぶりで私を制止して引きとめると、部屋を出て行った。

五分ほど経過した。私の心臓は強く脈打っていたが、思考はいたって平静で、頭もすっきりしていた。かわいいメリーに対する愛の火の粉くらいはあるかもしれないと自分の胸を探ってみたが、無駄な骨折りだった。

そのとき扉が開いて、メリーが入ってきた。おお！　最後に会ってから、なんと変わったことか——それほど間があいたわけでもあるまい？　部屋の真ん中まで来るとよろめいた。私はさっと歩み寄り、手を貸して肘掛け椅子に座らせた。

私は真向かいに立った。二人とも長いあいだ黙っていた。彼女の大きな眼は、名状しがたい悲哀をたたえ、私のうちに何か希望のようなものは見出せないかと探っているらしかった。青ざめた唇はあえかに微笑もうとしていた。膝の上に置かれた華奢な手は、やつれ果てて、透けてみえるほどで、なんだかかわいそうになってしまった。

「公爵令嬢」私は言った。「ご存じでしょう、私があなたを笑い者にしていることは！……あなたは私を軽蔑しなくちゃいけませんよ」

彼女の頰には病的な紅斑が浮き出た。

私はさらにつづけた。「つまり、私を愛することなどできないはず……」

彼女はこちらに背を見せると、テーブルに肘をついて、両手で目を覆い隠した。涙がきらっと光ったようだった。

「ああ」彼女はわずかに聞き取れる声で言った。

どうにもいたたまれなくなってきた。あと一分とつづいていたら、足元にひれふしていたかもしれない。

「そういうわけですから、ご自分でも得心がいくでしょう」私は、できるだけ毅然とした調子を声に出し、わざとらしい笑みを浮かべて言った。「私はあなたと結婚できないのですよ。仮にいまは結婚を望まれているにしても、そのうちきっと後悔なさるでしょう。先ほどお母さまとお話しして、非礼を顧みず腹を割って話し合わなければと思ったのです。お母さまの思い違いが一時の気の迷いであればよいのですが。お母さまの目を覚ますのは、あなたにはたやすいことでしょう。私はいまこうして、あなたの眼前で、みじめで不愉快な役回りを演じているうえに、しかもそのことをみずから認めているんです。これがあなたのために私ができるすべてです。私に関してどんなに手ひどいお考えをもったとしても――甘んじて受けるつもりです。ほら、私はあなたに対してこんなにも卑しい。たとえ私を愛していたとしても、この瞬間から軽蔑なさるのではありませんか？……」

彼女はこちらを振り返った。顔は大理石のように青白く、ただ両目が異様にぎらぎらしていた。

「あなたを憎みます……」彼女は言った。

私は礼を述べ、慇懃にお辞儀をして立ち去った。一時間後、公用の急行馬車に運ばれて、私はまたたく間にキスロヴォックを離れた。

エセントゥキまで数ヴェルスターというところで、街道の近くにわが悍馬《かんば》の死骸を見つけた。鞍は取り払われていた――通りすがりのコサックが持ち去ったのだろう。鞍の置かれていた背中には、いまや二羽のカラスがとまっていた。――私はため息をついて目をそらした！……

そしていま、ここで、この退屈な要塞で、過去に思いをめぐらせながら、自分にちょくちょく問いかけているのである。なぜ私は、運命が切り開いてくれた道を進もうとしなかったのか。穏やかな喜びと心の平安が待っていたはずなのに……。いや！そのような天の配剤と折り合いがつくはずもない！私は、海賊船の甲板で生まれ育った水夫みたいなものだ。魂は、嵐や戦になじんでいるものだから、陸《おか》に放り出されると、退屈をもてあましてげんなりしてしまう。林の涼しい木陰に誘われようが、やわらかな日差しに照らされようが関係ない。朝から晩まで海岸沿いの砂浜をさまよい歩き、打ち寄せる波の単調なざわめきに耳をすまし、ぼんやりとした遠みをじっと見つめるのだ。灰色の雲と青い海を画す、ほの暗い水平線の彼方に、待ちに待った帆がちらりと見えやしないかと。はじめはカモメの翼と区別がつかない。だが、しだいに泡立つ波からくっきりと姿を現し、同じ速度を保って荒涼とした埠頭に近づいてくる……。

Ⅲ　運命論者

以前に一度、戦線の左翼にあるコサック村に二週間ほど滞在したことがあった。そこに歩兵の一個大隊が駐屯していたのだ。将校たちの宿所が持ち回りでたまり場となり、彼らは夜ごとトランプゲームに興じていた。

あるとき、ボストン[1]にも嫌気がさしたので、トランプをテーブルの下に放り投げて、S少佐を囲んで長時間居座ったことがあった。普段とはちがって、会話は興がつきなかった。議論の的となったのは、人間の運命は天に記されているとかいうイスラム教徒の言い伝えで、それはわれわれキリスト教徒のあいだでもかなりの信者を集めている。信じる者も信じない者も、各自の論拠となるような珍しいできごとを、あれやこ

1　トランプゲームの一種。

れやと物語っていた。

「しかし諸君、そんな話はどれもなんの証明にもならないよ」一人の老少佐が言った。「諸君のうち誰一人として実際に目撃したわけではないんだからな、ご自分の考えの証拠となるような妙な事件を……」

「そりゃそうですよ！」多くの声が響いた。「でも、僕らは信頼できる人から聞いたので……」

「ばからしい！」別の誰かが言った。「その信頼できる人とやらはどこにいるんだ？　われわれの死亡日時が書かれた名簿を見たという人間が？……それに本当に宿命があるとしたら、なんだって人間には意志や分別が与えられているんだ？　どうして自分のふるまいを釈明しなきゃならないんだ？」

このとき、部屋の隅に座っていた将校がやおら立ち上がり、ゆっくりとテーブルの方にやってくると、落ち着きはらった、ものものしい視線を一同に投げかけた。名前からもわかるように、この男はセルビア系だった。

ヴーリチ中尉の外見は、その性格と完璧に一致していた。すらりと伸びた背、浅黒い顔、漆黒の髪、こちらを見透かすような黒い瞳、大きくはあれ筋の通った鼻――これは彼の民族に特有のしるしだ――、消えることなく唇をさまよう悲しげで涼やかな微笑《ほほえ》み。これらの特徴がみな合わさって、一見して際立った存在とわかる外貌を彼に与えていた。運命の導きで同僚となった者たちとは、思想も情熱も分かち合えない存在であることを示すような。

ヴーリチは勇猛で、口数は少なく、しかし舌鋒は鋭かった。心の秘密や家庭の秘密を明かすこともなく、酒はまったくといっていいほど口にしなかったし、コサックの娘たち――その魅力は見た者にしかわからない――にちょっかいを出すようなことも一切なかった。とはいえ、とある大佐の奥方がヴーリチの訴えかけるようなまなざしにご執心らしいとか、そんなうわさもあったのだが、そのことをほのめかそうものなら、向きになって怒るのだった。

彼が隠そうとしない情熱がひとつだけあった。賭博への情熱である。緑色の卓を前にするとすっかりのぼせあがって、いつも負けてばかりいた。とはいえ、負けが込んだところで、ますます一徹になるのがおちだった。話に聞くところでは、あるときなぞ、遠征中の夜に、枕を卓がわりにバンク[2]の親をつとめ、しかもかなりついていたらしい。そこに突然銃声がとどろき、警報が鳴った。誰もかれも跳ね起きて、武器に飛びついた。「全賭けだ！」ヴーリチは腰を落ち着けたまま、熱に浮かされた賭け手たちの一人に叫んだ。「七だ」言われた男は、駆け出しながら答えた。蜂の巣をつついたような騒ぎをよそに、ヴーリチはカードを配った。七が出た。

ヴーリチが散兵線に姿を現したとき、あたりは激しい銃撃戦の真っ最中だった。ヴーリチは飛び交う弾丸もチェチェン人の軍刀ものかは、賭けに勝った幸運な男を探しまわった。

「七が出たぞ！」ようやく男を捜しあてたヴーリチは叫んだ。そこは散兵線のまっただなかで、兵士たちは敵軍を森から駆逐しはじめたところだった。ヴーリチはそばに寄るとやおら財布を取り出し、場違いな金銭のやり取りを相手がとがめるのも聞かずに、賭けの勝者に金を渡した。この面白くもない義務を済ましてしまうと、ヴーリチは前線へ飛び出し、兵士たちを引き連れて、戦闘が止むまでチェチェン人たちと平然と撃ち合ったのだった。

ヴーリチ中尉がこちらのテーブルにやってきたとき、何やら変わったことが持ち上がるにちがいないと踏んで、みなは押し黙った。

「みなさん」彼は言った（その声は平生よりは低かったけれど、おだやかだった）。

「みなさん、空理空論が何になります？　証拠がほしいと言うなら、ご自分で試してみたらいい。人間は自由意志で自分の人生を思うがままにできるのか、それともわれわれは誰しも運命の時があらかじめ定められているのか……。いかがです、どなたか？」

「冗談じゃない、ごめんだね！」方々から声が上がった。「アホか！　何を思いついたんだか！……」

「賭けをしませんか」私は冗談半分に言った。

「どんな？」

「断言します、宿命などありませんよ」私はそう言って、ポケットにあった有り金全部、しめて六十ルーブルをテーブルにぶちまけた。

「賭けましょう」ヴーリチはくぐもった声で答えた。「少佐、ジャッジになっていただきたいのですが。ここに四十五ルーブルあります。残りの十五ルーブルは、私に貸しがあるのですから、友情に免じて少佐が持っていただけませんか」

2　トランプゲームの一種。

「よろしい」少佐は答えた。「しかし、これは一体なんのまねだ……君たちはどうやってけりをつけるというんだ……」

ヴーリチは黙って少佐の寝室に行った。われわれも後につづいた。ヴーリチは武器の類がかかった壁に向かうと、さまざまな口径のピストルのなかから、でたらめにひとつ選んで鋲からはずした。何をたくらんでいるのか、まだわからなかった。ところが、ヴーリチが撃鉄を起こし、火皿に火薬をつめると、一同はあっと声を上げ、彼の腕をおさえた。

「何をする気だ？　おい、頭がおかしくなったのか！」みな口々に叫んだ。

「みなさん」ヴーリチは腕をほどきながらゆっくりと言った。「誰か私にかわって六十ルーブル払えますか？」

一同は黙りこんで引き下がった。

ヴーリチは別の部屋に行き、テーブルに向かって腰を下ろした。一同も後につづいた。彼は手招いてわれわれを車座に座らせた。みな黙って従った。この瞬間、ヴーリチはわれわれに対して得体のしれない神秘的な力をふるうようになったのだ。私はその目をじっとうかがった。けれども、こちらの探るような視線を、ヴーリチは、静かな、落ち着きはらったまなざしで受けとめるばかりだった。青ざめた唇に微笑が浮かんだ。だが、泰然自若とした態度とは裏腹に、蒼白の顔には死のしるしがあらわれているように見えた。私の観察するところでは――多くの古参の軍人たちがそれを裏づけてくれたのだが――数時間後に死すべき人間の顔には、逃れられない運命の奇妙な刻印のようなものがしばしばあらわれるもので、慣れた目には容易に見て取れるほどなのだ。

「君はもうすぐ死にますよ」私はヴーリチに言った。彼はさっとこちらに向き直ると、静かにゆっくりと答えた。

「そうかもしれない、そうでないかもしれない……」

そう言うと、少佐の方を向いて、ピストルに弾《たま》がこめられているかどうか問いただした。少佐は狼狽のあまり記憶もおぼつかなかった。

「いい加減にしろ、ヴーリチ！」誰かが叫んだ。「弾はこめられているはずだ、寝室の枕元にかかっていたのなら……冗談も休み休みにしてくれ！」

「どうせくだらないいたずらさ」別の男がつづけて言った。

「五ルーブル出すなら五十ルーブル賭けてやるぞ。弾はこめられていない！」第三の男が叫んだ。

新しい賭けの話がまとまった。

私は事の運びのくだくだしさにうんざりしてしまった。

「ちょっといいですかね」私は言った。「撃つのか、それともピストルを元の場所に戻すのか、どっちかにしてさっさと寝ませんか」

「どっちもこっちもない」多くの声が上がった。「寝るとしようよ」

「みなさん、どうかその場を離れないでください」ヴーリチは銃口を額に突きあてながら言った。一同、石と化したようにかたまってしまった。

「ペチョーリンくん」ヴーリチはさらに言った。「カードを一枚取って、放り投げてもらえませんか」

いまでも覚えている、私はテーブルからハートのエースを取って、中空に抛《ほう》った。誰もが息をつめ、恐怖とぼんやりした好奇心のようなものを目に浮かべ、ピストルから運命のエースへ、エースからピストルへと視線をめぐらせた。それは、宙を舞いながら、ゆっくりと落ちてきた。カードがテーブルに触れたそのとき、ヴーリチは引き金を引いた……不発！

「よかった」方々から声が上がった。「弾は入っていなかったんだ……」

「たしかめてみなければ」ヴーリチが言った。彼は撃鉄をふたたび起こすと、窓際に吊るされた軍帽をねらった――発射音が響きわたり、煙が部屋に充満した！ 煙が晴れ、軍帽が取りはずされた。ど真ん中を貫通して、弾は壁に深くめりこんでいた。

数分のあいだ、誰も一言も発しなかった。ヴーリチは落ち着きすまして私が置いた六十ルーブルの金を財布にしまっていた。

一発目が不発だった原因をめぐってさまざまな意見が交わされた。ある者は火皿がつまっていたにちがいないと言い張った。別の者たちがひそひそ声で言うには、最初火薬はしけていて、あとでヴーリチが新しいのをつめ直したのだという。だが、私はその推測が不当なものだとしてゆずらなかった。自分は片時たりともピストルから目を離さなかったのだから。

「君は賭け運に恵まれていますね」私はヴーリチに言った。

「生まれてはじめてですよ」彼は得意げに微笑みながら答えた。「バンクやシュトス[3]

3 トランプゲームの一種。

よりも面白いですね」

「そのかわり少々危険がすぎますがね」

「どうです、これで宿命を信じるようになったでしょう？」

「信じます……しかし、そうなるとよくわかりませんね、君がもうすぐ死ぬはずだと思えたのは、なぜなのか……」

つい先刻自分の額を平然とねらってのけたこの男は、これを聞くとにわかに顔を赤らめて、うろたえた。

「まあもう十分でしょう」ヴーリチはそう言って腰を上げた。「われわれの賭けは終わったんです、いまとなってはそうしたご指摘は場違いかと思いますが……」彼は帽子を取って出て行ってしまった。これは何やら奇妙なことに思われた――そして、それも理由のないことではなかったのだ！……

まもなく解散して、みな帰途についた。ヴーリチの奇矯なふるまいについてあれこれ意見を交わし合い、おそらくは声をそろえて私をエゴイスト呼ばわりしていたにちがいない。自分を撃とうという人間と賭けの勝負をしたという理由で。まるで、私がいなかったら、ヴーリチはこの恰好の機会を見逃していたはずだとでもいうように！……

私は、人気ない村の裏道を選んで家路についた。火事のときの空の赤らみにも似た赤い満月が、家々がかたちづくるのこぎり状の地平から、ようやく顔をのぞかせていた。星々は蒼《あお》く暗い天穹《てんきゅう》におだやかにまたたいている。ふと思い出したことがあって、私はなんだかおかしくなってしまった。往年の賢者たちは、一片の土地やら架空の権利やらをめぐる地上のつまらない諍いに、天体が一枚かんでいるものと考えていたのだ！……それがどうだ？　天穹のともし火は、賢者たちの考えでは、彼らの争いや勝利を照らすために点火されたにすぎないというのに、昔日の輝きのままにいまも燃えている。ところが、賢者たちの情熱や希望は、気ままな旅人が森のはずれで焚いた火のように、彼らといっしょにとうの昔に消え果ててしまったのだ。しかし、そうはいっても、彼らにどれほどの意志の力がさずけられたことだろうか！　無数の住人を住まわせる天空が、声はなくとも揺るぎない関心をもって自分たちを見守っているのだという確信のおかげで……。一方、不肖の子孫であるわれわれは、信念もなく、自尊心もなく、愉楽もなく、恐怖もなく――逃れられない最期という考えに心臓をわしづかみにされる、本能的な怖れのほかには――、地上をさすらいさまよいながら、人類の幸福のためにも、それどころか己の幸せのためにさえ、大いなる犠牲を払うことができないでいるのだ。なぜなら、幸せのありえないことを知っているのだから。先人が迷信から迷信へと飛び移ったように、懐疑から懐疑へと惰性の移動をくり返し、しかも先人とはちがって、われわれには希望もなく、他人や運命との闘いにあってつねに魂が味わうような、あの漠然とした、とはいえたしかな愉楽の感覚さえもない。

ほかにも似たような考えが次々に私の脳裏をよぎった。それらをとくに引きとめておくこともしなかった。何やら抽象的な思考にふけるなど、願い下げだ。それにそんなことをして何になる?……ごく若い頃、私は夢想家だった。休まることを知らない貪欲な空想がくりひろげる、暗鬱な情景や、虹色に輝く情景を、かわるがわる愛《め》でることを好んだものだ。しかし、それで何が残ったのか? まぼろしと闘う夜が終わったあとの疲労感、悔恨にみちたおぼろげな回想、それだけ。この益体《やくたい》もない格闘のなかで、現実の生活に欠かすことのできない、魂の熱さと意志の固さとをすりへらしてしまったのだ。私がこの人生に踏み出したのは、人生を頭のなかで経験しつくしたあとのことで、だからすっかり退屈でやりきれなくなってしまった。とっくの昔に知っている本の、くそ面白くもない模倣を読んでいる人間のように。

この夜のできごとの印象は私の心に深く刻まれ、神経をいら立たせていた。いまこのときも宿命を信じているかというと、どうもはっきりとしない。だが、あの日の晩は心底信じていたのだ。証拠は驚くほどあざやかだった。ご先祖のことやお節介な占星術のことを笑ったばかりとはいえ、私自身いつの間にか同じ轍を踏んでいたのである。しかし、この危うい軌跡をたどる途中、私は絶妙の瞬間に歩をとめた。何ごとも全否定はしないこと、そして何ごともやみくもに信じないことを原則とする私は、形而上学はうっちゃって、足元に目を向けてみたのだ。こうした用心はじつに時宜にかなっていた。何しろ、ぶくぶくしてやわらかく、とはいえ見たところ生き物ではなさそうなものにぶつかって、あやうく転ぶところだったのだから。かがんで顔を近づけてみる――月の光はその頃にはこうこうと道を照らしていた――これはいったい？　目の前にあったのは、刀で真っ二つにされた豚だった……。目をこらすだけの間もなく、ふいに足音が聞こえた。二人のコサックが横道から駆けつけてくる。一人が私の方に近寄ると、酔っぱらったコサックを見なかったかと訊《き》いてきた。豚を追いかけていったのだという。コサックには会わなかったと答えつつ、私はそのすさまじい獰猛さの犠牲となったあわれな存在に注意を向けさせた。

「なんて野郎だ！」もう一人のコサックが言った。「チヒーリ[4]をくらうと、外に出て、行き当たりばったりなんでもぶった切っちまう。捜しにいくぞ、エレメイチ、縄でもかけなきゃとんでもないことに……」

二人は行ってしまい、私は用心しいしい家路をたどった。そしてようやく無事に部屋に帰り着いた。

私はとあるコサックの老下士官のところで暮らしていた。人の好いところが気に入っていたし、ましてや、きれいな娘のナースチャがいるとあってはなおさらだった。ナースチャは毛皮のコートを羽織って、いつものようにくぐり戸のところで待っていた。月の光が、夜寒に青ざめたかわいらしい唇を照らしていた。私を認めると、にっこり微笑んだ——ところが私の方はナースチャどころではない。「おやすみ、ナースチャ」私はそう声をかけて、そのまま通り過ぎた。ナースチャは何か言いたげだったが、ため息をこぼしただけだった。

私は後ろ手に部屋の戸をしめると、ろうそくを灯し、ベッドに身を投げ出した。だが、このときばかりは平生よりも夢の訪れは遅かった。東がほのかに青みを帯びるようになった頃、ようやく眠りについたのだが、この夜私は熱睡できないものと、どうも天に記されていたらしい。朝の四時、部屋の窓をゴンゴンとたたく者があった。私は跳ね起きた。何事だ？……「起きろ、服を着るんだ！」数人の声が呼ばわった。すぐに着替えて外に出る。「おい、知ってるか？」私を呼びにきた三人の将校が声をひとつに言った。いずれも死んだように青ざめている。

「なんだ？」

「ヴーリチが殺された」

私は棒立ちになった。

「そうだ、やられたんだ」三人は言い足した。「すぐに行くぞ」

「行くってどこへ？」

「歩きながら教える」

私たちは出かけた。三人は事件のあらましを話してくれた。死ぬ半時間前に不可避の死を免れさせた摩訶不思議《まかふしぎ》な宿命について、あれやこれやと意見をさしはさみながら。ヴーリチはひとり暗い通りを歩いていた。そこでばったり出会ったのが、豚を

4　カフカス地方で飲まれる自家製のワイン。

ぶった切った酔いどれコサックで、ヴーリチがふいに立ちどまって声をかけたりしなければ、おそらくは気づかずに通り過ぎていたにちがいないのだ。「おや、誰を捜しているんだ？」——「あんただよ！」コサックはそう答えると、軍刀で切りかかり、肩からほとんど心臓に達するまでかっさばいた……。私が出会った二人のコサックは、この人殺しを追跡中にちょうどその場に行き合わせ、深手を負った男を助け起こしたのだが、彼はすでに虫の息で、たった一言口にしたのみだった。「あいつの言ったとおりだ！」この言葉の暗い意味を理解したのは私だけだった。それは私に向けられていた。この男の哀しい運命を私は期せずして予言してしまったのだ。直感は私を裏切らず、自分はヴーリチの顔色の変化に迫りくる死のしるしをたしかに読み取っていたのである。

　殺人犯は村のはずれにある空き家の小屋にたてこもった。私たちはそこに向かっていた。大勢の女たちが泣き声をあげながら、やはりそちらの方に走っていた。ときおり、遅参のコサックが道に飛び出してきて、短刀《キンジャル》をあたふたと腰に差しながら、駆け足で私たちを追いこしていく。上を下への大騒ぎだった。

　ついに到着。小屋は扉と鎧戸《よろいど》を内から閉ざしており、まわりには、見れば、雲霞《うんか》のごとく人が集まっている。将校とコサックは熱っぽく議論を交わしている。女たちは、しゃべり立てたりむせび泣いたりと喧《かまびす》しい。人だかりのなかでぱっと目についたのは、ある老婆の犯しがたいような表情で、そこには狂おしいほどの絶望があらわれていた。老婆は、丸太のふといのに腰を下ろし、膝に肘をついて両手で頭を抱えていた。それは殺人者の母親だった。唇がときどきかすかにふるえている。ささやいていたのは祈りなのか、それとも呪いなのか？

ともかくも何かしら手を打って、罪人をひっとらえなければならなかった。ところが、勇を鼓してわれさきに踏みこんでやろうという者は一人もない。私は、窓に身を寄せて鎧戸の割れ目からなかをのぞいてみた。蒼白の男が床に身を横たえ、右手にピストルを握りしめている。血に染まった刀がすぐ横にころがっていた。ぎらつく目は絶えずぎょろぎょろと動いている。ときおり、びくっと身震いして、昨夜の記憶をぼんやりとたどろうとでもするように頭を抱えこんだ。その不安げなまなざしに決然としたところは見られなかったので、少佐に進言した。ぐずぐずせずに扉を打ち破って踏みこむようコサックに命ずるべきだ、こちらが有利ないまのうちに決行した方がいい、男が正気づいてからでは遅い、と。

このときコサックの老大尉が扉に近づき、男の名を呼んだ。反応があった。

「お前は罪を犯したんだ、エフィムイチ」大尉が言った。「だからもう観念して、おとなしく出てこい」

「いやだ」男が答えた。

「神さまをおそれるんだ、お前は罰当たりなチェチェン人じゃなくて、心正しいキリスト教徒なんだから。魔がさしたんだよ、どうしようもないさ。自分の運命は逃れられないもんだ」

「いやだあ！」男は雄叫びをあげた。カチッと撃鉄を起こす音が聞こえた。

「なあ、おふくろさん」大尉は老婆に声をかけた。「息子に言ってやってくれよ。あんたの言うことなら聞くかもしれん……こんなんじゃ神さまもお怒りになる。ほら見てみい、だんな方だってかれこれ二時間も待ちぼうけだ」

老婆は大尉をじっと見つめると、首を横にふった。

「ワシーリー・ペトローヴィチ」大尉は少佐に近づいて言った。「あいつは決して折れませんよ、あいつのことはよくわかるんです。しかし、扉をたたきこわすとなると、こちらにもたくさん死人が出る。射殺を命じた方がよいのではありませんか？　鎧戸には大きな割れ目もあります」

　このとき、奇妙な考えが頭に浮かんだ。ヴーリチみたいに、運命をためしてみようと思ったのだ。

「お待ちください」私は少佐に言った。「生け捕りにしてみせましょう」

　大尉には男と会話をつづけるように命じ、扉のところに三名のコサックを配置して、合図がありしだい蹴破って救援にくるよう手はずを整えておいてから、私は小屋を迂回して、運命の窓へと近づいた。心臓が激しく脈打っていた。

「おい罰当たりめ！」大尉が叫んだ。「俺たちを笑ってるんだろ、えっ？　それとも俺たちの手には負えないとたかをくくってるのか？」大尉はありったけの力をこめて扉をたたきはじめた。私は割れ目に顔を押しあてて、男の動きを目で追った。よもやこちら側から襲撃されることはあるまいと思っているらしい。その瞬間、鎧戸をぶち破って頭から窓に飛びこんだ。銃声がすぐ耳元でとどろき、弾丸が肩章をひきちぎる。だが、部屋に充満する煙のせいで、相手はすぐそばにある刀を探しあてるのに手間取った。私は男の腕を押さえつけた。そこにコサックが乱入した。罪人が縛られて護衛つきで連れていかれるまで、ものの三分とかからなかった。群衆は散っていった。

将校たちは私を祝福した――実際、祝福に値するだけのことはある！

こうしたことがあってみると、運命論者にならずにはいられないのではないか？しかし、自分が果たして何か信じているのか否か、はっきりわかる者があるだろうか？……それに、感覚のめくらましだとか知恵のしくじりだとかを、人は何度となく信じきってしまうではないか！……

私は何ごとも疑ってかかるのが好きだ。知性のこうした傾向は、性格の果断さを損なわない――それどころか、自分について言うならば、何が待ち受けているかわからないようなときこそ、いっそう奮い立って前進するのがつねだ。死よりも悪いことは何も起こらないのだし――死は免れえないものなのだから！

要塞に帰ったのち、私の身に起こったことやこの目で見たことをマクシム・マクシームイチに逐一話して聞かせた。宿命について思うところを聞いてみたかったのだ。マクシム・マクシームイチは最初この言葉の意味がわからなかったのだが、懇切に説明してやると、頭をものものしくふりながら、こう言った。

「まったくです！　もちろんですとも！　なんとも不思議な事件ですな！　そうはいっても、アジア製の撃鉄というやつは発火しないことがままあるんですよ、油のさし方が雑だとね、もしくは指でしっかり押さえるのが足りないと。正直、チェルケス人の小銃はやっぱり好きになれませんよ。なぜだかわたしらにはしっくりこないので——銃尾は小さいし、どうも鼻をやけどするんじゃないかと思ってね……。そのかわり奴らの刀は——これはもう天下一品です！……」

それからしばし考えこんで、こう付け加えた。

「まあ、かわいそうに……。夜中に酔っぱらいなんぞに話しかけるなんて！……けれど、生まれたときからそうなる運命だと記されていたんでしょうね……」

それ以上マクシム・マクシームイチからは何も聞き出せなかった。そもそも彼は、形而上学的な議論などはなから好まないのだ。

解説

高橋 知之

ロシアの批評家ベリンスキー（一八一一―四八）は、『現代の英雄』を一通り論じたあとで、このように書き添えている。「小説の最初に現れるときと同じく、ペチョーリンは不完全で不可解な存在のまま私たちの目から姿を隠している」。この感想がなおさら興味深いのは、それまでの彼自身の見方と必ずしも折り合わないからだ。ベリンスキーは、ペチョーリンという謎が次第に解き明かされていく物語として作品を捉え、その過程を順にたどることで、「現代の英雄」に「来たるべき時代の英雄」の萌芽を読みこんだ。彼の批評は、以降のペチョーリン解釈の羅針盤となるものだった。そのことを踏まえると、冒頭の引用はベリンスキーが図らずも漏らした本音とも見える。「猛れるベリンスキー」との異名を持つ猪突猛進型の批評家にしても、ペチョーリンには少々手に余るところがあったのかもしれない。自身の抽出した像に収まらない余剰がいくらもあることを、鋭敏なベリンスキーはおそらく悟っていたのだ。

ことほどさように、ペチョーリンは大いなる謎であり、誕生以来、私たち読者を惹きつけてやまないブラックボックスである。その深みを照らすべく、以下、いくつかの観点から作品を分析していこう。

1　「レールモントフ」というヒーロー

「あのレールモントフが書いた」という事実は、作品の受容に大きく関わっている。同時代のロシアにおいて、彼自身が一個の英雄であり主人公であったからだ。レールモントフはいかにして時代のヒーローとなったのだろうか。

プーシキンとレールモントフ

ミハイル・ユーリエヴィチ・レールモントフは一八一四年モスクワに生まれた。早熟のレールモントフは十三歳にして詩を書きはじめ、ライフワークとなった物語詩『悪魔』の執筆に手を染めたのは十五歳のときだった。しかし、彼の文名を一挙に高めたのは、一八三七年のあるできごとだった。このとき彼は二十二歳。決闘による非業の死まで、残された時間はわずかに四年と半年しかない。この短い年月のうちに、彼の圧倒的な名声は確立されていくことになる。

一八三七年一月、プーシキンの決闘による死を伝え聞いたレールモントフは、「詩人の死」と題する詩を義憤とともに書きつけた。筆写されたその原稿はまたたく間に社交界を席捲し、レールモントフは一躍時の人となった。『スペードのクイーン／ベールキン物語』『大尉の娘』などの作品で、本文庫でもおなじみのプーシキン（一七九九―一八三七）は、妻に言い寄る青年ダンテスに決闘を申し込み、銃弾に斃《たお》れた。ダンテスの肩をもつ社交界に対し、レールモントフは五十六行の呪詛を叩きつける。翌月、さらに十六行が書き足された。それはいっそう過激なもので、ニコライ一世治下の体制に対する憤怒にみちていた。事態を重く見たニコライ一世は、レールモントフを逮捕し、カフカスの前線部隊に「転属」させたのだった。

この詩が巻き起こした波瀾を理解するためには、「デカブリストの乱」以降の革命的潮流を押さえておく必要がある。

一八一二年、敗走するナポレオン軍を追いつめてパリに入城した青年将校たちは、ロシア史上かつてない武勲に酔いしれたのも束の間、先進的なパリの文化に触れて自国の後進性を悟った。この「西欧の衝撃」を受けて君主専制や農奴制への批判的意識が醸成され、青年将校たちは秘密結社を結成し、共和制や立憲君主制を目指す運動を起こした。そして、一八二五年十二月、アレクサンドル一世急死の空隙を突いてついに蜂起するが、準備不足を露呈してたちまち鎮圧されてしまう。反乱の起こった十二月（ロシア語でデカーブリ）にちなんで、青年革命家たちは「デカブリスト」と呼ばれるようになる。新皇帝ニコライ一世は、デカブリストのうち五人を死刑に処し、百二十一人をシベリア流刑等の罰に処した。

デカブリストの乱の挫折後、革命的機運は停滞するが、彼らの志はひそかに受け継がれてもいた。処罰された青年たちと近しい関係にあったプーシキンも、その系譜に連なる大きな存在だった。乱の前夜に書かれた詩「アンドレ・シェニエ」（一八二五）や直後に書かれた詩「預言者」（一八二六）などでは、叛逆的なテーマが凄絶に表現されている。その詩人の死に際し、怒りを詩に昇華させたレールモントフは、心情を同じくする青年たちにとってはプーシキンの衣鉢《いはつ》を継ぐ新しいヒーローとなり、逆に体制側の人間にとっては目の上のたん瘤となったのだった。レールモントフはその後も、決闘事件を起こして再度カフカスに「転属」させられている。当局の忌諱に触れたレールモントフが、真の意味でカフカスから帰還することはついになく、やがてその地で終焉を迎えることになる。

レールモントフとカフカス

「転属」先となったカフカスは、レールモントフにとって第二の故郷というべき思い出深い土地だった。彼は幼い頃、祖母に連れられて三度この地を訪れている。三度目の滞在時には初恋の体験もあった。カフカスは、モスクワやペテルブルクの貴族たちにとってはエキゾチックな旅行先であり、ペチョーリンも滞在したピャチゴルスク近郊は保養地としてにぎわっていた。『現代の英雄』で、語り手の「私」やペチョーリンは、この地方の風景を熱っぽく描写しているが、それは、都会の人々がこの地に求め見出した壮大なイメージの表れでもある。画才に恵まれたレールモントフ自身、カフカスの風景画や山岳民の肖像画を数多く残している。

レールモントフの郷愁をさそった土地は、一方で苛烈な戦場でもあった。だからこそ、この地への「転属」は実質的な流刑を意味した。ロシアは十八世紀後半よりカフカスへの進出を開始し、一八一七年以降は山岳民との戦争が常態化する。ロシア軍の侵攻の指揮を執ったのは、マクシム・マクシームイチがなつかしげに名前を口にしているエルモーロフ将軍だった。「野蛮な山岳民を教化する」というロシア側の一方的なイデオロギーは、マクシム・マクシームイチやペチョーリンの言葉の端々に透けて見える。山岳民に対する差別意識を、マクシム・マクシームイチは隠そうともしていない。当時、ロシアではカフカスを舞台とするロマンティックな小説が流行したが、その典型的な主題となったのは、キリスト教徒のロシア軍人と異教徒の山岳民との恋愛だった。ペチョーリンとベラの物語は、「保護」と「教化」を軸とするそうしたロマンスのパロディーともいうべきもので、その点にロシア帝国主義に対するレールモントフの批判的なまなざしを読み取る研究もある（なお、ロシア文学におけるカフカス表象については、当文庫のトルストイ『コサック』に付された乗松亨平の解説に詳しい）。

カフカスでのレールモントフは勇猛な軍人であったと伝えられているが、文学への情熱は高じるばかりで、退役の希望はますます募っていった。しかし、ニコライ一世がそれを認めることはなく、一八四一年、休暇で首都に帰ったレールモントフを三度目のカフカス行きに急がせた。戦線の任地に向かう途中、レールモントフはピャチゴルスクに立ち寄り、旧友のマルトゥイノフに再会する。グルシニツキーを地で行くようなこの人物に、レールモントフは得意の毒舌を見舞い、それを侮辱に感じた彼はかつての友に決闘を申し込んだ。決闘はマシュク山のふもとで行われた。まるで『現代の英雄』をなぞるかのような事件だったが、小説とは異なり、死んだのは主人公の方だった。敬愛するプーシキンと同じく、レールモントフもまた銃弾に斃れたのである。

波瀾に富んだレールモントフの人生は、それ自体が一個の芸術のようで、彼の残した詩や小説と容易に重ね合わせることができる。芸術と人生の近しさが、レールモントフのカリスマ性をいっそう強めたといっていい。同時代の読者は、「レールモントフ」というヒーロー像に照らして彼の作品を読んだのであり、『現代の英雄』も例外ではない。

とはいえ、いまとなってはもちろん、それもひとつの読み方でしかない。同時代的なヒーローとしての「レールモントフ」は、作品に関わる重要な要素ではあるが、二十一世紀に生きるわれわれ読者がその点に拘泥する必要もない。レールモントフは何より先に一個の野心的な作家であったからだ。次は、視線を転じて、この作品のフィクションとしての面白さをさまざまな角度から検討してみよう。

2　『現代の英雄』はいかに書かれているのか

成立の経緯

『現代の英雄』は七つのテクストから成っている。「前書き」「ベラ」「マクシム・マクシームイチ」「(ペチョーリンの手記への) 前置き」「タマーニ」「公爵令嬢メリー」「運命論者」の七つである。もともと、「ベラ」「運命論者」「タマーニ」の三つは、一八三九年から四〇年にかけて、雑誌『祖国雑記』に別々に掲載された。それらが同じ長篇小説の一部を成すとは読者は知る由もなかったし、当のレールモントフも初めから長篇を構想していたわけではなかったらしい。「マクシム・マクシームイチ」と「公爵令嬢メリー」を加え、一個の長篇にまとめようという考えが、いつから萌したのかも定かではない。いずれにせよ、その計画が『現代の英雄』となるまでには、多少の曲折があった。二部構成というプランは早い段階からあったものの、後半部の「ペチョーリンの手記」に含まれていたのは、当初は「公爵令嬢メリー」のみだった。

やがて、そこに「運命論者」が加えられるが、その位置は、現在の「タマーニ」が置かれている箇所だった。その後、「タマーニ」と「前置き」が加えられ、ようやく『現代の英雄』が誕生する。初版は一八四〇年に刊行され、さらに翌四一年、批判に応えて「前書き」を新たに書き足した第二版が刊行された。

『現代の英雄』は連作形式の長篇小説で、主要素をなす五つの短篇小説は、紀行文・冒険小説・社交界小説など、さまざまなジャンル的特性を有し、語り手も異なるうえに、時系列によることなく配されている。この錯雑とした構成は、もちろん作品の核をなすといっていい。ただし、『現代の英雄』が書かれた一八三〇年代のロシアにおいて、こうした連作形式は決して珍しい例ではなかった。当時は長篇小説《ロマン》の勃興期にあたり、「いかに長篇小説を書くか」という困難な問いに向き合うなかで、作家たちは連作という形式に活路を見出していったのである。断片的な構成は、長篇小説が当たり前となった現代の読者の目には、かえって前衛的に映るかもしれないが、実のところは黎明期ならではの産物とも考えられる。そうはいっても、この構成に何かしら意味を求めたくなるのが読者心というもので、実際、『現代の英雄』にはそうした欲求に応えるだけの仕掛けが施されている。構成の複雑さは、一体どのような効果をあげているのだろうか？

二つの時間

『現代の英雄』には少なくとも二つの時間が存在する。主人公ペチョーリンの時間と、全体の語り手・編集者たる「私」の時間である。後者の観点から見れば、作品には一貫した時間が流れている。「私」は旅の途上でマクシム・マクシームイチと出会い、ペチョーリンに関する話を聞き、さらには当のペチョーリンに出くわし、マクシム・マクシームイチから彼の手記を入手し、ペチョーリン死去の報せを耳にしてそれを公にする。私たち読者は、「私」とともに漸次《ぜんじ》ペチョーリンに接近していくことになる。

一方、小説の進行は、ペチョーリンの人生の時系列にはまったく依拠しない。作家ウラジーミル・ナボコフは、自身が翻訳した英訳版の前書きで、ペチョーリンの人生を以下のように再構成している（語り手の「私」が「ペチョーリンの手記」を公刊する年を、現実の時間と重ね合わせ、そこから逆算して時間を推定している）。

1 一八三〇年頃、カフカスに向かう途上タマーニに投宿し、密売人たちを相手にひと騒動起こす（「タマーニ」）。

2　一八三二年、ピャチゴルスクとキスロヴォックに逗留し、公爵令嬢メリーをめぐる「恋の鞘当て」から、グルシニツキーとの決闘事件を起こす（「公爵令嬢メリー」）。

3　同じ年の六月、決闘が当局の知るところとなり、処分を受けてN要塞に送られる。マクシム・マクシームイチと知り合う（「公爵令嬢メリー」「ベラ」）。

4　この間、戦線左翼のコサック村に二週間滞在する。ヴーリチ殺害事件が起こり、立てこもる犯人を生け捕りにする（「運命論者」）。

5　現地の領主の娘ベラをかどわかす。一八三三年の九月頃ベラ死去。十二月頃、E連隊に配属となり、要塞を去る（「ベラ」）。

6　それから四、五年経ち、おそらくは一八三七年の秋、ペルシアに向かう途次、ウラジカフカスでマクシム・マクシームイチと再会する（「マクシム・マクシームイチ」）。

7　一八三八年、もしくは三九年、ペルシアからの帰途に死ぬ（「前置き」）。

時系列に即してこのようにまとめられるペチョーリンの人生は、小説のなかでは、語り手の「私」の時間に沿って5↓6↓7↓1↓2↓3↓4という流れで提示される。

二つの時間が交錯することで、どのような効果が生じるのだろうか。さまざまな考えがありうるだろうが、ひとつは、「自己形成」「成長」といった時間の捉え方を無効にし、ペチョーリンの人生の「停滞」を際立たせることだろう。どの時点のペチョーリンを取り出したところで大差はなく、ペチョーリンの時間はそもそも断片的なのだ。「教養小説」的な時間の対極にあるといってもいい。教養小説とは、同時代のヨーロッパで長篇小説の主流をなしたジャンルで、歴史的・社会的な背景のもとに青年の「自己形成」「変化」「成長」を描くものだが、同じ未成熟な青年であっても、ペチョーリンには変化も発展もない。

これに関連して興味深いのは、ペチョーリンの死が彼の物語を締めくくる結末であるどころか、一エピソードですらないということだ。それは「ペルシアからの帰途に死んだらしい」という伝聞で触れられるのみである。死因は不明だが、ナボコフは興味深い読みを示唆している。ペチョーリンの死は、幼い頃に告げられた「悪妻ゆえに命を落とす（二五四頁）」という占いの成就だというのだ。ナボコフはそれ以上敷衍してはおらず、あとは読者の想像に完全にゆだねられているが、ひとつ推測できるのは、ペチョーリンは自らの死を占いの成就とみなしたにちがいない、ということだ。

なぜなら、作中でしばしば運命に言及していることからもわかるように、ペチョーリンは多分に運命論にとりつかれているからである。おそらく、彼はペルシアでも懲りずに恋愛事件を起こし、ベラのときと同じく結婚同然の同棲生活を送ったのだろう。そして、その生活のなかで病を得るか、深手を負うかして、ペテルブルクへの帰途についた。彼の死が客観的に見て「悪妻」によるものかどうかはわからない。しかし、少なくともペチョーリン自身は運命の成就と思いなしたにちがいない。最後の期待をかけた旅にも裏切られ、ひとつ所をぐるぐると回りつづけた人生。死にゆくペチョーリンの目に、己の人生はそのように映ったことだろう。

語りの視点

『現代の英雄』には三人の語り手が存在し、主人公について物語る（厳密には「前書き」の語り手も含めて四人だが、ここでは除外しておこう）。マクシム・マクシームイチは要塞でのペチョーリンの「冒険」と「恋愛」を物語る。ペチョーリンの外見を詳細に描写するのは「私」の役目だ。一方、当の本人は手記というかたちで自らについて告白する。

前述したように、批評家ベリンスキーは、マクシム・マクシームイチと「私」の目を通して提示されたペチョーリンという謎が、彼自身の語りによってしだいに解き明かされていく、という過程を見出した。ベリンスキー以降の批評家たちも、おおむねペチョーリンの語りに重きを置いてきたといっていい。しかし、ペチョーリンがペチョーリンについて一番よく知っているかというと、決してそんなこともない。三人の語り手のあいだにヒエラルキーがあるわけではなく、三人はそれぞれにペチョーリンの何事かを明らかにしているし、あるいはひょっとすると隠しているのかもしれない。

少なくとも、特権的に扱われがちなペチョーリンという語り手は、ほかの二人の語り手が存在することで格下げされることになる。たとえば、マクシム・マクシームイチとペチョーリンは価値観も世界観も異なる人間であり、両者が見るペチョーリン像は当然ながら一致しない。マクシム・マクシームイチはペチョーリンについてこう述べる。

じつに好青年でした、まちがいなく。ただ、少々変わっていましたね。たとえば、雨の日や寒い日に一日中狩りに出て、みんな凍えてぐったりしているのに、ところがこの男だけはなんともない。そうかと思えば、部屋のなかにひきこもって、ちょっと風が吹いただけで、風邪を引いたなどと言い立てる。鎧戸《よろいど》ががたがた言うと、ぶるぶるふるえ出して、血の気が引いてくるんです。(二六頁)

マクシム・マクシームイチの目に、ペチョーリンは、勇敢で頑健でもあり、小心で神経質でもある奇人と映っている。しかし、「ペチョーリンの手記」のなかのペチョーリンを知っている人間からすれば、これはまったく違う姿に見えるのではないか。ペチョーリンは己のうちにひきこもって、過去のできごとを憤怒や悔恨とともに思い返しているのだ、と。

ペチョーリンの内省的なポーズも、マクシム・マクシームイチにはまったく通用しない。マクシム・マクシームイチの素朴なまなざしは、その語りに滑稽味を添えるとともに、後のペチョーリンの叙述を相対化する役割を担ってもいるのである。

ペチョーリンは信頼できるか

作品全体の語り手「私」は、「ペチョーリンの手記」を紹介するにあたって、次のように述べている。

彼の手記を読み返してみて確信した。自らの弱点や欠陥をここまで仮借なくさらけ出せる人間は、誠実である。人間の魂の来歴は、たとえどんなに卑小な魂であっても、民族全体の歴史よりも興味深く有益でさえあるのではないか。ましてや、成熟した知性が自分自身を観察した結果であり、しかも、同情されたいとか、あっと言わせたいとか、そういった虚栄心の欲求なしに書かれているとくればなおさらだ。(一一五頁)

語り手はペチョーリンの手記を、「虚栄心」を免れた「誠実な告白」と見ている。そのような読み方はもちろん可能であり、実際、ベリンスキー以降のロシアの批評家たちは、ペチョーリンが自らさらけ出す「弱点や欠陥」に、ニコライ一世治下の抑圧的状況に置かれた知識人の苦悩を読み取ってきた。一方で、このコメントを額面通りに受け取る必要もないわけで、告白としての誠実さに疑問符を付すことも同じく可能だ。たとえば、「公爵令嬢メリー」で、ペチョーリンが決闘事件の発端となる舞踏会に出かける場面を見てみよう。

私は足取りも重く歩いた。悲しい気分だった。私は思った。自分がこの世で果たす唯一の使命は、他人の望みを打ちくだくことでしかないのか？　生活し行動するようになってからというもの、運命はどういうわけか決まって他人の劇の終幕に私を導きいれるのだった。［……］自分は第五幕になくてはならない存在なのだ。［……］（二二六―二二七頁）

この箇所にツッコミを入れたくなった読者もいるのではないだろうか。「どの口が言うんだ、自分でグルシニツキーをはめておいて、運命のせいにするなんて」と。ペチョーリンの手記には、意地悪く読もうと思えばいくらでもそう読める箇所が、いたるところにある。

要するにペチョーリンは、誠実さと狡猾さ、鋭敏さと鈍感さをあわせもった人間臭い人間ということに落ち着くのだろう。読者は彼の手記を切ない苦悩の記録として読むこともできるし、疑いをさしはさみながら読むこともできる。それもまた作品の懐の深さであり、つまりはレールモントフの周到な言語表現の賜物である。実際、レールモントフはペチョーリンにさまざまな文体で語らせている。素っ気ない日記体もあれば、流麗な自然描写もあり、芝居がかった詠嘆調もある。ペチョーリンは「誠実な告白者」にとどまることなく、作家を気取ったり、俳優のように演じたり、無自覚に自己を正当化したりしているのだ。

3 ペチョーリンは何者か

それでは、主人公ペチョーリンについて具体的に分析してみよう。キーワードとなるのは五つ、「自意識」「叛逆」「演技」「退屈」「賭博」である。

自意識

『現代の英雄』は、ロシア文学史上はじめて「自意識」の問題を提起した作品といっていい。『現代の英雄』を通じて発見された自意識は、ドストエフスキー（一八二一―八一）をはじめとする作家たちに受け継がれていくことになる。「公爵令嬢メリー」で、グルシニツキーとの決闘に赴く道中、ペチョーリンは介添人のヴェルネルにこう告白する。

私はもう長いこと心ではなく頭で生きているんですよ。自分自身の情熱やふるまいを秤《はかり》にかけたり、分解したり。隙のない好奇心でもってね。ただし同情なぞはありませんが。私のなかには二人の人間がいましてね。一方はこの言葉の完全な意味で生きています。もう一方は思索にふけり、他方を裁いているんです。（二七七頁）

この言葉に時代の本質的な問題を嗅ぎ取ったのが、ベリンスキーである。評論『『現代の英雄』論』（一八四〇）で、ベリンスキーはペチョーリンが具現している問題に「反省」という用語を与え、「現代の病」として一般化した。「反省」という概念はドイツ観念論から借り受けたものだが、ベリンスキーは哲学にはとくに深入りしない。彼によれば、「反省」とは次のような意味だ。

この言葉を語源の意味で、あるいは哲学的な意味で解釈するつもりはない。手短に言えば、反省の状態にあるとき、人間は二つに分裂する。一方は生きている。もう一方は他方を観察し、裁いている。

ベリンスキーは、先に引用したペチョーリンのセリフをほとんどそのままに借用しているが、「分裂する」という言葉を補い、「思索する」を「観察する」に替えている。ここに、ベリンスキーの観点が顕著にあらわれている。ベリンスキーはペチョーリンのうちに「自己が自己を観察する」という自意識の問題を読み取り、それを「自己の分裂」として捉えたのだ。ベリンスキーにとって「反省」とは、感情や行動の自発性を損ない、無為・倦怠・無関心などの症状をもたらすものだった。

ベリンスキーにとって、「反省」は個人の問題であると同時に、ロシアの歴史の問題でもあった。ベリンスキーは同時代のロシアに「反省の時代」という診断を下している。そのきっかけはピョートル大帝が推し進めた欧化政策にあった。自然状態から強制的に離脱させられたことで、ロシア社会はロシアでもヨーロッパでもない、どっちつかずの状態に置かれることになった。ベリンスキーがペチョーリンに見出したのは、いわば「外発的開化」にともなう自意識の問題であり、それはもちろん、夏目漱石をはじめとする近代日本の作家たちとも無縁ではない。実際、たとえば小林秀雄は、ドストエフスキーの『未成年』について、「〔……〕描かれた青年が、西洋の影響で頭が混乱して、知的な焦燥のうちに完全に故郷を見失っているという点で、私たちに酷似しているのを見て、他人事ではない気がした」と感想をもらしている（「故郷を失った文学」）。『現代の英雄』は、日露に共通する自意識の問題の端緒に位置しているのである。

ベリンスキーの解釈に従うならば、ペチョーリンは「反省の時代のヒーロー」といえる。一方で、ベリンスキーはペチョーリンを過渡的な形象とみなし、彼のうちに新しい時代の萌芽を読み取った。ペチョーリンはいたずらに「反省」に耽るばかりではなく、「反省」のなかで必死に出口を探し求めている。それがベリンスキーの見方である。デカブリスト以降の革命的系譜に連なるベリンスキーにとって、目指すべきモデルは西欧近代にある。「反省の時代」を超えて革命的道程を進んでいくこと。具体的には、農奴制をはじめとする専制政治の悪しき問題を克服していくこと。そうした希求を体現する主人公こそ、ペチョーリンにほかならない。ペチョーリンは「抑圧された叛逆者」「行動できない革命家」であると同時に、「来たるべき時代のヒーロー」の先駆けでもあるのだ。

叛逆

「叛逆者」「革命家」というペチョーリンの相貌は、実際、テクストのなかに暗示されている。構想のごく最初の段階で、レールモントフは『世紀初頭の英雄たちの一人』という題名を予定していた。このタイトルは、いうまでもなく、一八二五年に蜂起したデカブリストたちを連想させる。この案は結果として立ち消えになったとはいえ、ペチョーリンと革命的コンテクストとの関わりは作品のなかになお見出せる。この点については、ロシアの文芸学者ボリス・エイヘンバウムが、草稿分析に基づいて興味深い指摘をしているので、概要を紹介しよう。

ペチョーリンの来歴にはかなりの空白が残されている。たとえば、彼がピャチゴルスクを訪れた経緯はついに明かされないままで、曖昧にほのめかされるのみだ。「公爵令嬢メリー」の五月十三日の記述で、ヴェルネルはペチョーリンにこう述べる。「どうも、あなたのやらかしたことはあちらではかなり騒ぎになったみたいで！（一六六頁）」これは表向きは社交界でのスキャンダルを指しているように読めるが、政治的な含意を汲むこともできる。ペチョーリンはデカブリスト以降の革命的潮流に連なる人物であり、当局の忌諱に触れてカフカスに配流されたのではないか。レールモントフ自身の経歴をよく知っていた当時の読者にとっては、それはむしろ自然な推測であっただろう。こうした含意は、草稿の段階ではより強く打ち出されていた。一例をあげてみよう。「ペチョーリンの手記」に寄せた「前置き」で、語り手は「個人名はすべて変えてあるが、とはいえ、日記で言及されている人物が読めば、きっと自分のことだとわかるにちがいない（一一五—一一六頁）」と記している。ところが、草稿の段階では、名前を変えたと断り書きが入るのは主人公についてのみで、その理由はペチョーリンの本当の名前が「よく知られているから」というものだった。なぜ知られているのか。そして、なぜ変名にしなければならないのか。それは、ペチョーリンの真の名前が、当局の顔色をうかがわずには口に出せないものであったからにほかならない。

さらに、草稿の段階では、「公爵令嬢メリー」の五月十一日の記述の最後に、次のような一節が添えられていた。

とはいえ、いまや自信をもって言えるが、機会を見つけ次第、彼女はたずねるにちがいないのだ。私が何者なのか、なぜここカフカスにいるのか。きっと恐るべき決闘事件の話が返ってくるだろう。とりわけその原因のこと。ここでも多少は知られているけれど。そうなると……まさにグルシニツキーを歯嚙みさせる、とっておきの手段を手に入れるというものだ！

ここでは、ペチョーリンの過去に、世間の口の端《は》に上るような「決闘事件」があり、とりわけその原因が特殊なものであったことが暗示されている。事件の真相は藪の中だが、決闘が明るみに出れば当事者は処分を免れられない。ペチョーリンは、レールモントフと同じくカフカスに「転属」処分になったものと考えられる。官憲の側から見れば、この一件がペチョーリンを追放する恰好の口実となったことは、想像に難くない。

これらのディテールは、おそらくは検閲を意識して削除・変更されたと思われるが、埋められることのない過去の空白に、当時の読者は「叛逆」の匂いを容易に嗅ぎつけたはずだ。作品全体の語り手の「私」は、「前置き」でこのように断っている。自分が公表するのは分厚いノートの一部にすぎず、残りの部分は「看過できない様々な理由(一一六頁)」により公開を見合わせる、と。「看過できない様々な理由」のひとつが検閲であることはまちがいない。掲載されなかったノートの存在は、掲載されなかったがゆえに、ペチョーリンの来歴をほのめかすのである。

演技

ペチョーリンには「役者」という顔もある。それは何もペチョーリンに限った話ではない。とりわけ「公爵令嬢メリー」において、登場人物はみなそれぞれに役者である。社交界という場では、演技のためのコンテクストが共有されており、人はときに役者になり、ときに観客になりながら、互いにコミュニケーションをとっている。

たとえば、グルシニツキーを見てみよう。「彼の目標は小説の主人公《ヒーロー》になることだ(一四九頁)」。グルシニツキーは、士官候補生という身分ながら、厚ぼったい兵隊外套を誇らしげにまとい、決闘事件を起こして一兵卒に降格されたかのようにふるまう。グルシニツキーの演技の背景にあるのは、バイロニズムの隆盛にほかならない。イギリスの詩人バイロン（一七八八—一八二四）は、ナポレオンと双璧をなす、十九世紀前半を代表する英雄だった。バイロンは、詩と実人生、その双方を駆使して「バイロン」という主人公を創造した。鬱屈とした情熱、放蕩無頼の生活、ロンドン社交界からの追放と放浪、ギリシア独立戦争への参加、彼の地での戦病死……。バイロンの短くも烈しい人生は、数多《あまた》の模倣者を生んだ。グルシニツキーもまたその一人だったのである。

公爵令嬢メリーは、グルシニツキーの演技を彼の期待する通りに受け取る。それは、「バイロンも英語で読む（一六七頁）」メリーが、バイロニズムというコンテクストを共有しているからにほかならない。一方で、こうしたコンテクストが共有されない場合、演技の受け渡しはうまくいかない。だからこそ、ペチョーリンとマクシム・マクシームイチのあいだには、往々にしてずれが生じるのだ。

このからくりを端から見破っているのが、ペチョーリンである。グルシニツキーとメリーは西欧由来のロマン主義文学を「台本」として自らの「人生」を演じているが、演じているということには無自覚のままだ。一方のペチョーリンは台本の中身を知り抜いており、二人の恋愛遊戯を自在にあやつり、もてあそぶ。ペチョーリンは二人の演技に付き合う「役者」であり、かつ二人に筋書きを与える「演出家」であり、そして二人の演技をすっぱ抜く「暴露者」でもある。

退屈

台本を熟知するペチョーリンは、グルシニツキーやメリーに対し優位に立つ。一方で、この立場ゆえに特有の症状を抱えることにもなる。ペチョーリンはしばしば「退屈」を嘆く。なぜ退屈するのかといえば、人生が既知の台本に見えるからである。

ごく若い頃、私は夢想家だった。［……］私がこの人生に踏み出したのは、人生を頭のなかで経験しつくしたあとのことで、だからすっかり退屈でやりきれなくなってしまった。とっくの昔に知っている本の、くそ面白くもない模倣を読んでいる人間のように。(三一八頁)

人生とは「とっくの昔に知っている本」の模倣であり、だからこそ退屈なのだ。この「退屈の論理」を、ペチョーリンは作中でくり返し語っている。

しかし、意地悪な読者ならば、こう思われるかもしれない。ペチョーリンは「退屈」を演じているのではないか、と。実際、作品全体の語り手の「私」は、ペチョーリンの「退屈」についてこのようにコメントしている。「[……]『幻滅』は、あらゆる流行と同じく、社会の上層からはじまって下層へと降りていき、そこで着古されつつある。だからいまでは、誰よりも退屈を感じ、そして実際に退屈している連中は、この不幸を悪習かなんぞのようにひた隠しにしようとするのだ（七九頁）」。つまり、退屈を訴えることもひとつの流行であり、「私」はここでペチョーリンの演技を暴露するわけである。退屈をかこつペチョーリンは、グルシニツキーと似た者同士の無自覚な役者に化けてしまうのだ。

これに関連して興味深いのが、レールモントフの影響を色濃く受けた作家アポロン・グリゴーリエフ（一八二二―六四）の詩、「退屈の秘密」（一八四三）である。

退屈だ――けれど、お願いだから、

ああだこうだと、
この退屈に意味なんか与えないでくれ。
みんなと同じように退屈なだけだから……
「……」
退屈するのは、かつては流行《モード》だった。
きっと、退屈の種が天気だろうが
過去だろうが――それさえ同じことだったのだ……。

自分の退屈は「ペチョーリン的な退屈」ではない、ただの退屈なのだ。退屈を訴える語り手は、そう断りを入れる。この語り手は、『現代の英雄』で「私」がペチョーリンに向けるまなざしを、自意識としてもっている。うかつに退屈も訴えられないという厄介な状況に対し、彼は自覚的である。一方、そうした匙加減の難しさは、ペチョーリンの意識の埒外にある。自意識のきわめて発達した人間でありながら、ペチョーリンは意外なほどあっけらかんと退屈を訴えるのである。

ペチョーリンの意識が意識しないところ。気づかずに素通りしてしまうところ。そのような空白の領域を、レールモントフは隠微なかたちで仮構しているのかもしれない。そのような読み方もひとつの有効な方法だろう。

賭博

ペチョーリンが気づかないことの例を、ここでひとつだけあげてみよう。『現代の英雄』は、賭博小説として読めるほど全篇に賭けの場面が出てくる。とりわけ「運命論者」にはそれが顕著で、主筋をなすのは二つの賭けだ。第一の賭けでは、運命の有無をめぐってヴーリチが「ロシアン・ルーレット」を敢行する。第二の賭けでは、ヴーリチにならって運命を試そうとペチョーリンが自ら死地に飛び込んでいく。「運命論者」はきわめて謎めいたテクストで、謎のありかさえ容易には見定めがたいが、とりわけ捉えどころがないのは第一の賭けである。この賭けを成立させるのは、「ヴーリチは自らを撃ち殺そうとするが果たせず、したがって人間の意志を超える運命の存在が証明される」という論理であり、それ以外にはありえない。しかし、いかなる結果が出たところで、「そういう運命だった」と説明することはできる。実際にヴーリチが死んだところで、それもまた運命のなせる業とみなすことは、論理上可能なのである。とすれば、運命を賭けること自体がナンセンスということになる。そもそもヴーリチは賭博マニアであり、彼にとってこの賭けは、トランプゲームと同列のものでしかない。賭けられるのは、銃弾が発射されるか否かという偶然的事象である。それを運命論へと仕立てていくのは、ペチョーリンの方だ。当然のごとくなされる運命をめぐる賭けは、じつは本来無意味であり、しかもヴーリチにとってはたんなる賭博にすぎない。ヴーリチの異様な賭博熱を熟知するペチョーリンは、誰よりもそのことに気づけたはずだが、あっさりと見過ごしてしまう。ペチョーリンの意識は、事の偶然性に対して奇妙なほどに鈍感なのである。

以上を踏まえ、ヴーリチとペチョーリンの賭けの場面を読み比べてみよう。まずはヴーリチが銃を手に取る場面。「ヴーリチは武器の類がかかった壁に向かうと、さまざまな口径のピストルのなかから、でたらめにひとつ選んで鋲からはずした（三一二頁）」。次いで、ペチョーリンが犯人の立てこもる小屋に突入する、その直前の場面。

大尉には男と会話をつづけるように命じ、扉のところに三名のコサックを配置して、合図がありしだい蹴破って救援にくるよう手はずを整えておいてから、私

は小屋を迂回して、運命の窓へと近づいた。（三二五頁）

ペチョーリンは大尉をおとりに使い、さらにはコサックを援軍に配してから踏み込む。まったく場当たり的に「でたらめに」ふるまったヴーリチに比べ、「運命を試す」はずのペチョーリンは、思いのほか用意周到である。これはいったい何を意味するのだろうか？

訳者には訳者なりの解釈がある。けれども、ここで縷々として論じるような無粋なまねはやめて、あとは読者のみなさんに「丸投げ」しよう。ひとつ確信をもっていえるのは、これはレールモントフが仕掛けた奇妙さだ、ということである。だからといって答えがあるとは限らない。なぜなら、「前書き」の語り手にならっていうならば、「謎を示すことができれば十分で、どう解くか――それは神のみぞ知ること」かもしれないのだから。

レールモントフ年譜

一八一四年

一〇月三日、モスクワに生まれる。父ユーリイは退役歩兵大尉、母マリヤは名門の令嬢、身分違いの恋愛結婚だった。

一八一五年　一歳

春、母方の祖母（エリザヴェータ・アルセーニエヴァ）の領地ペンザ県タルハヌイ村に一家で移る。

一八一七年　三歳

二月、母マリヤが肺結核で死去。享年二一歳。三月、以前から折り合いの悪かった父と祖母が決裂し、父は息子の教育と相続を条件にタルハヌイ村を去る。以降、レールモントフは孫を溺愛する祖母のもとで養育されることになる。

一八一八年　四歳

夏、はじめてのカフカス旅行。親戚のハスタートフ家に祖母と滞在する。

一八二〇年　六歳

夏、祖母とハスタートフ家を再訪する。

一八二一年　七歳

三月、祖母とタルハヌイ村に帰る。

一八二五年　一一歳
夏、カフカスを旅行する。九歳の少女に初めての恋をする。一二月、ペテルブルクでデカブリストの乱が勃発する。

一八二七年　一三歳
夏、トゥーラ県にある父の領地に滞在。秋、祖母とタルハヌイ村からモスクワに移る。家庭教師のもと勉学に励む。

一八二八年　一四歳
夏、祖母とタルハヌイ村に滞在。そこで最初の物語詩『チェルケス人』を書く。九月、モスクワ貴族寄宿学校の四学年に編入。本格的な詩作をはじめる。

一八二九年　一五歳
春、モスクワの劇場で名優モチャーロフの演技に熱狂する。物語詩『悪魔』の最初の草稿を書く。

一八三〇年　一六歳
四月、寄宿学校を出る。成績は優秀だった。九月、モスクワ大学倫理政治学科に入学。この頃、モスクワではコレラが流行し、街は封鎖された。秋、二歳年上の女性エカテリーナ・スシコーワに惹かれ、彼女に一連の恋愛詩を贈る。彼女との関係は、四年後に再燃することになる。
この年、約百篇の抒情詩を書き、詩「春」が雑誌『アテネウム』に掲載された。

一八三一年　一七歳
六月、劇作家イワノフの遺児ナターリヤに恋をするが、苦い体験に終わる。

一〇月、父ユーリイが肺結核で死去。享年四四歳。秋、友人の妹であるワルワーラ・ロプーヒナと知り合い、深い愛情を寄せる。レールモントフがはっきりしない態度をとったこと、またスシコーワとの関係がうわさになったこともあって、二人の関係が進展することはなく、四年後、ロプーヒナは別の男性に嫁いでいった。

一八三二年　一八歳

六月、モスクワ大学を中退する。七月、祖母とペテルブルクに移る。当初はペテルブルク大学入学を志すも、近衛士官学校に入学する（一一月）。名高い抒情詩「帆」を書く。

一八三四年　二〇歳

一一月、軽騎兵少尉に昇級する。一二月、はじめて軍服を着て訪れた舞踏会でスシコーワと再会し、彼女の家に頻繁に出入りする。この年、プガチョーフの乱に材をとった歴史小説『ヴァジム』に取り組む（未完に終わる）。

一八三五年　二一歳

一月、スシコーワの名誉を毀損する匿名の手紙を送り、関係を決裂させる。同時期にロプーヒナの婚約の報せを耳にしており、それが何らかの心理的影響を与えたものと考えられるが、詳細は不明。

夏、物語詩『ハジ・アブレク』が雑誌『読書文庫』に掲載される。戯曲『仮面舞踏会』を執筆（二〇世紀半ばになって作曲家ハチャトゥリアンがこの戯曲にもとづく劇音楽をつくる)。

一八三六年　二二歳
一月、タルハヌイ村の祖母のもとで過ごし、戯曲『二人の兄弟』などを執筆する。一〇月、『仮面舞踏会』が上演不許可とされる。小説『リゴフスカヤ公爵夫人』に取り組む(未完)。

一八三七年　二三歳
一月、プーシキンの決闘による死を知り、「詩人の死」を書く。詩は友人ラエフスキーらに筆写されて広まり、レールモントフは一躍時の人となる。二月、さらに過激な一六行を書き足す。同月一八日、逮捕される。ペンと紙すらない拘留の間、ワインで溶かした暖炉の煤をインク代わりに、パンの包み紙に詩を書いたといわれる。審理の末、ニジェゴロド竜騎兵連隊に転属となり、三月、モスクワ経由でカフカスに旅立つ。四月、スタヴロポリに到着。五月、病気療養のためピャチゴルスク滞在が認められる。その地でベリンスキーに初めて会うも、このときは彼の文学論に皮肉な態度で応じる。九月、タマーニへ旅行。同月、チフリスの連隊へ合流せよとの命を受け、出立する。一〇月、祖母と詩人ジュコフスキーの奔走によりノヴゴロド県のグロドノ軽騎兵連隊への転属が認められる。ペテルブルクへ帰る途中、スタヴロポリでデカブリストの乱の流刑者たちと会う。

この年、物語詩『皇帝イワン・ワシーリエヴィチと若き親衛隊と勇敢なる商人カラーシニコフの歌』、『ボロジノ』、民話『アシク・ケリブ』を書く。

一八三八年　二四歳

二月、ペテルブルク滞在のあと、ノヴゴロド県のグロドノ軽騎兵連隊に赴任。三月、祖母の奔走により、ペテルブルクの近衛軽騎兵連隊に復帰する。この年、物語詩『悪魔』に大幅に手を入れ、カラムジン邸の友人たちのサークルで朗読する。

一八三九年　二五歳

三月、雑誌『祖国雑記』に「ベラ——ある将校のカフカス日誌より」が発表される。八月、物語詩『ムツイリ』を完成。一一月、『祖国雑記』に「運命論者」が掲載される。秋から冬にかけて、学生や将校からなる「十六人の会」に加わり、夜ごと談論する。

一八四〇年　二六歳

二月、最初の決闘事件を起こす。相手はフランス公使バラントの息子。決闘は相手側の申し込みによってなされ、レールモントフは空中に発砲したが、相手の銃弾を受けて肘にかすり傷を負った。レールモントフは逮捕され、祖母の奔走のかいもなく、カフカスのテンギン歩兵連隊へ転属となった。この間、拘留中のレールモントフをベリンスキーが訪ね、長時間におよぶ文学談義に興じた。ベリンスキーはこのときの感動を友人に書き送っている。七月、ヴァレリクの激戦に参加。その体験にもとづく無題の長篇詩を書く(『ヴァレリク』と呼ばれる)。
二月、『祖国雑記』に「タマーニ」が掲載される。同月、『現代の英雄』がペテルブルクのグラズノフ印刷所より刊行される。この年、詩の分野でも「雲」「退屈と哀しみと」「ジャーナリストと読者と作家」などの代表作が生まれる。一〇月、生前最初にして最後の詩集『レールモントフ詩集』がグラズノフ印刷所より出版される。二六の抒情詩と二つの物語詩『ムツィリ』『商人カラーシニコフの歌』を収める。

一八四一年　二六歳

一月、賜暇を得てスタヴロポリを発ち、二月、ペテルブルクに到着。文学に専念するために退役を願うも叶わず、四月、四八時間以内にペテルブルクを去りカフカスに向かうよう命じられる。カラムジン邸で催された別れの会で、それまで冷ややかに接してきたプーシキンの未亡人ナターリヤと心のこもった会話を交わす。友人のウラジーミル・オドエフスキーよりノートを贈られる。そこには「作品でいっぱいにして手ずから返してほしい」と書かれていた。レールモントフの最後の作品群はこのノートに書かれることになる。五月、スタヴロポリに到着。病気療養のためピャチゴルスクに逗留する。七月一三日、士官学校時代の旧友マルトゥイノフと衝突し、決闘を申し込まれる。七月一五日夕刻、マシュク山のふもとで決闘が行われ、銃弾を受けて即死。享年二六。折からの雷雨もあり、遺骸はようやく夜になってピャチゴルスクに運ばれた。同月一七日、ピャチゴルスクの墓地に埋葬される。

『現代の英雄』の第二版が刊行される（第一部は二月、第二部は五月）。二月から四月にかけて中篇小説『シュトス』に取り組む（未完）。詩「断崖」「タマーラ」「独り旅立つ」「預言者」などがノートに記される。レールモントフの死の翌月、『祖国雑記』誌上で、ベリンスキーが『現代の英雄』第二版に寄せて哀悼の意を表する。

一八四二年

四月、祖母アルセーニェヴァの嘆願により、レールモントフの遺骸がタルハヌイ村の一族の墓地に移される。

訳者あとがき

思想家のワシーリー・ローザノフは、レールモントフを「何事かが起こった部屋」にたとえている。丹念に調べてみても、何も見つからない。それでも何かがあったという気配は消えない。同じたとえは『現代の英雄』という作品にも当てはまるだろう。翻訳を終えて、行間から立ちのぼる「何か」の気配にいまなお捕われながら、レールモントフはやはり周到な表現者であったのだという思いを新たにしている。

翻訳に際しては、ことさら新味を出そうとは考えなかった。ペチョーリンやマクシム・マクシームイチが日本語話者であったなら、どのように語り、どのように書いただろうか。そう想像をめぐらすことが、つねに立ち返るべき原点だった。結果として多少新味が出ているとすれば、人称の選択かもしれない。たとえばペチョーリンの一人称をどう訳すかという問題。入手しやすい中村融訳、江川卓訳はいずれも、地の文におけるペチョーリンの一人称を「おれ」にしている。この選択によってペチョーリンの無頼派的な風貌が強調されるわけで、それもまたひとつの興味深い解釈といっていい。一方、日記のなかで「おれ」という一人称を使うのは、かなりの「カッコつけ」である。グルシニツキーならともかく、ペチョーリンの自意識がそのような気取りを認めるとは思えない。そうした「演技」は、むしろペチョーリンの鼻につくはずだ。だから、拙訳ではあえてもっとも中立的な「私」を採用し、そのうえで日本語の柔軟さを生かして、主語を抜いたり、あるいは「自分」を併用したりするなどの工夫をした。

解説にも書いたように、ペチョーリンは巧みな「役者」である。その演技を表現するにあたっては、相手との関係に応じて変わる日本語の人称の特性はかえって好都合だった。ペチョーリンとグルシニツキーが「貴様」と呼び合うことを思いついたときは、会話が俄然生きてくるような気がした。バンカラを大真面目に気取るグルシニツキーとその演技に付き合うペチョーリンという構図に、このいささか古めかしい二人称はぴたりとはまるのだ。試行錯誤のなかでのこうした発見は、ささやかながら、心躍る瞬間だった。

一方、最後まで頭を悩ませたのは、題名を訳し直すかどうかということだった。逐語的に訳すならば『われらの時代のヒーロー』で、英訳は *A Hero of Our Time* である。先行する邦訳には、中村白葉、高橋昌平、中村融、一條正美、北垣信行、中村喜和、岡林茱萸、江川卓らによるものがあり、いずれも『現代の英雄』と訳されている。ただし、例外がひとつあって、複数の版がある中村白葉訳は、一九二八年刊行の岩波文庫版のみ、『現代のヒーロー』と訳されている。「英雄」か「ヒーロー」か。あるいは第三の訳語を考案すべきなのか。「ヒーロー」という言葉に、ナポレオンやバイロンやデカブリストといった歴史的な「英雄」が含意されているのは確かだが、小説の「主人公」という意味合いが込められていることもまちがいない。レールモントフは、主人公はいかにあるべきか、主人公をいかにつくるべきかといった、小説そのものに内在する課題を鋭く意識していたはずだ。たとえば、「前書き」で語り手が「ペチョーリンは作者の肖像画ではない」と強調するのは、作者＝主人公というロマン主義的な書き方・読み方（バイロンの詩の主人公を自然とバイロンに重ね合わせて読むというような）に対する牽制である。そこには従来の様式を批判的に脱していこうとするレールモントフの問題意識があらわれている。とすれば、やはり「主人公」の意味を無視するわけにはいかず、「英雄」と「主人公」の意味をあわせもつのは「ヒーロー」しかないということになる。

という具合に、一度は「ヒーロー」にすべきとの結論に至ったのだが、あれこれ悩んだ末に、結局従来のタイトルに落ち着いた。邦訳の歴史からあまり逸脱するのも本意ではないし、それに「ヒーロー」という日本語は、やはりどことなく響きが軽いようだ。

タイトルの問題とも関わるが、翻訳の過程は、野心的な小説家としてのレールモントフ像を再発見していく過程でもあった。『現代の英雄』との付き合いは、訳者としてはこれで一区切りということになるが、読者・研究者としては末永くつづけていきたいと思えた。そうした気づきの機会を与えてくださった光文社古典新訳文庫のみなさんには心から御礼申し上げたい。とくに、翻訳や校正の過程でお世話になった今野哲男さん、小都一郎さん、宮本雅也さん、ありがとうございました。

翻訳の定本としたのは、下記の十巻本の全集である。*Лермонтов М.Ю.* Полное собрание сочинений в 10 томах. Т. 6. М., 2000. マヌイロフとミルレルによる詳細な注釈の付いた下記の版も参照した。*Лермонтов М.Ю.* Герой нашего времени. СПб., 1996. 翻訳に際しては、先にあげた邦訳のほか、ウラジーミル・ナボコフ、ナターシャ・ランドールによる英訳も折に触れて参照した。翻訳家は作品と読者のあいだに立って両者をつなぐ存在といえるが、そのような大役を自分が曲がりなりにも果たせたとするなら、それは作品と訳者のあいだを膨大な研究がつないでくれたからである。あらためて先人たちの業績に感謝したい。

最後に、翻訳に取り組んでいたこの二年間、東京大学文学部および千葉大学文学部にて十九世紀ロシア文学の講義をする機会に恵まれた。授業のなかで、のべ十数回にわたって『現代の英雄』を論じ、学生たちと語り合うことができた。そこで得た気づきやひらめきは、この翻訳や解説に反映されている。愉しい時間を共有してくれた学生のみなさん、ありがとう。

二〇二〇年二月

本文中に、「めくらや片目やつんぼやおしや片輪やせむしに対し、私は根深い先入見をもっている。私の見るところ、人の外見と魂のあいだにはつねに何かしら奇妙な関係がある——肉体の一部を失うと、魂もいずれかの感覚を失うというような。」、「私は盲人の顔をつぶさに眺めはじめた。だが、目のない顔に何が読み取れるというのだろう?」と、身体的障害に関する、極めて不適切な呼称や差別的表現が用いられている一節があります。いずれも、今日の観点からすると許容されるものではなく、使用を控えるべき表現です。これらは本作品群が成立した一八四〇年当時のロシアの社会状況と未成熟な人権意識に基づくものですが、編集部では、安易な言い換えをすることを控えました。呼称を変えたとしても、そこに存在する差別的な意味合いが変わることはない、と判断したものです。その上で、作品が成立した時代背景と、本作品を深く理解することを考慮し、これらの表現についても原文に忠実に翻訳しています。それが今も続く人権侵害や、身体的障害に対する不適切表現をはじめとした差別問題を考える手がかりとなり、ひいては作品の歴史的・文学的価値を尊重することになると考えたものです。もとより、差別の助長を意図するものではないということをご理解ください。

編集部

光文社古典新訳文庫

現代《げんだい》の英雄《えいゆう》

著者 レールモントフ
訳者 高橋《たかはし》 知之《ともゆき》

2020年10月20日 初版第1刷発行

発行者 田邉浩司
印刷 萩原印刷
製本 ナショナル製本

発行所 株式会社光文社
〒112-8011東京都文京区音羽1-16-6
電話 03（5395）8162（編集部）
03（5395）8116（書籍販売部）
03（5395）8125（業務部）
www.kobunsha.com

ISBN978-4-334-75433-4 Printed in Japan

いま、息をしている言葉で、もういちど古典を

長い年月をかけて世界中で読み継がれてきたのが古典です。奥の深い味わいある作品ばかりがそろっており、この「古典の森」に分け入ることは人生のもっとも大きな喜びであることに異論のある人はいないはずです。しかしながら、こんなに豊饒で魅力に満ちた古典を、なぜわたしたちはこれほどまで疎んじてきたのでしょうか。

ひとつには古臭い教養主義からの逃走だったのかもしれません。真面目に文学や思想を論じることは、ある種の権威化であるという思いから、その呪縛から逃れるために、教養そのものを否定しすぎてしまったのではないでしょうか。

いま、時代は大きな転換期を迎えています。まれに見るスピードで歴史が動いていくのを多くの人々が実感していると思います。

こんな時わたしたちを支え、導いてくれるものが古典なのです。「いま、息をしている言葉で」——光文社の古典新訳文庫は、さまよえる現代人の心の奥底まで届くような言葉で、古典を現代に蘇らせることを意図して創刊されました。気取らず、自由に、心の赴くままに、気軽に手に取って楽しめる古典作品を、新訳という光のもとに読者に届けていくこと。それがこの文庫の使命だとわたしたちは考えています。

このシリーズについてのご意見、ご感想、ご要望をハガキ、手紙、メール等で翻訳編集部までお寄せください。今後の企画の参考にさせていただきます。
メール　info@kotensinyaku.jp

光文社古典新訳文庫　好評既刊

スペードのクイーン／ベールキン物語

プーシキン
望月 哲男 訳

ゲルマンは必ず勝つというカードの秘密を手にするが……現実と幻想が錯綜するプーシキンの傑作『スペードのクイーン』。独立した5作の短篇からなる『ベールキン物語』を収録。

大尉の娘

プーシキン
坂庭 淳史 訳

心ならずも地方連隊勤務となった青年グリニョーフは、司令官の娘マリヤと出会い、やがて相思相愛になるのだが……。歴史的事件に巻き込まれる青年貴族の愛と冒険の物語。

鼻／外套／査察官

ゴーゴリ
浦 雅春 訳

正気の沙汰とは思えない、奇妙きてれつな出来事。グロテスクな人物。増殖する妄想と虚言の世界を落語調の新しい感覚で訳出した、著者の代表作三編を収録。

二十六人の男と一人の女
ゴーリキー傑作選

ゴーリキー
中村 唯史 訳

パン職人たちの哀歓を歌った表題作、港町のアウトローの郷愁と矜持を描いた「チェルカッシ」など、社会の底辺で生きる人々の活力と哀愁に満ちた、初期・中期の4篇を厳選。

ワーニャ伯父さん／三人姉妹

チェーホフ
浦 雅春 訳

棒に振った人生への後悔の念にさいなまれる「ワーニャ伯父さん」。モスクワへの帰郷を夢見ながら、出口のない現実に追い込まれていく「三人姉妹」。人生の悲劇を描いた傑作戯曲。

光文社古典新訳文庫　好評既刊

戦争と平和1〜3
トルストイ
望月 哲男 訳
ナポレオンとの戦争（祖国戦争）の時代を舞台に、貴族をはじめ農民にいたるまで国難に立ち向かうロシアの人々の生きざまを描いた一大叙事詩。トルストイの代表作。（全6巻）

カラマーゾフの兄弟 1〜4＋5エピローグ別巻
ドストエフスキー
亀山 郁夫 訳
父親フョードル・カラマーゾフは、粗野で精力的で女好きの男。彼と三人の息子が、妖艶な美女をめぐって葛藤を繰り広げる中、事件は起こる―。世界文学の最高峰が新訳で甦る。

地下室の手記
ドストエフスキー
安岡 治子 訳
理性の支配する世界に反発する主人公は、「自意識」という地下室に閉じこもり、自分を軽蔑した世界をあざ笑う。それは孤独な魂の叫び声だった。後の長編へつながる重要作。

罪と罰（全3巻）
ドストエフスキー
亀山 郁夫 訳
ひとつの命とひきかえに、何千もの命を救える。「理想的な」殺人をたくらむ青年に押し寄せる運命の波―。日本をはじめ、世界の文学に決定的な影響を与えた小説のなかの小説！

貧しき人々
ドストエフスキー
安岡 治子 訳
極貧生活に耐える中年の下級役人マカールと天涯孤独な少女ワルワーラ。二人の心の交流を描く感動の書簡体小説。21世紀の〝貧しき人々〟に贈る、著者24歳のデビュー作！

光文社古典新訳文庫　好評既刊

悪霊（全3巻＋別巻）
ドストエフスキー
亀山　郁夫　訳
農奴解放令に揺れるロシアは、秘密結社を作って国家転覆を謀る青年たちを生みだす。無神論という悪霊に取り憑かれた人々の破滅と救いを描く、ドストエフスキー最大の問題作。

死の家の記録
ドストエフスキー
望月　哲男　訳
恐怖と苦痛、絶望と狂気、そしてユーモア。囚人たちの驚くべき行動と心理、そしてその人間模様を圧倒的な筆力で描いたドストエフスキー文学の特異な傑作が、明晰な新訳で蘇る！

白夜／おかしな人間の夢
ドストエフスキー
安岡　治子　訳
ペテルブルグの夜を舞台に内気で空想家の青年と少女の出会いを描いた初期の傑作「白夜」など珠玉の4作。長篇とは異なるドストエフスキーの〝意外な〟魅力が味わえる作品集。

白痴（全4巻）
ドストエフスキー
亀山　郁夫　訳
純真無垢な心をもち誰からも愛されるムイシキン公爵を取り巻く人間模様を描く傑作長編。ドストエフスキーが書いた「ほんとうに美しい人」の物語。亀山ドストエフスキー第4弾！

賭博者
ドストエフスキー
亀山　郁夫　訳
舞台はドイツの町ルーレッテンブルグ。「偶然こそ真実」とばかりに、金に群がり、偶然に賭け、運命に嘲笑される人間の末路を描いた、ドストエフスキーの〝自伝的〟傑作！

光文社古典新訳文庫　好評既刊

カメラ・オブスクーラ
ナボコフ
貝澤 哉 訳

美少女マグダの虜となったクレッチマーは妻と別居し愛娘をも失い、奈落の底に落ちていく……。中年男の破滅を描いた、『ロリータ』の原型で初期の傑作をロシア語原典から。

絶望
ナボコフ
貝澤 哉 訳

ベルリン在住のビジネスマンのゲルマンは、プラハ出張の際、自分と〝瓜二つ〟の浮浪者を偶然発見する。そしてこの男を身代わりにした保険金殺人を企てるのだが……。ナボコフ初期の傑作！

偉業
ナボコフ
貝澤 哉 訳

ロシア育ちの多感な少年は、母に連れられクリミアへ、そして革命を避けるようにアルプス、そしてケンブリッジで大学生活を送るのだが……。ナボコフの「自伝的青春小説」が新しく蘇る。

われら
ザミャーチン
松下 隆志 訳

地球全土を支配下に収めた〈単一国〉。その国家的偉業となる宇宙船〈インテグラル〉の建造技師は、古代の風習に傾倒する女に執拗に誘惑されるが……。ディストピアSFの傑作。

リア王
シェイクスピア
安西 徹雄 訳

引退を宣言したリア王は、王位継承にふさわしい娘たちをテストする。結果はすべて、王の希望を打ち砕いたものだった。愛情と憎悪、忠誠と離反、気品と下品が渦巻く名作。

光文社古典新訳文庫　好評既刊

訴訟
カフカ
丘沢 静也 訳

銀行員ヨーゼフ・Kは、ある朝、とつぜん逮捕される…。不条理、不安、絶望ということばで語られてきた深刻ぶった『審判』は、軽快で喜劇のにおいのする『訴訟』だった！

水の精《ウンディーネ》
フケー
識名 章喜 訳

騎士フルトブラントは、美少女ウンディーネと出会う。恋に落ちた二人は結婚しようとするが……。水の精と人間の哀しい恋を描いた宝石のように輝くドイツ幻想文学の傑作。待望の新訳。

砂男／クレスペル顧問官
ホフマン
大島かおり 訳

サイコ・ホラーの元祖と呼ばれる、恐怖と戦慄に満ちた傑作「砂男」、芸術の圧倒的な力とそれゆえの悲劇を幻想的に綴った「クレスペル顧問官」などホフマンの怪奇幻想作品の代表傑作3篇。

寄宿生テルレスの混乱
ムージル
丘沢 静也 訳

いじめ、同性愛…。寄宿学校を舞台に、少年たちは未知の国を体験する。言葉では表わしきれない思春期の少年たちの、心理と意識の揺れを描いた、ムージルの処女作。

マルテの手記
リルケ
松永 美穂 訳

大都会パリをさまようマルテ。風景や人々を観察するうち、思考は奇妙な出来事や歴史的人物の中へ……。短い断章を積み重ねて描き出される若き詩人の苦悩と再生の物語。（解説・斎藤環）

★続刊

賢者ナータン　レッシング／丘沢静也・訳

舞台はエルサレム。最高権力者《スルタン》サラディンの恩赦を受けた若いテンプル騎士に養女を助けられたユダヤ人豪商ナータンが、サラディンから難問「三つの宗教のうちいずれが真の宗教か」を突きつけられる。18世紀ドイツの劇作家レッシングの代表作。

存在と時間8　ハイデガー／中山 元・訳

前巻では死に臨む存在としての現存在の決意性から、独自の時間概念を提示した。この巻では現存在の「誕生と死のあいだの時間」について歴史性と時間内部性という観点から考察し、ヘーゲルの時間概念も取り上げ、現存在の存在に迫る（最終巻）。

キム　キプリング／木村政則・訳

十九世紀後半のインド。当地で生まれ育った英国人の少年キムが、激動の時代に国内を旅しながら、多彩な背景を持つ人々とともに力強く生きていく姿を描いた冒険・成長小説。英国人で初めてノーベル文学賞を受賞した作家の代表作の一つ。